民国词学史著集成

第三卷

夏敬觀《詞調溯源》 劉毓盤《詞史》

孙克强 和希林 ◎ 主编

南開大學出版社

图书在版编目(CIP)数据

民国词学史著集成. 第三卷 / 孙克强，和希林主编.
—天津:南开大学出版社，2016.12
ISBN 978-7-310-05268-4

Ⅰ. ①民… Ⅱ. ①孙… ②和… Ⅲ. ①词学—诗歌史—中国—民国 Ⅳ. ①I207.23

中国版本图书馆 CIP 数据核字(2016)第 297147 号

南开大学出版社出版发行
出版人:刘立松
地址:天津市南开区卫津路 94 号　邮政编码:300071
营销部电话:(022)23508339　23500755
营销部传真:(022)23508542　邮购部电话:(022)23502200
*
天津市蓟县宏图印务有限公司印刷
全国各地新华书店经销
*
2016 年 12 月第 1 版　2016 年 12 月第 1 次印刷
210×148 毫米　32 开本　15.25 印张　4 插页　434 千字
定价:88.00 元

如遇图书印装质量问题,请与本社营销部联系调换,电话:(022)23507125

總 序

清末民初詞學界出現了新的局面。在以晚清四大家王鵬運、朱祖謀、鄭文焯、況周頤為代表的傳統詞學（亦稱體制內詞學、舊派詞學）之外出現了新派詞學（亦稱體制外詞學）。新派詞學以王國維、胡適、胡雲翼為代表，與傳統詞學強調『尊體』和『意格音律』不同，新派在觀念上借鑒了西方的文藝學思想，以情感表現和藝術審美為標準，對詞學的諸多問題展開了全新的闡述。同時引進了西方的著述方式：專題學術論文和章節結構的著作。傳統的詞學批評理論以詞話為主要形式，感悟式、點評式、片段式以及文言為其特點；民國時期的詞學論著則以內容的系統性、結構的章節佈局和語言的白話表述為其主要特徵。當然也有一些論著遺存有傳統詞話的某些語言習慣。民國詞學論著的作者，既有新派大師王國維、胡適的追隨者，也有舊派領袖晚清四大家的弟子、再傳弟子。他們雖然觀點不盡相同，但同樣運用這種新興的著述形式，他們共同推動了民國詞學的發展。民國詞學論著的蓬勃興起是民國詞學興盛的重要原因。

民國的詞學論著主要有三種類型：概論類、史著類和文獻類。這種分類僅是舉其主要內容而言，實際情況則是各類著作亦不免有內容交錯的現象。

概論類詞學著作主要內容是介紹詞學基礎知識，通常冠以『指南』『常識』『概論』『講義』之名。這類著作無論是淺顯的入門知識，還是精深的系統理論，皆表明著者已經從傳統詞學中片段的詩詞之辨、詞曲之辨，提升到系統的詞體特徵認識和研究，是文體學意識的體現。史著類是詞學論著的大宗，既有詞通史，也有斷代詞史，還有性別詞史。唐宋詞成為後世的典範，對唐宋詞史的梳理和認識成為詞學研究者關注的焦點，如詞史的分期、各期的主要特徵、詞派的流變等。值得注意的是詞學史上的南北宋之爭，在民國時期又一次達到了高潮，有尊南者，有尚北者，亦有不分軒輊者，精義紛呈。南北宋之爭的論題又與新派、舊派基本立場的分歧對立相聯繫，一般來說，新派多持尚北貶南的觀點。史著類中清代詞史亦值得關注，詞學研究者開始總結清詞的流變和得失，清詞中興之說已經發佈，進而加以討論，影響深遠直至今日。文獻類著作主要是指一些詞人小傳、評傳之類，著者廣泛搜集歷代詞人的文獻資料，加以剪裁編排，清晰眉目，為進一步的研究打下基礎。

『民國詞學史著集成』有兩點應予說明：其一，收錄了一些中國文學史類著作中的詞學史部分。民國時期的中國文學史著作主要有兩種結構方式：一種是以時代為經，文體為緯，此種寫法的文學史，詞史內容分散於各個時代和時期。另一種則是以文體為綱，注重文體的發展演變，如鄭賓於的《中國文學流變史》的下冊單獨成冊，題名《詞（新體詩）的歷史》，篇幅近五百頁，可以說是一部獨立的詞史；又如鄭振鐸的《中國文學史》（中世卷第三篇上），單獨刊行，從名稱上看是唐五代兩宋斷代文學史，其實是一部獨立的唐宋詞史。

『民國詞學史著集成』視這樣的文學史著作中的詞史部分，為特殊的詞史予以收錄。其二，『民國詞學史著集成』收入五部詞曲合論的史著，著者將詞曲同源作為立論的基礎，合而論之，本套叢書亦整體收錄。至於詩詞合論的史著，援例亦應收入，如劉麟生的《中國詩詞概論》等，因該著已收入南開大學出版社出版的『民國詩歌史著集成』，故『民國詞學史著集成』不再收錄。

『民國詞學史著集成』收錄的詞學史著，大體依照以下方式編排：參照發表時間、內容分類、著者以及著述方式等各種因素，分別編輯成冊。每種著作之前均有簡明的提要，介紹著者、論著內容及版本情況。

在『民國詞學史著集成』中，許多著作在詞學史上影響甚大，如吳梅的《詞學通論》等，多次重印、再版，已經成為詞學研究的經典；也有一些塵封多年，本套叢書加以發掘披露，如孫人和的《詞學通論》等。這些文獻的影印出版，對詞學研究具有重要的參考價值。近些年，民國詞學研究趨熱，期待『民國詞學史著集成』能夠為學界提供使用文獻資料的方便，從而進一步推動民國詞學的研究。

孫克強　和希林

2016年10月

總　目

第一卷

第二卷

第三卷

第四卷

第五卷

第六卷

第七卷

第八卷

第九卷

第十卷

第十四卷

第十五卷

第十六卷

本卷目錄

夏敬觀《詞調溯源》

夏敬觀（1875–1953），字劍丞，又字盥人，號吷庵。因夏氏行五，因此有時署名『夏五』。江西新建人。生於湖南長沙，一作長沙人。光緒二十年（1894）舉人。歷任兩江師範學堂、復旦、中國公學監督。1919 年任浙江教育廳長，旋即退居上海。夏氏通經史，工詩善詞。著有《忍古樓詩》《忍古樓畫說》《吷庵詞》《忍古樓詞話》《詞調溯源》等。

《詞調溯源》較系統地追溯了詞調的源流，注重詞調與宮調的關係，使人們明瞭詞的音樂本質。本書可以作為詞史的參考資料，共十七章，以詞名來源、與音樂之相關、調律，以及譜字表等為題分章敘述。此書由上海商務印書館 1933 年出版，後又多次印行。本書據 1933 年商務印書館版影印。

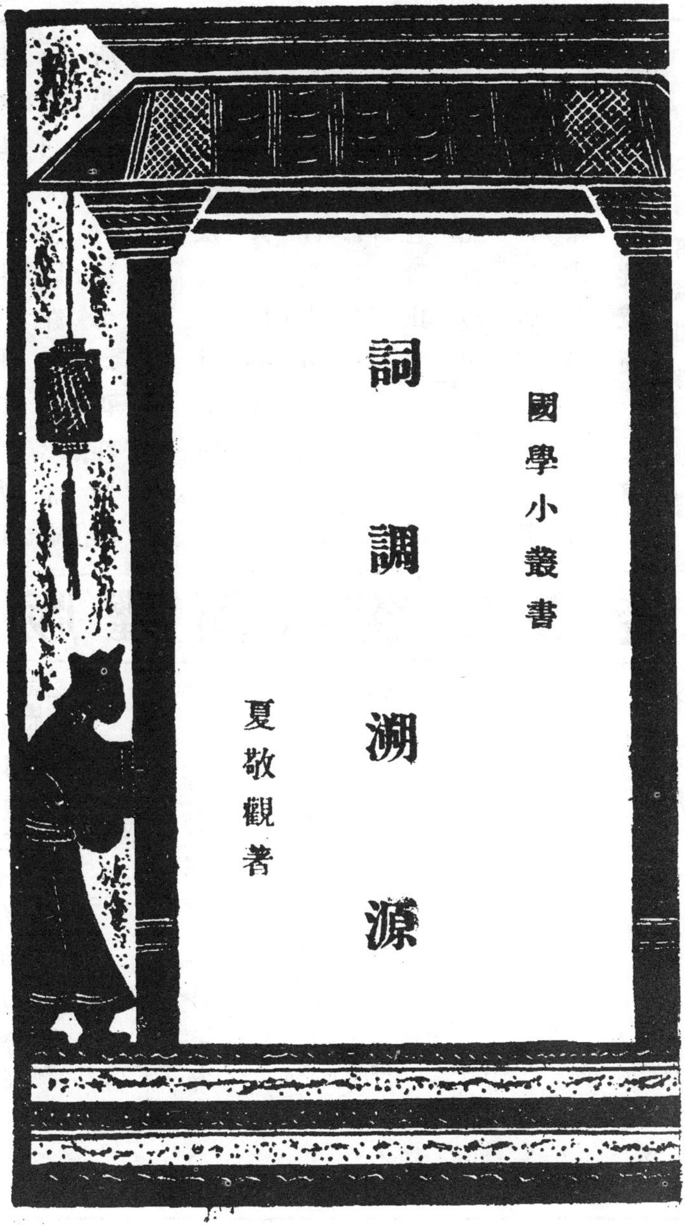
國學小叢書
詞調溯源
夏敬觀著

民國二十一年一月二十九日
敝公司突遭國難總務處印刷
所編譯所書棧房均被炸燬附
設之涵芬樓東方圖書館尚公
小學亦遭殃及盡付焚如三十
五載之經營隳於一旦
各界慰問督望速圖 意
懇摯銜感何窮敝館 艱
困不敢不勉爲其 用
較切各書先行覆印 書
亦將次第出版惟是 製
不能盡如原式事勢所 荷
鑒原謹布下忱統祈 垂督
上海商務印書館謹啓

中華民國二十年五月初版
民國廿二年一月印行 國難後第一版
（一九二七）
國學小叢書 詞調溯源一册
每册定價大洋陸角5
外埠酌加運費匯費 5

著作者 夏敬觀
編輯主幹 王雲五
發行人 王雲五 上海河南路
印刷者 商務印書館 上海河南路
發行所 商務印書館 上海及各埠

一七七六上

著者　夏敬觀
編輯主幹　王雲五

國學小叢書

詞調溯源

商務印書館發行

詞調溯源敘例

樂府先有辭。而後樂工以之入譜製聲。沈約宋書云。吳歌雜曲。始皆徒歌。既而被以絃管。又有因絃管金石作歌以被之。詞之初起。亦是如此。其後則依樂工所製之聲。而塡之以詞。久之聲與調離。遂莫能知其調之屬於何律。今詞牌名之傳於世者。多至千百。能研討其屬於二十八調中之何調者。寥寥無幾。蓋早已忘其爲入樂之文詞。而徒爲文人之一種特別文字。

樂府的辭。本就是詩。入樂不入樂。不一定。至於詞的這種體裁。確是由樂工製的聲調。逼迫成功的。既不要他入樂。爲甚麼要這樣做呢。如今的人作詞。祇依着古人已有的腔調塡砌。從沒有人研究到律調。爲詞作圖譜的書。亦祇講論平仄句讀。一若平仄及句調便是律也者。眞可謂數典忘祖。

清代詞家。盛於明代。但是絕無言音律者。宋代的二十八調。亦成爲絕學。視之如漢魏之依律造器。不可復明。四庫全書總目。於白石道人歌曲欽定詞譜兩提要中。一再稱姜詞旁譜。莫辨其似波似磔。宛轉欹斜。如西域梵書者。節奏安在。謂無人能通其說者。我看姜詞旁譜。不過是傳鈔轉刻。訛誤太多。豈真不能辨識嗎。蓋自來號稱通樂學者。均好爲其難。輒欲於今樂中考尋三代漢魏的遺聲。高談律呂器數。致令樂古樂界限。淆混不清。讀之者視爲畏途。不欲勞其心力。而眼前樂工所用之譜字。由隋代傳至今日。何嘗亡逸。轉無人過問。以極淺近之事。而貌爲至極高深。遂致宋詞不復能入今譜。假令數百年後。今所通行之西皮二簧。不復有人能言其故。亦將稱爲絕學。豈不可笑嗎。

本編因溯詞調的源流。必先明白他所配合的律調。從舊書堆中。杷梳清理。將一切糾纏不清的依託附會。概行剔除。於譜字訛誤處所。比對校正。將施用方法。簡節說明。所錄唐宋詞牌名。以屬何律調。見於舊籍者爲限。金元以後。多與曲子夾雜。明代九宮譜。多不可據。均不採錄。又所採錄詞牌名。其見於唐羯鼓錄及宋史樂志者。腔調今多不存。以欲證明二十八調之外。無所謂詞。故悉將其名。盡數錄取。

詞調溯源目錄

詞調溯源

一　詞體得名之始

說文『詞。意內而言外也。』史記『是時天子方好文詞。』漢書敘傳上音義『詞。古辭字。』文詞之詞。當用詞字。至辭字。說文云。訟也。非其義。祇以經傳多通用辭字。而辭字反覺較古。史書內樂書。多稱歌辭。而樂府標題。亦多作辭字。其作詞字始見者。惟梁簡文帝等的明君詞。北周庾信等的步虛詞。僅極少數。唐人詩中。始多以詞字名篇。此極溥通之詞字。今若專製以爲詞體之名號者。遂與樂府歌辭有別。而不得通用辭字。實則得名之始。卽源於歌辭。初非爲詞體擬此名號。

二 詞與音樂密切的歷史

今人認定詞體。是起於唐及五代。盛行於宋。故追溯詞的源頭。及唐而止。我以爲今樂興而古樂亡。詞體興而古歌辭亡。古樂與今樂的交替的時代。便要算這類文字栽根的時代。故溯詞體的源頭。及唐而止。祇是就文體上立論。若作根本上的研究。須先問詞體是爲何種音樂造就成的。他所配的音樂。始於何代。

三 詞所配的音樂始於隋代

自隋鄭譯演龜茲人蘇祇婆的琵琶法。爲八十四調。而附會以『五音二變』『十二律』。漢魏以來所用的音樂。日就淘汰。王灼碧雞漫志（以下但稱王灼）云。隋氏取漢以來樂器歌章古調。併入清樂。餘波至李唐始絕。這句話尙是客氣話。其實自鄭譯所演的『龜茲樂』成功以後。隋代所留存的淸樂也都改用了鄭譯的方法。至唐代雖分淸樂燕樂二部。淸樂名存實亡。所用的實祇燕樂。卽鄭譯所演『龜茲樂』非別有漢魏以來遺聲也。

隋煬帝的萬歲樂藏鈎樂七夕相逢樂投壺樂舞席同心髻玉女行觴神仙留客擲磚續命鬭雞子鬭百草汎龍舟還舊宮十二時等曲。如今祇有汎龍舟一篇存在。見郭茂倩的樂府詩集中。（以下簡稱郭樂府）卽是一首未變成功的律體詩。隋書上說是白明達造的新聲。隋煬帝時的新聲。不是從『龜茲樂』出來的是甚麼。這是很明白的事實。藏鈎樂。唐時猶存。見南卓羯鼓錄。入『太簇宮』。唐之『太簇宮』。卽南宋之『黃鍾宮』。更是確證。可以推想他這十餘曲都是在『龜茲樂』中譜奏。與今之詞體形式雖異。實是同樣音樂的歌詞。

唐代小秦王陽關竹枝瑞鷓鴣浪淘沙拋球樂楊柳枝淸平調雨淋鈴

八拍蠻采蓮子。這類都是律體詩。而詞家認爲是詞體的。這類詩必加以散聲。長短其句。然後可入管絃。如陽關必三疊。竹枝采蓮子。必加以和聲。胡仔苕溪漁隱叢話謂小秦王必須雜以虛聲。乃可歌。是可考證的。朱熹說『古樂府只是詩中間添卻許多泛聲。後來人怕失了那泛聲。逐一聲添箇實字。遂成長短句。今曲子便是。』沈括夢溪筆談云。（以下簡稱沈筆談）『古樂府皆有聲有詞。連屬書之。如曰賀賀賀何何何之類。皆和聲也。今管絃中之纏聲。亦其遺法。唐人乃以詞塡入曲中。不復用和聲。此格雖自王涯始。然正元元和之間。爲之者已多。』陸游云。倚聲製曲。起於唐之季世。這些話。都是由詩變爲詞體的鐵證。

三　腔調與律調

古之樂府。無所謂『腔調。』他的『腔調。』在樂工的樂譜中。我們無從得見。從樂府變新體詩。『腔調』有點顯露的意思。從新體詩變律體詩。『腔調』成功了數種。卽七言律五言律七言絕五言絕六言詩之類。從律體詩變爲詞體。於是詞體的『腔調』漸漸成功。而各詞有各詞的『腔調』名之曰『詞牌名。』古樂府謂之題。在一題中。無一定的體裁。詞謂之『牌名。』在一『牌名』中。雖也有數體的。而詞家照何體句調長短。卽謂之何體。剏『腔調』的人。初未必這樣呆做。而追步的人。則不敢絲毫變動了。於是論詞的人。便又誤認『腔調』卽是『律調。』萬樹的書。名曰詞律。而未嘗有一詞。言其屬何『律調。』蓋誤認『腔調』爲『律調』以爲所謂律者。祇在平仄四聲之間。不知『律調』自『律調。』『腔調』自『腔調。』『律調』是有一定的。『腔調』是無一定的。如宋史樂志（以下簡稱宋志）所載三臺曲入各『律調』凡十三調。傾盃樂入各『律調』凡二十七調。宋人詞集中同一『詞牌名』而入數『律調。』其『腔調』或相符。

或改變便可知『腔調』非即『律調』。今人作詞。遵守四聲以爲即可合律。於音樂之學實是茫然。不知平上去入中字音不同即不一樣。以『譜字』相配。未必能合。合『律調』不合『律調』。不僅在四聲。全視『譜字』能配否。張炎詞源說。其先人曾賦瑞鶴仙詞云。瑣窗深。深字意不協。改爲幽字。又不協。再改爲明字。歌之始協。此三字皆平聲。可見不僅是四聲的關係。

五　律之名稱

律是古樂的製器的尺寸。陽六爲律。『黃鍾』『太簇』『姑洗』『蕤賓』『夷則』『無射』。陰六爲呂。『大呂』『夾鍾』『中呂』『林鍾』『南呂』『應鍾』。謂之十二律呂。本不專屬於製樂。史記律書說。『王者制事。立法物。度軌則。壹稟於六律。六律爲萬事根本焉。其於兵械尤所重。』說得甚爲明白。但古之樂器。也是憑律而製。古樂失傳。如今所沿用的『龜茲樂』仍用此十二箇名詞。便是勉强拿來做代表的符號。完全沒有製器的關係。但是在詞調上用慣了。舍去這種代表的符號。於讀古書頗不方便。故我依然照用。

六　七音八十四調

『七音』者。『宮』『商』『角』『徵』『羽』『變宮』『變徵』『八十四調』者。以『七音』合『十二律』。律有『七音』。音立一調。每律七調。『十二律』合成『八十四調』。此皆隋鄭譯得龜茲人蘇祇婆的琵琶法後所擬。隋書音樂志載蘇夔駁譯云。『韓詩外傳所載樂聲感人。及月令所載五音所中。並皆有五。不言「變宮」「變徵」。又春秋左氏所云七音六律。以奉五聲。準此而言。每宮應立五調。不聞更加「變宮」「變徵」二調爲七調。』可證此種附會。當時已有識者。

七　鄭譯演龜茲樂的眞相

隋書音樂志云。『開皇二年詔求知音之士。集尙書參定音樂。柱國沛公鄭譯云。考尋樂府鍾石律呂皆有「宮」「商」「角」「徵」「羽」「變宮」「變徵」之名。七聲之內三聲乖應。每恆訪求。終莫能通。先是周武帝時有龜茲人曰蘇祇婆。從突厥皇后入國。善胡琵琶。聽其所奏。一均之中間有七聲。因而問之。答云。父在西域。稱爲知音。代相傳習。調有七種。以其七調。勘校七聲。冥若合符。一曰娑陁力。華言平聲。卽「宮」聲也。二曰雞識。華言長聲。卽「南呂」聲也。三曰沙識。華言質直聲。卽「角」聲也。四曰沙侯加濫。華言應聲。卽「變徵」聲也。五曰沙臘。華言應和聲。卽「徵」聲也。六曰般贍。華言五聲。卽「羽」聲也。七曰俟利箑。華言斛牛聲。卽「變宮」聲也。譯因習而彈之。始得七聲之正。然就此七調。又有五旦之名。旦作七調。

以華言譯之。旦者。則謂均也。其聲亦應「黃鍾」「太簇」「林鍾」「南呂」「姑洗」五均。已外七律。更無調聲。譯遂因其所捻琵琶。相飲爲均。推演其聲。更立七均。合成十二。以應「十二律」。律有「七音」。音立一調。故成「七調」。「十二律」合「八十四調」。旋轉相交。盡皆和合。」

按雞識下。隋書作卽「南呂」聲也。據遼史「南」聲七調屬雞識。則「南呂」字爲「南」字的訛誤。鄭譯見蘇祇婆所傳有「七音」。不得不於五音之外。增以「變宮」「變徵」。又因五旦之名。旦作七調。而演爲「七音」「八十四調」。實則琵琶祇有四絃。「徵」絃不備。每絃七調。共二十八調。唐宋所行用者。祇有此數。唐代別有五絃。如琵琶而小。北國所出。元稹五絃彈詩。「趙璧五絃彈徵調。徵聲巉絕何淸峭。」張祜五絃詩。「徵調侵絃乙。商聲過指籠。」是五絃中有一絃爲「徵」。蘇祇婆所云五旦。必指五絃而言。然考之新唐書禮樂志云。隋文帝分雅俗二部。至唐更曰部當。凡所謂俗樂者二十八調。是雖有五絃之器。他的燕樂。仍祇二十八調。遼史樂志云。四旦二十八調。不用黍律。以琵琶絃叶之。皆從濁至淸。迭更其聲。下益濁。上益淸。蓋出九部樂之龜茲部。又云。隋高祖詔求知音者。鄭譯得西域蘇祇婆七旦之聲。求合『七音』『八十四調』之說。由是雅俗之樂。皆此聲矣。此種記載。皆足證明古樂至隋代。雅俗並廢。所用的是『龜茲樂』。且可證雅部是用的鄭譯所演的『八十四調』的虛名。俗部用的。是蘇祇婆的四旦二十八調。據白居易立部伎詩的自注。他說太常選坐部伎絕無性識者。退入雅樂部。又可證明雅部徒有其名而不堪用。其眞用於雅部者。亦祇是『八十四調』中之『二十八調』。而以所用之歌詞。未能如燕樂製腔之美。遂以無性識之部伎充之。故我謂今之詞體。是『龜茲樂』所造就成功的。

八　鄭譯的圖

	宮	徵	商	羽	角	變宮	變徵	宮	徵	商	羽	角	變宮	變徵
一	黃	林	太	南	姑	應	蕤	合	尺	四	工	一	凡	勾
二	大	夷	夾	無	中	黃	林	下四	下工	下一	下凡	上	合	尺
三	太	南	姑	應	蕤	大	夷	四	工	一	凡	勾	下四	下工
四	夾	無	中	黃	林	太	南	下一	下凡	上	合	尺	四	工
五	姑	應	蕤	大	夷	夾	無	一	凡	勾	下四	下工	下一	下凡
六	中	黃	林	太	南	姑	應	上	合	尺	四	工	一	凡
七	蕤	大	夷	夾	無	中	黃	勾	下四	下工	下一	下凡	上	合
八	林	太	南	姑	應	蕤	大	尺	四	工	一	凡	勾	下四
九	夷	夾	無	中	黃	林	太	下工	下一	下凡	上	合	尺	四
十	南	姑	應	蕤	大	夷	夾	工	一	凡	勾	下四	下工	下一
十一	無	中	黃	林	太	南	姑	下凡	上	合	尺	四	工	一

十二 應蕤大夷夾無中 凡 勾 下四 下工 下一 下凡 上

九 事林廣記所載的律譜即南宋譜

一 黃鍾律 殺聲用『合』字

				蘇祇婆琵琶
一	ム合 マ四 、一 く勾 ∧尺 7工 ‖凡	黃鍾宮	俗呼正宮又呼正黃鍾宮	宮七調之一
同十一	⑪下凡 ム合 マ四 、一 ㄑ上 ∧尺 7工	無射商	俗呼越調	商七調之一
同九	⑦下工 ⑪下凡 ム合 マ四 ⊙下一 ㄑ上 ∧尺	夷則角	俗呼仙呂調	
同七	く勾 ⑦下工 ⑪下凡 ム合 ⑦下四 ⊙下一 ㄑ上	蕤賓變	俗呼中管道宮變徵	
同六	ㄑ上 ∧尺 7工 ‖凡 ム合 マ四 、一	中呂徵	俗呼道宮正徵	
同四	⊙下一 ㄑ上 ∧尺 7工 ⑪下凡 ム合 マ四	夾鍾羽	俗呼中呂調	羽七調之一
同二	⑦下四 ⊙下一 ㄑ上 ∧尺 ⑦下工 ⑪下凡 ム合	大呂閏	俗呼高大石角調	角七調之一

二 大呂律 殺聲用『下四』字

二　㋮下四　⊙下一　乡上　∧尺　⑦下工　⑪下凡　ム合　大呂宮　俗呼高宮又呼正高宮

同十二　‖凡　㋮下四　⊙下一　乡上　く勾　⑦下工　⑪下凡　應鍾商　俗呼中管越調

同十　7工　‖凡　㋮下四　⊙下一　丶一　く勾　⑦下工　南呂角　俗呼中管仙呂角

同八　∧尺　7工　⑪凡　㋮下四　マ四　丶一　く勾　林鍾變　俗呼南呂變徵

同七　く勾　⑦下工　⑪下凡　ム合　㋮下四　⊙下一　乡上　蕤賓變　俗呼中管道宮變徵

同五　丶一　く勾　⑦下工　⑪下凡　‖凡　㋮下四　⊙下一　姑洗羽　俗呼中管中呂調

同三　マ四　丶一　く勾　⑦下工　7工　‖凡　㋮下四　太簇閏　俗呼中管高大石調

三　太簇律　殺聲用『四』字

三　マ四　丶一　く勾　⑦下工　7工　‖凡　マ下四　太簇宮　俗呼中管高宮

同一　ム合　マ四　丶一　く勾　∧尺　7工　‖凡　黃鍾商　俗呼大石調

同十一　⑪下凡　ム合　マ四　丶一　乡上　∧尺　7工　無射角　俗呼黃鍾角

同九　⑦下工　⑪下凡　ム合　マ四　⊙下一　乡上　∧尺　夷則變　俗呼仙呂變徵

宮七調之二

商七調之二

詞調溯源　十三

同八	尺 工 凡 下四 四 一 勾	林鐘徵	俗呼南呂正徵
同六	上 尺 工 凡 合 四 一	中呂羽	俗呼正平調
同四	下一 上 尺 工 下凡 合 四	夾鐘閏	俗呼變角

四　夾鐘律　殺聲用『下一』字

四	下一 上 尺 工 下凡 合 四	夾鐘宮	俗呼中呂宮
同二	下四 下一 上 尺 下工 下凡 合	大呂商	俗呼高大石
同十二	凡 下四 下一 上 勾 下工 下凡	應鍾角	俗呼中管黃鍾角
同十	工 凡 下四 下一 一 勾 下凡	南呂變	俗呼中管仙呂變徵
同九	下工 下凡 合 四 下一 上 尺	夷則徵	俗呼仙呂正徵
同七	勾 下工 下凡 合 下四 下一 上	蕤賓羽	俗呼中管正平調
同五	一 勾 下工 下凡 凡 四 下一	姑洗閏	俗呼中管雙調

五　姑洗律　殺聲用『一』字

羽七調之二

角七調之二

宮七調之三

商七調之三

五　、一　く勾　⑦下工　⑪下凡　‖凡　③下四　①下一　姑洗宮　俗呼中管中呂宮

同三　マ四　、一　く勾　⑦下工　フ工　‖凡　③下四　太簇商　俗呼中管高大石調

同一　ム合　マ四　、一　く勾　人尺　フ工　‖凡　黃鍾角　俗呼正黃鍾宮角

同十一　⑪下凡　ム合　マ四　、一　乡上　人尺　フ工　無射變　俗呼黃鍾變徵

同十　フ工　‖凡　③下四　①下一　、一　く勾　フ下工　南呂徵　俗呼中管仙呂正徵

同八　人尺　フ工　‖凡　③下四　マ四　、一　く勾　林鍾羽　俗呼高平調又呼南呂調

同六　乡上　人尺　フ工　‖凡　ム合　マ四　、一　中呂閏　俗呼小石角

六　中呂律　殺聲用『上』字

六　乡上　人尺　フ工　‖凡　ム合　マ四　、一　中呂宮　俗呼道宮

同四　①下一　乡上　人尺　フ工　⑪下凡　ム合　マ四　夾鍾商　俗呼雙調

同二　③下四　①下一　乡上　人尺　⑦下工　⑪下凡　ム合　大呂角　俗呼高宮角

同十二　‖凡　⑦下工　①下一　乡上　く勾　⑦下工　⑪下凡　應鍾變　俗呼中管黃鍾變徵

羽七調之三

角七調之三

宮七調之四

商七調之四

詞調溯源

同十一　下凡⑪　合ム　四マ　一、　上乡　尺∧　工7　無射徵　俗呼黃鍾正徵

同九　下工⑦　下凡⑪　合ム　四マ　下一⊙　上乡　尺∧　夷則羽　俗呼仙呂調

同七　勾く　下工⑦　下凡⑪　合ム　四マ　下一⊙　上乡　蕤賓閏　俗呼中管小石角

羽七調之四

七　蕤賓律　殺聲用『勾』字

七　勾く　下工⑦　下凡⑪　合ム　下四⑦　下一⊙　上乡　蕤賓宮　俗呼中管道宮

同五　一、　勾く　下工⑦　下凡⑪　凡‖　四マ　下一⊙　姑洗商　俗呼中管雙調

同三　四マ　一、　勾く　下工⑦　工7　凡‖　下四⑦　太簇角　俗呼中管高宮角

同一　合ム　四マ　一、　勾く　尺∧　工7　凡‖　黃鍾變　俗呼正黃鍾宮轉徵

同十二　凡‖　下四⑦　下一⊙　上乡　勾く　下工⑦　下凡⑪　應鍾徵　俗呼中管黃鍾正徵

同十　工7　凡‖　下四⑦　下一⊙　一、　勾く　下工⑦　南呂羽　俗呼中管仙呂調

同八　尺∧　工7　凡‖　下四⑦　四マ　一、　勾く　林鍾閏　俗呼歇指角調

角七調之四

八　林鍾律　殺聲用『尺』字

十六

八　∧尺　7工　‖凡　⑦下四　マ四　、一　く勾　林鍾宮　俗呼南呂宮　宮七調之五

同六　彡上　∧尺　7工　‖凡　ㄙ合　マ四　、一　中呂商　俗呼小石調　商七調之五

同四　⊙下一　彡上　∧尺　7工　⑪下凡　ㄙ合　マ四　夾鍾角　俗呼中呂正角

同二　⑦下四　⊙下一　彡上　∧尺　⑦下工　⑪下凡　ㄙ合　大呂變　俗呼高宮變徵

同一　ㄙ合　マ四　、一　く勾　∧尺　7工　‖凡　黃鍾徵　俗呼正黃鍾宮正徵

同十一　⑪下凡　ㄙ合　マ四　、一　彡上　∧尺　7工　無射羽　俗呼黃鍾調又呼黃鍾羽　羽七調之五

同九　⑦下工　⑪下凡　ㄙ合　マ四　⊙下一　彡上　∧尺　夷則閏　俗呼林鍾角又呼商角　角七調之五

九　夷則律　殺聲用『下工』字

九　⑦下工　⑪下凡　ㄙ合　マ四　⊙下一　彡上　∧尺　夷則宮　俗呼仙呂宮　宮七調之六

同七　く勾　⑦下工　⑪下凡　ㄙ合　⑦下四　⊙下一　彡上　㽔賓商　俗呼中管小石調

同五　、一　く勾　⑦下工　⑪下凡　‖凡　マ四　⊙下一　姑洗角　俗呼中管中呂角

同三　マ四　、一　く勾　⑦下工　刁工　‖凡　マ下四　太簇變　俗呼中管高宮變徵

同二 下四 下一 上 尺 下工 下凡 合 大呂徵 俗呼高宮正徵

同十二 凡 下四 下一 上 勾 下工 下凡 應鍾羽 俗呼中管黃鍾羽

同十 工 凡 下四 下一 一 勾 下工 南呂閏 俗呼中管商角

十 南呂律 殺聲用『工』字

十 工 凡 下四 下一 一 勾 下工 南呂宮 俗呼中管仙呂宮

同八 尺 工 凡 下四 四 一 勾 林鍾商 俗呼歇指調

同六 上 尺 工 凡 合 四 一 中呂角 俗呼道宮角

同四 下一 上 尺 工 下凡 合 四 夾鍾變 俗呼中呂變徵

同三 四 一 勾 下工 工 凡 下四 太簇徵 俗呼中管高宮正徵

同一 合 四 一 勾 尺 工 凡 黃鍾羽 俗呼般涉調

同十一 下凡 合 四 一 上 尺 工 無射閏 俗呼越角

十一 無射律 殺聲用『下凡』字

商七調之六

羽七調之六

角七調之六

十一	⑪下凡	ム合	マ四	丶一	乡上	∧尺	7工	無射宮	俗呼黃鍾宮
同九	⑦下工	⑪下凡	ム合	マ四	⊙下一	乡上	∧尺	夷則商	俗呼林鍾商調又呼商調
同七	く勾	7下工	⑪下凡	ム合	マ下四	⊙下一	乡上	蕤賓角	俗呼中管道宮角
同五	丶一	く勾	⑦下工	⑪下凡	‖凡	マ四	⊙下一	姑洗變	俗呼中管中呂變徵
同四	⊙下一	乡上	∧尺	7工	⑪下凡	ム合	マ四	夾鍾徵	俗呼中呂正徵
同二	㋮下四	⊙下一	乡上	∧尺	⑦下工	⑪下凡	ム合	大呂羽	俗呼高般涉調
同十二	‖凡	㋮下四	⊙下一	乡上	∧尺	⑦下工	⑪下凡	應鍾閏	俗呼中管越角

十二　應鍾律　殺聲用『凡』字

十二	‖凡	㋮下四	⊙下一	乡上	く勾	⑦下工	⑪下凡	應鍾宮	俗呼中管黃鍾宮
同十	7工	‖凡	㋮下四	⊙下一	丶一	く勾	⑦下工	南呂商	俗呼中管商調
同八	∧尺	7工	‖凡	㋮下四	マ四	丶一	く勾	林鍾角	俗呼南呂角
同六	乡上	∧尺	7工	‖凡	ム合	マ四	丶一	中呂變	俗呼道宮變徵

宮七調之七

商七調之七

羽七調之七

詞調溯源　十九

同五　一、　勾く　下工⑦　下凡⑪　凡刂　四マ　下一⊙　姑洗徵　俗呼中管中呂正徵

同三　四マ　一、　勾く　下工⑦　工ㄱ　凡刂　下四㋮　太簇羽　俗呼中管高般涉調

同一　合ㄙ　四マ　一、　勾く　尺∧　工ㄱ　凡刂　黃鍾閏　俗呼大石角

角七調之七

右圖直看。則每律皆有『七音』。橫看。則每音皆有『十二律』。然能用的。祇有琵琶法的二十八調。且以律名配合。是很牽强的。實用的仍是『譜字』。故我將『譜字』列於圖之下方。以資對照。

右譜卽係從鄭圖排出。上面原祇有簡寫的『譜字』。這種『譜字』大約卽是『龜茲樂』表音的符號。原書錯誤頗多。均經校正。這『八十四調』中除去中管三十五調。七『正角』七『變徵』七『正徵』二十一調。卽是蘇祇婆琵琶法的二十八調。注明於下。以便省覽。

唐段安節樂府雜錄（以下簡稱段錄）云。太宗朝挑絲竹爲胡部。用『宮』『商』『角』『羽』並分平上去入四聲。其『徵』音有其聲。無

其調平聲『羽』七調。上聲『角』七調。去聲『宮』七調。入聲『商』七調。上平聲爲『徵』。按徐景安樂書。又以上平聲爲『宮』。下平聲爲『商』。上聲爲『徵』。去聲爲『羽』。入聲爲『角』。此種分配。更是可笑。無庸研究。但絲竹中均祇二十八調。而無『徵』調。則與唐志相符。毫無疑義。段錄又云。笙除二十八調本外。別有二十八本中管調。然則宋譜中管調有三十五調者。又宋代所增加。以足『八十四調』之數者。所謂中管調。既云是笙。他樂器必不可用。

十　古今譜字表

下徵	黃	合
	大	下四
下羽	太	四
	夾	下一
變宮	姑	一
宮	中	上
	蕤	勾
商	林	尺
	夷	下工
角	南	工
	無	下凡
變徵	應	凡
正徵	清黃	六
	清大	下五
正羽	清太	五
	清夾	一五

ム ⓜ マ ⊙ 、 ㄠ く ∧ ⑦ 7 ⑪ 〢 幺 ⓐ あ 乛あ

右居中二行。以律呂配『龜茲樂』『譜字。』姜夔詞集張炎詞源均載之。其『黃清』以下四字謂之四宮清聲。張炎云。『今雅俗樂色管色並用寄四宮清聲煞與古不同。』按此種配合當是由鄭譯始。以『八十四調圖』非增加『譜字』不敷支配知之。遼史樂志云。『大樂聲各調之中度曲協音。其聲凡十。曰「五」「凡」「工」「尺」「上」「一」「四」「六」「勾」「合」近十二雅律。於律呂各闕其一。』這話可謂直接道破毫無掩飾。右邊所配宮商等字。係依照清凌廷堪燕樂考源所說。按凌氏所據係明鄭世子載堉律呂精義所說。鄭世子稱倍徵倍羽。凌氏釋之爲下徵下羽。蓋由鄭譯『五聲二變』之支配。推之不合而增下徵下羽以明之。查鄭圖第六行比對。便可明白其意。此類支配。我們本不必深究。知道有這種傳會便了。

十一　沈補筆談的二十八調譜字與事林廣記譜字的比較

正宮調　沈　高五　高凡　高工　尺　上　高一　高四　勾　合

事林　凡　工　尺　·　一　四　勾　合

按「上」字疑傳寫之誤。因簡寫「上」作「乡」與「六」作「幺」易混。

高宮調　沈　下五　下凡　工　尺　上　下一　下四　六　合

事林　下凡　下工　尺　上　下一　下四　合

按「高五」即「太清」「六」即「黃清」。姜夔詞遇「譜字」中有「黃鍾」「太簇」者。旁譜兼用清聲。

按「下五」即「大清」。

中呂宮調　沈　緊五　下凡　高工　尺　上　下一　下四　六　合

事林　下凡　工　尺　上　下一　四　合

按姜夔詞遇「譜字」有「大呂」者。旁譜兼用「大清」。

按「緊五」即「一五」「夾清」也。「下四」當是「高四」之訛誤。

道宮調　沈　高五　高凡　高工　尺　上　高一　下四　六　合

事林　凡　工　尺　上　一　四　合

按姜夔詞旁譜多係篪笛。竹類無「緊五」。故無證。然以前三例推之。譜內有「夾鍾」。即可用「夾清」。是無疑的。

南呂宮調　沈　下五　高凡　工　尺　高一　高四　勾

按「下四」當是「高四」之訛誤。

林事 凡工尺一四勾 四下

仙呂宮調 沈 五緊 凡下 工尺上 一下 四高 六合

林事 凡下 工下 尺上 一下 四合

黃鍾宮調 沈 五高 凡下 工高 尺上 一高 四高 六合

林事 凡下 工尺上 一四合

依上列兩『譜字』觀之。雖若歧異。但實在是一樣。沈氏連四宮淸聲而言。事林所列。卽姜夔所用。雖不連列。實際兼用。至高下之稱。常有不同。沈氏之高工。卽事林之工。沈氏之工。卽事林之下工。沈氏之『高凡』卽事林之『凡』。沈氏之『高一』。卽事林之一。沈氏之『高四』。卽事林之『四』並無歧異。惟七『角』調『譜字』『大石角』同『正宮』。加『下五』『高大石角』同『高宮』。加『高四』。『雙角』同『中呂宮』。加『高一』。『小石角』同。『道宮』加『勾』。『歇指角』同『南呂宮』。加『下工』『林鍾角』同『仙呂宮』。加高工。『越角』加『高凡』。共十聲。爲與事林所載異耳。但沈氏所記爲北宋大晟樂。其時尙用七『角』調。事林所記爲南宋譜。七『角』已不用。是其譜虛設。少一『譜字』。他亦不言其詳。但取在譜中整齊。聊備其數。

十二　圖與譜的用法

譬如要檢視『大石調』律名爲『黃鍾商』者。卽尋圖第一行『黃』字。查看『商』字。是與『太』字並。卽向譜的『太簇律』尋檢。其第二調卽是『大石調』。其『譜字』同一。卽是圖上的第一行。爲『合』『四』『一』『上』『勾』『尺』『工』『凡』七聲。殺聲當用『四』字。『譜字』內有『合』字『四』字。『合』字爲『黃鍾』。『四』字爲『太簇』。卽可加用『黃鍾清聲』之『六』字。『太簇清聲』之『五』字。共九聲。要檢視『中呂調』律名『夾鍾羽』者。卽尋圖第四行『夾』字。查看『羽』字是與『黃』字並。卽向譜的『黃鍾律』尋檢。其第六調卽是『夾鍾羽』『譜字』同四。卽是圖上的第四行。爲『下一』『上』『尺』『工』『下凡』『合』『四』七聲。殺聲當用『合』字。『譜字』內有『下一』『四』『合』三字。『下一』是『夾鍾』。卽可加用『夾鍾清聲』之『一五』字。與『太清』『五』『黃清』『六』。用『合』字殺。是以『黃鍾』殺又可借『六』字殺。殺聲是末尾一聲。借殺卽張炎所謂寄四宮清聲煞也。餘可類推。

前人詞集中有旁譜者。祇有姜夔白石詞集。但他詞的旁譜。是用簡寫。鈔刻訛誤。不堪校讀。祇有越九歌旁譜。是寫的律名。僅錯誤數字。第九闋第十闋。大清誤刻作太清。第十闋大字且有誤作太字者。以律是『大呂』知是『大』與『大清』之訛。今舉以證明『譜字』的用法。

第一闋帝舜楚調。是用的『黃鍾宮。』俗呼『正宮調。』

工南 勾蕤 尺林 工南 尺林 合黃 四太 一姑 勾蕤 一姑 四太 一姑 尺林 六清黃 五清太 六清黃　凡應

央央帝旂。翬冕相輿。聿來我嫣。我芸綠滋。　維

工南 尺林 工南 合黃 四太 合黃 一姑 勾蕤 一姑 四太 一姑 尺林 合黃 四太 合黃　工南 六清黃

湘與楚。謂狩在陼。雲橫九疑。帝若來下。　我懷

凡應 工南 勾蕤 尺林 勾蕤 一姑 合黃 四太 合黃 一姑 凡應 工南 尺林 工南　五清太 六清黃 凡應

厥初。孰耕孰漁。勿忘惠康。疇匪帝餘。　博碩于

工南 勾蕤 尺林 勾蕤 一姑 一姑 四太 合黃 一姑 勾蕤 尺林 合黃 六清黃

俎。維錯于豆。瑤灑玉離。侑此桂酒。

看他這調。祇用『合』『尺』『四』『工』『一』『凡』『勾。』加『六』『五。』共九聲。應用『合』字殺聲。而用的是『六』字。所謂寄

黄鍾清聲煞。沒有用『下四』『下工』『下一』『下凡』『上』五箇聲。

第二闋王禹吳調。是用的『夾鍾宮』俗呼『中呂宮調。』

字	律	工尺
登	林	尺
崇	南	工
丘。	林	尺
懷	中	上
美	夾	下一
宮。	林	尺
窱	南	工
窕	無	下凡
在。	黃	合
雲	林	尺
其	中	上
濛。	夾	下一
享	黃	六清
維	太	五清
德。	黃	六清
輯	無	下凡
萬	南	工
國。	黃	六清
轍	無	下凡
轇	南	工
轕。	林	尺
蹇	夾	下一
時	中	上
宅。	林	尺
珠	中	上
爲	太	四
橇。	黃	合
玉	夾	下一
爲	中	上
車。	林	尺
報	無	下凡
我	黃	六清
則	太	五清
腆。	黃	六清
不	南	工
當	無	下凡
厥	南	工
拘。	林	尺
玉	中	上
旆	夾	下一
返。	林	尺
風	中	上
偃	太	四
偃。	黃	合
山	林	尺
鳥	中	上
呼。	林	尺
觚	無	下凡
棱	南	工
晚。	林	尺
豐	黃	六清
予	太	五清
諶。	黃	六清
非	林	尺
可	中	上
薦。	夾	下一

窋音絀。窔音咤。檇音蹺。看他這調。祇用『下一』『下凡』『上』『合』『尺』『四』『工』。加『六』『五』共九聲。殺聲用的是『一』字。沒有用『一』『凡』『勾』『下四』『下工』五箇聲。

第三闋越王越調。是用『無射商』。俗呼『越調』。

詞	律	工尺
雲	黃	六清
蒼	太	五清
涼。	黃	六清
山	南	工
巘	林	尺
嶭。	南	工
瞻	姑	一
靈	太	四
旗。	黃	合
闖	南	工
越	無	下凡
絕。	黃	六清
故	姑	一
宮	南	工
淒	太	五清
淒	黃	六清
生	無	下凡

詞	律	工尺
綠	南	工
蕪。	林	尺
謀	姑	一
臣	太	四
安	姑	一
在	黃	合
空	姑	一
五	太	四
湖。	姑	一
醉	林	尺
君	南	工
君	太	五清
無	黃	六清
西	無	下凡
入	南	工
吳。	黃	六清
洪	太	五清

詞	律	工尺
濤	黃	六清
卷	南	工
地	黃	六清
龍	無	下凡
工	南	工
呼。	林	尺
函	南	工
堅	林	尺
操	南	工
剡	黃	合
何	姑	一
睢	太	四
盱。	姑	一
彼	林	尺
茁	南	工
竹	太	五清
箭	林	尺
楊	黃	六清

律	工尺
太	五清
黃	六清
無	下凡
南	工
林	尺
姑	一
無	下凡
林	尺
南	工
中	上
姑	一
太	四
姑	一
林	尺
姑	一
太	四
黃	合

梅朱。壺觴有酧槃有魚。千春萬春勿忘此故都。黃清六

薛。同嶭。看他這調。祇用「下凡」「上」「合」「尺」「四」「工」「一」。加「六」「五」。共九聲。殺聲應用「合」字。寄殺「六」字。沒有用「凡」「勾」「下四」「下工」「下一」五箇聲。

第四闋「黃鍾商」。俗呼「大石調」。與第一闋「黃鍾宮」同。但「黃鍾商」是「四」字殺聲。第五闋「無射宮」。俗呼「黃鍾宮」。與第三闋「無射商」同。但「無射宮」是「下凡」字殺聲。第六闋「夾鍾商」。俗呼「雙角」。與第二闋同。但「夾鍾商」是「上」字殺聲。均不錄。

第七闋曹娥蜀側調。是用「夷則羽」。俗呼「仙呂調」。

中上　夾下一　中上　六清黃　林尺　夷下工　六清黃　五清太　六清黃　林尺　中上　夾下一　中上　太四　夾下一　太四　黃合　夾下一

玉罰笄。錦結襪。含清揚兮鬱翠眉。嚶嚶歌兮有

林尺　夷下工　黃合　夾下工　中上　折字ㄅ　中上　六清黃　五清太　六清黃　無下凡　夷下工　六清黃　中上　太四　夾下一　太四

待。柳屢舞兮僛僛。昔何止兮水湄。今何徵兮

黃合　夾下一　中上　夾下一　中上　林尺　六清黃　無下凡　黃合　夷下工　黃合　夾下一　中上　中上　折字ㄅ　中上　六清黃

未來。吾無欲兮女之佩。羌猶豫兮而徘徊。黃

五清太　六清黃　夷下工　六清黃　中上　太四　夾下一　太四　黃合　中上　夾下一　中上　林尺　夷下工　中上　夾下一　中上　折字ㄅ

頭兮呼風。旗尾兮栩栩。潮枯兮汐遲。將子兮無

中上　中上　夾下一　六清黃　林尺　夷下工　林尺　中上　太四　夾下一　中上

怒。舟去兮人歸。花落兮鳥啼。

看他這調。祇用『下工』『下一』『下凡』『上』『合』『尺』

詞調溯源　三十一

『四』加『六』『五』共九聲。殺聲是用『上』字。沒有用『工』『一』『凡』『勾』『下四』五箇聲。

第八闋龎將軍高平調。是用『林鍾羽』俗呼『高平調』

應南應清太太姑應林蕤姑折字姑 應折字應林南
凡工凡五四一凡尺勾一ㄅ一 凡ㄅ凡尺工
鞭臥龍。躍鏡浦。靈之來。噎如雨。 環玉廂。翠繽

應蕤林蕤姑太姑 南應折字應南應南林蕤姑
凡勾尺勾一四一 工凡ㄅ凡工凡工尺勾一
紛。靈之逝。扉出雲。 我行其野。有穉有稌。入其

蕤林太蕤太姑 南應折字應林南林應折字應南
勾尺四勾四一 工凡ㄅ凡尺工尺凡ㄅ凡工
闉闍。載歌載舞。 祓我家屋。曰予父母。高田萊

林太蕤太姑 南應折字應蕤林南應南清太太姑
尺四勾四一 工凡ㄅ凡勾尺工凡工五四一
蕪。下田瀉鹵。 爾澤毋三。爾煦毋五。益嚴祀。其

折字 姑
ㄅ 一
終古。
穭音捉。看他這調。祇用『尺』『四』『工』『一』『凡』『勾。』
加『五。』共七聲。本可用『下四』字。他卻未用。殺聲用的是『一』字。沒
有用『下工』『下一』『下凡』『上』『合』五箇聲。
第九闋旌忠是用『南呂商。』俗呼『中管商調。』

夷 南 夷 蕤 夾 姑 蕤 夾 夷 南 夷 蕤 夾 折字 夾 夷 蕤 夾
下工 工 下工 勾 下一 一 勾 下一 下工 工 下工 勾 下一 ㄅ 下一 下工 勾 下一
師環城兮鳥不度。萬夫投戈兮子獨武。車轍厲
蕤 姑 夾 大 蕤 夷 蕤 大清 應 大清 應 大清 應 南 夷 蕤 夷
勾 一 下一 下四 勾 下工 勾 五 凡 下五 凡 下五 凡 工 下工 勾 下工
兮螳螂怒。抗予義兮出行伍。詩書發家兮嗟
夾 蕤 夷 夾 南 夷 蕤 夾 夷 應 夾 折字 夾 夾 南 夷 蕤 姑
下一 勾 下工 下一 工 下工 勾 下一 下工 凡 下一 ㄅ 下一 下一 工 下工 勾 一

彼倉父。父老死兮後生莫知其故。廟無人兮鼠

夾 大 應 大清 應 夷 蕤 夷 應

下一 下四 凡 下五 凡 下工 勾 下工 凡

穴堵。歌予詩兮詔萬古。

『中管商調』的『譜字』用『工』『一』『凡』『勾』『下四』『下工』『下一』。加『大清』的『下五』共八聲。不用『下凡』『上』『合』『尺』『四』五箇聲。殺聲用『凡』字。在琵琶法二十八調之外。惟笙可用。

第十闋蔡孝子。是用『大呂羽』。俗呼『高般涉調』

無 大清 黃清 無 林 夷 無 無 夷 林 中 中 夾 中 黃 大清 黃清 無

下凡 下五 六 下凡 尺 下工 下凡 下凡 下工 尺 上 上 下一 上 合 下五 六 下凡

愛予親兮保予體。將臨淵兮髮上指。予靑衿兮

大 夾 中 夷 無 夷 林 中 夷 無 折字 無 大清 黃清 無 黃清 無

下四 下一 上 下工 下凡 下工 尺 上 下工 下凡 ク 下凡 下五 六 下凡 六 下凡

父爲吏。不如緹縈兮鬱陶以死。　豺爲政兮吾

夷 無 大 夷 林 中 大 夾 中 無 大清 黃清 無 夷 林 中 夾 中

下工 下凡 下四 下工 尺 上 下四 下一 上 下凡 下五 六 下凡 下工 尺 上 下一 上

已矣。望瀟湘兮倏而逝。臥龍山兮若耶水。靈不

夾 大 無 折字 無 無 大清 黃清 無 林 夷 無 無 夷 林 中 大

下一 下四 下凡 下凡 下凡 下五 六 下凡 尺 下工 下凡 下凡 下工 尺 上 下四

歸兮父思子。雨鳴荷兮風入葦。若伊優兮泣

夾 中 夷 無 大清 黃清 無 中 夷 黃清 無 夷 折字 無

下一 上 下工 下凡 下四 六 下凡 上 下工 六 下凡 下工 ク 下凡

未已。牽我子兮與弟。屋陽阿兮招爾。

瀟音贊。『高般涉調』的『譜字』是『下四』『下一』『下工』『下凡』『上』『尺』『合』加『大清』的下五。『黃清』的『六』』共九聲。殺聲用『下凡』字。不用『四』『工』『一』『凡』『勾』五箇聲。原旁譜大字多誤爲太字。題蔡孝子下。作中管般贍調。中管字。蓋蒙上

章而誤。當作『高般贍調。』般贍。爲蘇祇婆琵琶七調原名之一。贍涉一聲之轉。般贍卽般涉。

第七第八第九第十旁譜。均有『折字』姜夔云。『箎笛有「折字」假如上「折字」下「無」字。卽其聲比「無」字爲高。餘皆以下字爲準。金石絃匏無「折字」。取同聲代之。』又沈筆談云『「合」字無「折」一分「折」二分至於「折」七八分者。皆是舉指有深淺。用氣有輕重』按『折』字卽是箎笛中尖音也。夔所云上「折字」下「無」字卽其聲比「無」字爲高。乃舉第十關旁譜以示人也。若第七關上「折字」下「中」字。卽其聲比「中」字爲高。餘可類推。

又按四宮淸聲在此旁譜中。可以證明有『合』字者。卽兼用『六』字。有『四』字者。卽兼用『五』字。有『下四』字者。卽兼用『下五』字。惟有『下一』者。未見其兼用『一五』字。『一五』者。『緊五』也。在琵琶中緊轉其軸之謂。篪笛中本無此聲。又按沈筆談云。『十二律』幷清宮當有十六聲。今之燕樂。只有十五聲。蓋今樂高於古樂二律以下。故無正『黃鍾』聲。只以『合』字當『大呂』。猶差高。當在『大呂』『太簇』之間。『下四』字近『太簇』。『高四』字近『夾鍾』。『下一』字近『姑洗』。『高一』字近『中呂』。『上』字近『蕤賓』。『勾』字近『林鍾』。『尺』字近『夷則』。『工』字近『南呂』。『高工』字近『無射』。『六』字近『應鍾』。『下凡』字爲『黃鍾清』。『高凡』字爲『大呂清』。『下五』字爲『太簇清』。『高五』字爲『夾鍾清』。沈氏所謂今樂指宋樂。所謂古樂指唐而言。是宋時『緊五』字已不用。不僅在篪笛中無之。

十三　凌廷堪燕樂考原所論譜字十聲祇是七聲

他說『五』『凡』『工』『尺』『上』『一』『四』『六』『勾』

『合』十聲內。『四』字卽『低五』字。『合』字卽『低六』字。『勾』字卽『低尺』字。其實衹有七聲。與今樂工所傳『譜字』同。鄭譯以『宮』『商』『角』『變徵』『徵』『羽』『變宮』七名代之。謂之『五聲二變』。而『五聲二變』又以『黃鍾』『太簇』『姑洗』『蕤賓』『林鍾』『南呂』『應鍾』七律代之。『五聲二變』惟『宮』聲最濁。『譜字』中惟『合』字最濁。故以『合』字當『宮』聲。旣因考之器數不驗。則又云應用『林鍾』爲『宮』。是鄭譯已知『合』字應配『徵』聲。不可以配『宮』聲。他又說宋人衹云以『合』字配『黃鍾』。不曾言配『宮』聲。他的主論。『合』字配『黃鍾』。卽配『下徵』。『上』字配『中呂』。卽配『宮』聲。其分配方法。已見前古今譜字表。這種研究乃是就琵琶絃推尋黍律。前人爭論。莫衷一是。凌氏所說。差爲近理。凌氏最有特見之處。是知隋以後所用。爲鄭譯所演的『龜茲樂』。與漢代之以黍律製器。全不相涉。其他樂書。則於此分界的道理。都未明白。完全被鄭譯欺騙。故總之將『五音十二律』向今樂器推求。以爲『譜字』是樂工所用。不足研究。不知隋以後完全用的是這樣東西。說破了無他巧妙。我們現在研究中國的古樂。祇認定詞所配的樂是從隋起。卽是今樂。不必求那些名詞的詮釋。更不必談到五音相生。陽律陰呂的隔八相生。以及五行十二辰的支配。走入迷途。祇認定這『五音二變』『十二律』是代表的名詞便了。

依凌廷堪的七聲分配如下

『六』二聲 （一）『合』字配『黃鍾』配『下徵』
（二）『六』字配『黃清』配『正徵』
『五』五聲 （一）『四』字配『太簇』配『下羽』
（二）『下四』字配『大呂』
（三）『五』字配『太淸』配『正羽』

（四）『下五』配『大清』。

（五）『一五』配『夾清』　在『夾鍾』之下。『姑射』之上。故云『一五』卽『緊五』。

『一』二聲　（一）『一』字配『姑洗』配『變宮』。

（二）『下一』字配『夾鍾』。

『上』一聲　（一）『上』字配『中呂』配『宮』。

『尺』二聲　（一）『勾』字配『蕤賓』。

（二）『尺』字配『林鍾』配『商』。

『工』二聲　（一）『下工』字配『夷則』。

（二）『工』字配『南呂』配『角』。

『凡』二聲　（一）『下凡』字配『無射』。

（二）『凡』字配『應鍾』配『變徵』。

古樂十二律管。今不傳。今所傳的管笛。未有長短之分。音孔亦未有高下之分。則惟吹時有輕重高低之不同。張炎及事林廣記所列『管色』又小有不同。今表列於下。

詞源	事林廣記	姜集旁譜
六 厶	六 厶	姜集旁譜作久又或作六
凡 八	凡 刂	
工 フ	工 フ	
尺 人	尺 ∧	
	勾 く	姜集旁譜作L
上 ㄣ	上 乡	
一 一	一 、	姜集旁譜卽作一
四 マ	四 マ	

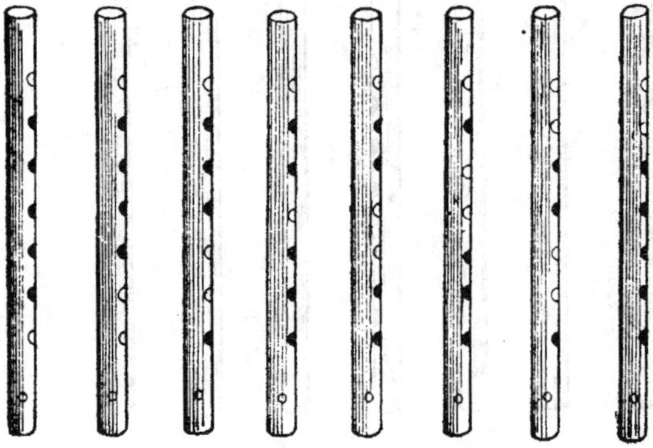

勾 ㇗

合 △

五

尖一

尖上

尖尺

大住

小住

合 ㄙ

五

尖一

尖上

尖尺

尖工

尖凡

大凡

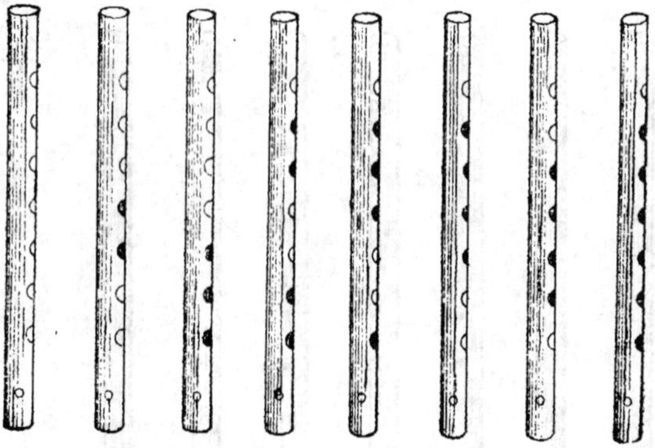

姜集旁譜作又或作

姜集旁譜中有之

掣 ‖　姜集旁譜中有之

折 ㄅ　姜集旁譜中有之

凡大 八

打 И　姜集旁譜中有之

依上列表。六至凡大。皆聲。住大至打。皆指法。張炎所列。次序淩亂。事林廣記所列。較爲整齊。下畫笛形。從事林廣記出。

事林廣記所列共十六聲

『六』二聲　（一）『六。』開第一孔。閉下五孔。

（二）『合。』六孔全閉。

『凡』三聲　（一）『凡。』開一四五孔。閉二三六孔。

（二）『凡尖。』開一二五六孔。閉三四孔。

（三）『凡大。』六孔全開。

『工』二聲

（一）『工。』開二三孔。閉一四五六孔。

（二）『工尖。』開一二三孔。閉四五六孔。

『尺』三聲

（一）『尺。』開三四孔。閉一二五六孔。

（二）『尺尖。』如『尺』字重吹。

（三）『勾。』開第三孔。閉一二四五六孔。

『上』二聲

（一）『上。』開四五孔。閉一二三六孔。

（二）『上尖。』如『上』字重吹。

『一』二聲

（一）『一。』開五六孔。閉一二三四孔。

（二）『尖一。』如『一』字重吹。

『五』二聲

（一）『五。』開第一第六孔。閉二三四五孔。

（二）『四。』開第六孔。閉一二三四五孔。

十四　譜字配律唐宋不同

『譜字』分配律呂。本不正合本律。其間聲音出入。亦不全應古法。不過是意爲遷就。故唐及北宋。與南宋不妨不同。但是不知道他不同的所在。則雅俗名稱。往往糾紛不淸。故我作這異名表。

唐宋律調異名表

	唐及北宋			南宋
宮七調	太簇宮（黃鍾）	正宮調（唐俗呼沙陁調）	合	黃鍾宮
	夾鍾宮（大呂）	高宮調	四	大呂宮
	中呂宮（夾鍾）	中呂宮調	一	夾鍾宮
	林鍾宮（中呂）	道宮調	上	中呂宮
	南呂宮（林鍾）	南呂宮調	尺	林鍾宮

唐及北宋實名	俗呼	譜字	南宋
無射宮 夷則	仙呂宮調	工	夷則宮
黃鍾宮 無射	黃鍾宮調	凡	無射宮

商七調

唐及北宋實名	俗呼	譜字	南宋
應鍾商 太簇	大石調	四	黃鍾商
黃鍾商 夾鍾	高大石調	一	大呂商
太簇商 中呂	雙調	上	夾鍾商
姑洗商 林鍾	小石調	尺	中呂商
蕤賓商 南呂	歇指調 唐俗呼水調	工	林鍾商
林鍾商 無射	林鍾商調	凡	夷則商
南呂商 黃鍾	越調	合	無射商

角七調

唐及北宋			南宋
應鍾角（姑洗）	大石角調	凡	黃鍾閏
黃鍾角（中呂）	高大石角調	合	大呂閏
太簇角（林鍾）	雙角調	四	夾鍾閏
姑洗角（南呂）	小石角調	一	中呂閏
蕤賓角（應鍾）	歇指角調	勾	林鍾閏
林鍾角（黃鍾）	林鍾角調	尺	夷則閏
南呂角（太簇）	越角調	工	無射閏
實（唐名）	俗呼	譜字	

唐及北宋			南宋
太簇羽（南呂）	般涉調	工	黃鍾羽
夾鍾羽（無射）	高般涉調	凡	大呂羽

羽七調

實名	俗呼	譜字	
中呂羽 黃鍾	中呂調	合	夾鍾羽
林鍾羽 太簇	正平調 唐俗呼上平調	四	中呂羽
南呂羽 姑洗	南呂調 高平調	一	林鍾羽
無射羽 中呂	仙呂調	上	夷則羽
黃鍾羽 林鍾	黃鍾調	尺	無射羽

十五　令慢引近等等的分別

凡『詞牌名』稱歌曲吟行詞。或辭謠調操子兒怨樂。或音樂之樂。這類祇係模仿古樂府題。沒有表示『腔調』『律調』及曲類節奏的關係。稱『添字』『減字』『偷聲』這類也祇是表示於『腔調』中有所增減。稱『轉調』稱『犯』則是表示『律調』有變動了。至稱『令』或稱

『纏令』稱『慢』稱『引』稱『近』這類則是表示曲類的分別節奏的不同。又有以『拍』表示者。如八拍蠻捉拍醜奴兒捉拍滿路花促拍令（唐曲黃驄疊一名急曲子。一名促板令一名促拍令。『捉拍』當卽『促拍』）促拍采桑子郭郎兒近拍隔浦蓮近拍快活子近拍之類。其稱『近拍』則又兼表示其爲『近曲』之『拍』。尤爲顯著。又有稱『序』稱『中序』或省序字。但稱第一。如氐州第一之類。稱『歌頭』稱『偏』稱『摘偏』稱『破』稱『攤破』則皆是表示其爲『法曲』『大曲』中之一『遍』。若稱『曲破』卽是『大曲』偏卽遍字。或寫作片。或又呼作疊。而以『遍』字爲最早。『摘偏』則是摘取其遍數之謂。如六幺令王灼說。內一疊名花十八。前後十八拍。又四花拍。共二十二拍。吳文英夢行雲詞。自注。一名六幺花十八。六幺是『大曲』其中一『遍』有十八『拍』卽是吳文英所摘出的夢行雲調。這類皆關係各類樂詞的節奏。

『序』及『入破』的名。最初見於郭樂府所載唐太清宮樂章。『遍』字最初見於白居易的霓裳羽衣曲詩自注。他說『「散序」六「遍」無「拍」。「中序」始有「拍」。亦名「拍序」。』又說『霓裳十二「遍」而曲終。』又見於郭樂府所載的涼州歌陸州歌。其中有『排遍』的名目。段錄亦謂涼州歌有『大遍』『小遍』。至『曲破』『歌頭』則見於張炎的詞源。

張炎云。『有「法曲」。有五十四「大曲」。有「慢曲」。若曰「法曲」則以倍四頭管品之。「大曲」則以倍六頭管品之。（頭管卽篳篥）卽歌者所謂「曲破」。如望瀛。如獻仙音。乃「法曲」。如六么。如降黃龍。乃「大曲」。「法曲」有「散序」「歌頭」。「大曲」「片」數與「法曲」相上下。其說亦在歌者稱停緊慢。調停音節。方爲絕唱。惟「慢曲」「引」「近」則不同。名曰小唱。「慢曲」不過百餘字。中間抑揚高下。丁抗掣拽。有大頓小頓六住小住打揹等字。』又云。『「法曲」「大曲」「慢曲」之次。「引」「近」輔之皆定「拍眼。」蓋一曲有一曲之譜。一均有一均之「拍。」所以衆樂中用拍板名曰齊樂。又曰樂句。「法曲」之「拍。」與「大曲」相類。每「片」不同。其聲字疾徐。「拍」以應之。如「大曲」降黃龍十六當用十六「拍。」前袞中袞六字一「拍。」煞袞則三字一「拍。」惟「法曲」「散序」無「拍。」至「歌頭」始「拍。」「慢曲」有大頭曲疊頭曲。有打前「拍。」打後「拍。」「拍」有前九後十一。內有四豔「拍。」「引」「近」則用六均「拍。」「拍」外有「序子。」與「法曲」「散序」「中序」不同。「法曲」之「序」一「片。」正合均「拍。」俗傳「序子」四「片。」其「拍」頗碎。故「纏令」多用之。繩以「慢曲」八均之「拍」不可。又非慢二急三「拍」與三臺相類也。』又王灼說。『「大曲」有散序靸排遍攧正攧入破虛催實催袞遍歇拍殺袞。始成一曲。』按這些編曲與拍眼的名詞。與今不同。我們實是不能通曉。但因他有這種記載。我們可藉以悟解『詞牌名』上。所用『令』『慢』『引』『近』等等的字。其分別的緣故。便在這些上頭。且可藉以研究編曲的沿革。

郭樂府載水調歌十一『遍』。前五『遍』爲歌。七絕四首。五絕一首。後六『遍』爲『入破』。七絕五首。五絕一首。末一首謂之徹。陸州歌前三『遍』爲歌。五絕三首。後四『遍』爲『排遍』。五絕四首。涼州歌。前三『遍』爲歌。七絕二首。五絕一首。後二『遍』爲『排遍』。七絕二首。大和五『遍』七絕五首。末一首謂之徹。伊州歌十『遍』。前五『遍』爲歌。七絕二首。五絕三首。後五『遍』爲『入破』。七絕三首。五絕二首。這是唐曲的編制可考的。此外則霓裳羽衣曲見於白易居的詩注。前面已載。至於宋曲。則有史浩的採蓮曲首曰『延徧』。第二曰『攧徧』。第三曰『入破』。第四曰『衮遍。』第五曰『實催。』第六曰『衮。』第七曰『歇拍。』第八曰『煞衮。』

曹勛的法曲首。『散序』。次『歌頭』。再次『偏』第一。『偏』第二。『偏』第三。第四『攧』。『入破』第一。『入破』第二。『入破』第三。『入破』第四。第五『煞』。曾慥所選的樂府雅詞。又載有董穎的薄媚曲。其前半亡失。自『排遍』第八起。次『排遍』第九。第十『攧』。『入破』第一。第二『虛催』。第三『袞遍』。第四『催拍』。第五『袞遍』。第六『歇拍』。第七『煞袞』。皆是『詞體』。史浩又有採蓮舞太清舞柘枝舞花舞劍舞漁父舞等舞曲。則皆有問答之語。悉用駢體文。中間所歌唱的。或是七絕。或是『詞體』。沒有一定。此外又有一種編制。如樂府雅詞所載調笑集調笑轉踏等。皆一詩一詞相間。前有駢語。後有所謂放隊。洪适集中的番禺調笑等。則前之駢語。謂之句隊。後加破子。破子之後。謂之遺隊。將宋代的編制。與唐代的編制。兩相比較。略可覩其沿革。且可證明在唐中葉以前。所用的尙是律體詩。嗣後纔漸漸的有『令』『慢』『引』『近』。更可證明今日尙存在的南北曲。其編制亦由唐宋的歌曲，漸漸演成。

十六　凡詞言犯有一定的規則

『詞牌名』有稱『犯』稱『三犯』稱『四犯』稱『八犯』者。如江月晃重山。前用的西江月。後用的小重山。四犯翦梅花是用的解連環醉蓬萊雪獅兒再用醉蓬萊。故名四犯。這類在『腔調』中可以查對。但『律調』的關係。是不大看得出的。『犯』調必依着『律調』。是有一定的規則。

張炎所說律呂四犯。

宮犯商	商犯羽	羽犯角	角歸本宮
黃鍾宮	無射商	夾鍾羽	無射閏
大呂宮	應鍾商	姑洗羽	應鍾閏
太簇宮	黃鍾商	仲呂羽	黃鍾閏

夾鍾宮	大呂商	蕤賓羽	大呂閏
姑洗宮	太簇商	林鍾羽	太簇閏
仲呂宮	夾鍾商	夷則羽	夾鍾閏
蕤賓宮	姑洗商	南呂羽	姑洗閏
林鍾宮	中呂商	無射羽	中呂閏
夷則宮	蕤賓商	應鍾羽	蕤賓閏
南呂宮	林鍾商	黃鍾羽	林鍾閏
無射宮	夷則商	大呂羽	夷則閏
應鍾宮	南呂商	太簇羽	南呂閏

按姜夔淒涼犯自序云。『凡曲言「犯」者。謂以「宮犯商」「商犯宮」之類。如「道調宮」「上」字住。「雙調」亦「上」字住。所住字同。故「道調」曲中犯「雙調。」或於「商調」曲中犯「道調。」其他準此。唐人

樂書云。「犯有正旁偏側。宮犯宮爲正宮犯商爲旁宮犯角爲偏宮犯羽爲側。」此說非也。十二宮所住字各不同不容相犯十二宮特可犯商角羽耳」據此則以宮犯宮爲正一語是錯的。他所謂住字。卽『殺聲』他說『殺聲』相同。始可相犯。試檢姜譜『黃鍾律』看他是『合』字『殺聲』與張炎的「律呂四犯」表一對。『黃鍾宮』犯『無射商』『無射商』犯『夾鍾羽』都是『合』字住。與變所說的『宮』可犯『商』犯『羽』是相符的。如王灼所說『大石調』西河慢聲犯『正平』『越調』蘭陵王聲犯『正宮』者是。若『夾鍾羽』犯『無射閏』則『殺聲』不同。『無射閏』在『南呂律』是『工』字『殺』但『譜字』與『無射商』同卽是犯『無射商』『無射商』的『殺聲』應用『合』字而云犯『無射閏』以『工』字『殺』卽是『借殺』如伊州歌王建宮詞有所謂『側商聲裏聽伊州』者。王灼解之云。『林鍾商』今「夷則商」也「管色」譜以「凡」字「殺」。

若「側商」則借「尺」字「殺。」此所謂『側商。』所謂「借殺。」卽是『夷則商』犯『夷則閏。』試檢譜上的『無射律。』與張炎的『律呂四犯』表一對。『無射宮』可犯『夷則商。』『夷則商』可犯『大呂羽。』『大呂羽』可犯『夷則閏。』則『借殺』是因犯『角』的緣故。是無可疑議的了。然則『借殺』亦有一定的規則。非可亂借。

十七　二十八調的詞牌名

『宮七調』

一『黃鍾宮』俗呼『正宮』又呼『正黃鍾宮』

藏鈎樂

隋煬帝製。羯鼓錄入『太簇宮。』唐之『太簇宮。』卽本調。按羯鼓錄云。玄宗所製九十二曲。而錄所載凡一百三十二曲。故知此爲隋曲之舊。

十二時

隋煬帝曲名。白明達所造新聲。已在鄭譯得『龜茲樂』琵琶法後。續通志載唐樂署供奉二百二十六曲。十二時屬『林鍾角』宋史樂志鼓吹曲。入本調。又入『無射宮』『黃鍾商』『中呂羽』『黃鍾羽』凡五調。

柳永有十二時見明顧從敬類篇草堂詩餘。樂章集不載。未詳所屬何調。

朱敦儒有十二時小令。乃憶少年。與十二時無涉。

三臺

見唐崔令欽教坊記（以下簡稱教坊記）郭樂府載唐韋應物王建所作。又有上皇三臺突厥三臺宮中三臺江南三臺之名。樂苑云唐天寶中『羽調』曲。有三臺。又有急三臺。南卓羯鼓錄。三臺屬『太簇商』唐之『太簇商』即南宋之『黃鍾商』。又有西河獅子三臺舞屬『太簇角』。續通志載唐樂署供奉曲。屬『上平調』（即正平調）郭樂府引馮鑑續事始曰。樂府以蔡邕曉音律。製三臺曲以悅邕。劉禹錫嘉話錄曰。三臺送酒。北齊高洋毀銅雀臺。築三箇臺。宮人拍手呼上臺送酒。因名其曲。李匡資暇錄曰。三臺三十拍促曲名。昔鄴中有三臺。石季龍常爲宴遊之所。樂工造此曲以促飲。按諸說未知孰是。總之三臺是舊曲名。至唐爲教坊曲。乃宋詞三臺所祖。宋張表臣珊瑚鉤詩話云。樂部中有促拍催酒。謂之三臺。大約是用爲催酒的曲。

宋史樂志因舊曲造新聲入本調。又入『夾鍾宮』『中呂宮』『林鍾宮』『無射宮』『夾鍾商』『林鍾商』『夷則商』『無射商』『黃鍾羽』『夾鍾羽』『林鍾羽』『夷則羽』凡十三調。

万俟雅言有三臺令。趙師俠又有伊州三臺。皆不著律調。別有調笑令。

一名三臺令與三臺無涉。

傾杯樂

唐太宗詔長孫無忌製屬『宮調』羯鼓錄屬『太簇商』續通志載唐樂署供奉曲屬『雙調』又有無爲傾盃樂屬『越調』宋志因舊曲造新聲入本調又入『大呂宮』『夾鍾宮』『中呂宮』『林鍾宮』『夷則宮』『無射宮』『無射商』『黃鍾商』『大呂商』『夾鍾商』『中呂商』『林鍾商』『夷則商』『黃鍾閏』『大呂閏』『夾鍾閏』『中呂閏』『林鍾閏』『夷則閏』『夾鍾閏』『中呂羽』『林鍾羽』『夷則羽』『無射羽』『黃鍾羽』『大呂羽』凡二十七調。

柳永別有古傾杯屬『夷則商』而『黃鍾宮』『夷則商』『黃鍾商』『黃鍾羽』『夷則羽』皆有傾杯樂又有『散水調』『傾杯樂』

按唐稱「水調。」即南宋之「林鍾商。」俗呼「歇指調」者。「散水調。」

或亦即「林鍾商」之俗呼。

呂渭老有傾杯令未明屬何律調。

色俱騰

羯鼓錄入「太簇宮。」唐之太簇宮。即本調。

乞婆婆

同上。

耀日光

同上。

大勾

同上。

大通

同上。

舞山香

同上。

羅犂羅

同上。

蘇莫賴耶

同上。疑卽蘇幕遮。姑兩存之。

俱倫僕

同上。

阿箇盤陀

同上。

蘇合香

同上。

無首羅

同上。

鶬鴒鸕

同上。鶬音魚。

疏勒女

同上。

要殺鹽

同上。

通天樂

同上。

萬載樂

同上。

景雲

同上。

紫雲

同上。

承天雲

同上。

順天樂

同上。

涼州

宋稱梁州。蓋涼州之訛。唐人已多誤用。

唐開元中。西涼府都督郭知運進。樂苑云。『宮調』曲。段錄云。本在『正宮調』中。(凡『律調』之名。雅俗相混者。則作括弧注明。如『正宮調。』不致相混。則不注。)有『大遍』『小遍。』至貞元初康崑崙翻入琵琶玉宸宮調。初進曲在玉宸宮。故有此名。合諸樂。卽『黃鍾宮調』也。(卽『正宮。』)張固幽閒鼓吹云。段和尚善琵琶。自製西涼州。後傳康崑崙。卽『道調』涼州也。亦謂之新涼州。按如上所說。唐時涼州有兩調。

宋志教坊所奏。入本調。又入『中呂宮』『夷則宮。』『無射宮。』凡四調。『正宮調』亦入雲韶部大曲。又天基排當樂有萬歲梁州曲破入『夷則宮』又有碎錦梁州歌頭大曲。入『無射宮。』

王灼云。今涼州見於世者。凡七『宮』曲。不知西涼所獻何『宮』也。然七曲中。知其三是唐曲。『黃鍾宮』(卽無射宮)『道調』『高宮』是也。

柳永有梁州令屬『夾鍾宮。』晏幾道晁補之歐陽修均有梁州令。字數各不同。未著『律調』。

姜夔醉吟商小品序云。有護索梁州。今不傳。

瀛府

宋志教坊所奏入本調。又入『林鍾宮』凡兩調。

齊天樂

宋志教坊所奏入本調。

天基節排當樂有聖壽齊天樂慢入『夾鍾宮』又齊天樂曲破入『中呂宮』（即道宮）。

周邦彥姜夔吳文英詞入本調。

平戎破陣樂

宋志隊舞大曲入本調。

宴鈞容

宋志曲破。入本調。

一陽生

宋志小曲。入本調。

玉窗寒

同上。

念邊戍

同上。

玉如意

同上。

瓊樹枝

同上。

鷫鷞裘

同上。

塞鴻飛　同上。

漏丁丁　同上。

息鼙鼓　同上。

勸流霞　同上。

黃鶯兒　柳永詞。入本調。

鬬百花

同上。

玉女搖仙佩

同上。

雪梅香

同上。

尾犯

同上。又入『夷則商。』

吳文英詞。入本調。

甘草子

柳永詞。入本調。

早梅芳

同上。周邦彥詞。入本調。

醉垂鞭

張先詞。入本調。

曲江秋

韓玉詞。入本調。

六州

六州者。伊涼甘石氏渭。皆唐西邊州名。六州各有歌曲。統名六州。與諸曲『律調』無涉。郭樂府載有簇拍陸州。不知始於何時。疑爲此曲之所本。宋志鼓吹曲入本調。又入『無射宮』『黃鍾商』『中呂羽』『黃鍾羽』凡五調。

程大昌演繁露云。六州歌頭。本鼓吹曲。近世好事者倚其聲。爲弔古詞。音調悲壯。不與豔詞同科。

降仙臺

宋志鼓吹曲入本調。

奉禋歌

宋志鼓吹曲。入本調。按宋大典大卹。皆奏鼓吹曲。有引導。有六州。有十二時。就樂志可考者凡五『律調』又有降仙臺奉禋歌合宮歌昭陵歌虞神歌。其『律調』亦可考。本非『燕樂』宜不錄於此編。但是這些歌。都是詞的句調。而六州十二時。又爲詞人所常賦。故擇其『律調』可考者。錄其名。

福壽永康寧

天基排當樂。

慶壽新

同上。

二『大呂宮』俗呼『高宮調』

靜三邊
宋志曲破。入本調。
嘉順成
宋志小曲。入本調。
安邊塞
同上。
獵騎還
同上。
遊兔園
同上。
錦步帳
同上。

博山鑪
同上。
㷗寒杯
同上。
雪紛紜
同上。
待春來
同上。
惜春
天基排當樂
纏令神曲
同上。

三『夾鍾宮』俗呼『中呂宮』

春光好

羯鼓錄屬『太簇宮。』亦見教坊記。王灼云。今『夾鍾宮』春光好。唐以來多有此曲。

菩薩蠻

唐宣宗大中初女蠻國入貢。危髻金冠。纓絡被體。號菩薩蠻隊。遂製此曲。

尊前集載李白詞三首。注『中呂宮。』（即夾鍾宮）按釋文瑩湘山野錄。謂魏泰得古風集於曾子宣家。始知鼎州滄水驛樓所題。爲李白詞。可證今傳作李白詞。皆宋時的說。李白時實未有菩薩蠻調。胡應麟筆叢。亦疑爲僞託。金奩集載溫庭筠、韋莊詞。入本調。

宋志因舊曲造新聲。入『夾鍾羽。』

張先詞。入本調。又一首。入『夾鍾羽。』

周邦彥詞。入『中呂羽。』

西江月

見教坊記。

宋柳永張先詞。入本調。張先又一首。入『中呂宮。』(卽道宮。)

送征衣

見教坊記。

宋柳永詞。入本調。

望遠行

見教坊記。金奩集載韋莊詞。入本調。

宋柳永詞。入『夾鍾羽。』又一首。入『夷則羽。』

玉胡蝶

詞調溯源

金奩集載溫庭筠詞。入本調。

宋柳永詞。入『夷則羽。』吳文英詞。入『夷則商。』

劍器

教坊記有劍器子。

宋志教坊所奏。入本調。

萬年歡

見教坊記。

宋志教坊所奏。入本調。又入『無射宮。』

大宋朝歡樂

宋志隊舞大曲。入本調。

杏園春

宋志曲破。入本調。

七十六

獻玉杯
　同上。
上林春
　宋志小曲。入本調。
　天基排當樂有上林春引子。入『夷則宮。』
春波綠
　宋志小曲。入本調。
百樹花
　同上。
壽無疆
　同上。
萬年春

擊珊瑚　同上。

柳垂絲　同上。

醉紅樓　同上。

折紅杏　同上。

一園花　同上。

花下醉

同上。

游春歸

同上。

千樹柳

同上。

感皇化

同上。

晝夜樂

柳永詞。入本調。

柳腰輕

同上。

踏莎行

張先詞。入本調。

慶金枝

同上。

相思兒令

同上。

師師令

同上。

山亭燕慢

同上。

謝池春慢

同上。

惜雙雙

同上。

揚州慢

姜夔自製曲。入本調。

長亭怨慢

同上。

萬壽永無疆引子

天基排當樂。

帝壽昌慢

同上。

昇平樂慢

同上。

萬方寧慢

同上。

永遇樂慢

同上。

柳永吳文英詞。無慢字。入『林鍾商』（即歇指調。）

壽南山慢

同上。

戀春光慢

同上。

慶壽樂慢

同上。

柳初新慢

同上。

柳永詞。無慢字。入『黃鍾商』

四『中呂宮』俗名『道宮』

淩波神

唐明皇夢淩波池中龍女製。續通志載唐樂署供奉曲屬『小食調』（卽小石調。）又屬『水調』（卽歇指調。）

王灼云。按理道要訣（杜佑著。以下但稱杜佑。）淩波神二曲。其一在『林鍾宮』云時號『道調』然今之『林鍾宮』卽時號『南呂宮』而『道調宮』卽古之『中呂宮』也。其一在『南呂商』云時號『水調』今『南呂商』則俗呼『中管林鍾商』也。（譜作俗呼中管商調）皆不傳。按唐時『林鍾宮』俗呼『道調』『南呂商』俗呼『水調』卽『歇指調』與南宋不同。參看唐宋律調異名表。所云『南呂商』並非譜之『中管調』蓋唐時『宮』七調。實用『太簇』『夾鍾』『中呂』『林鍾』

「南呂」「無射」「黃鍾」七律。北宋名爲用「黃鍾」「大呂」「夾鍾」「中呂」「林鍾」「夷則」「無射」七律。實際仍係沿襲唐代之舊。故唐之「林鍾宮」俗呼「道調宮」。宋則以「道調宮」當虛名之「中呂宮」。唐時「商」七調。以「太簇」「夾鍾」「中呂」「林鍾」「南呂」「無射」「黃鍾」七律名之。而實際則用「應鍾」「黃鍾」「太簇」「姑洗」「蕤賓」「林鍾」「南呂」七律。南宋則「宮」「商」「角」「羽」四調。均用「黃鍾」「大呂」「夾鍾」「中呂」「林鍾」「夷則」「無射」七律。故唐之虛名「南呂商」即「歇指」。亦即南宋之「林鍾商」。實際並未歧異。

喝馱子

王灼云。單州營妓教頭葛大姊撰。詭稱喝馱子。唐莊宗入洛。亦歌此曲。謂左右曰。此亦古曲。葛氏但更五七聲耳。又云。李珣有鳳臺一曲。注云。俗謂喝馱子。不載何宮調。今世『道宮』有慢。句讀與古不類。

望瀛

嘉祐雜誌云。『同州樂工。翻河中黃幡綽霓裳譜。鈞容樂工士守程以爲非是。別依「法曲」造成。教坊伶人花日新見之。題其後云。「法曲」雖精。莫近望瀛。』是望瀛亦唐曲。

宋志法部曲。入本調。

薄媚

見教坊記。『大曲。』

宋志教坊所奏。入本調。又入『林鍾宮』

天基排當樂有萬壽無疆薄媚曲破。入『夾鍾宮。』

姜夔醉吟商小品序。謂有歷絃薄媚。今不傳。

大聖樂
宋志教坊所奏。入本調。
垂衣定八方
宋志隊舞大曲。入本調。
折枝花
宋志曲破。入本調。
會夔龍
宋志小曲。入本調。
泛仙杯
同上。
披風襟
同上。

孔雀扇

同上。

百尺樓

同上。

金縛滿

同上。

奏明庭

同上。

拾落花

同上。

聲聲好

同上。

夜飛鵲
周邦彦詞。入本調。
吴文英詞。入『黄鍾商。』
聖壽永
天基排當樂又有聖壽永歌曲子。入『夷則宫。』
出牆花慢
同上。
縷金蟬慢
同上。
託嬌鶯慢
同上。
慶芳春慢

同上。

月中仙慢

同上。

壽爐香慢

同上。

慶簫韶慢

同上。

月明起花燈慢

同上。

五『林鍾宮』俗呼『南呂宮』

河傳

隋煬帝幸江都時所製曲名。王灼引脞說云。水調河傳。煬帝將幸江都時所製聲韻悲切。帝喜之。樂工王令言謂其弟子曰。不返矣。水調河傳。但有去聲。此說與安公子事相類。蓋『水調』中河傳也。按唐俗呼『水調』即宋俗呼『歇指調』者。是隋之河傳。若在南宋。乃屬『林鍾商』。杜佑云。唐曲『南呂商』。時號『水調』。唐之『南呂商』即南宋之『林鍾商』。詳唐宋律調異名表。

王灼又云。唐詞存者二。其一屬『南呂宮』。凡前段平韻。後仄韻。其一乃今怨王孫。屬『無射宮』。以此知煬帝所製『河傳』。不傳已久。然歐陽永叔所集詞內。河傳附『越調』。亦怨王孫曲。今世河傳。乃『仙呂調』。皆『令』也。按灼所說的歐陽修所集詞。今無傳本。

金奩集溫庭筠韋莊詞。入本調。

宋柳永詞。名河轉。張先詞一作怨王孫。皆入『夷則羽。』

望江南

唐李德裕爲亡妓謝秋娘撰。一名夢江南。劉禹錫白居易詞。名憶江南。

宋人詞。又有名江南好者。

金奩集載溫庭筠詞。入本調。

王灼云。此曲自唐至今皆『南呂宮。』

宋張先詞。名江南柳。入本調。

周邦彥詞。入『黃鍾商。』

蕃女怨

金奩集載溫庭筠詞。入本調。

荷葉杯

金奩集載溫庭筠詞。入本調。又載韋莊詞。入『雙調。』

平晉普天樂

宋志隊舞大曲。入本調。

七盤樂
宋志曲破。入本調。
仙盤露
宋志小曲。入本調。
冰盤果
同上。
芙蓉園
同上。
林下風
同上。
風雨調
同上。

開日幌　同上。

鳳來賓　同上。

落梁塵　同上。

望陽臺　同上。

慶年豐　同上。

青驄馬　同上。

普天獻壽

宋志雲韶部大曲。宋太宗所製。入本調。

八寶裝

張先詞。入本調。

吳文英詞名新雁過妝樓。入『夾鍾羽。』

一叢花令

張先詞。入本調。

六『夷則宮』俗呼『仙呂宮』

南歌子

一名南柯子。

金奩集載溫庭筠詞。入本調。

宋張先詞。入『夷則商。』

千秋樂

見教坊記。

宋志小曲。入本調。

河瀆神

金奩集載溫庭筠詞。入本調。

保金枝

宋志教坊所奏。入本調。

延壽樂

同上。

天基排當樂有延壽慢。入『中呂宮。』（即『道宮。』）又有延壽長

歌曲子。入本調。

甘露降龍庭

宋志隊舞大曲。入本調。

王母桃

宋志曲破。入本調。

折紅葉

宋志小曲。入本調。

鵲渡河

同上。

紫蘭香

同上。

喜見時

同上。

猗蘭殿

同上。

步瑶階　同上。

百和香　同上。

佩珊珊　同上。

笛家　柳永詞。入本調。

燕臺春慢　張先詞。入本調。

好事近

張先詞。入本調。

暗香

姜夔自製曲。入本調。

吳文英詞。入本調。

疏影

姜夔自製曲。入本調。

暗香疏影

吳文英詞。前半用暗香。後半用疏影。入本調。夢庵聯芳詞有張肯暗香

疏影一闋入『夾鍾宮』

捧瑤卮慢

天基排當樂。

花梢月慢

同上。

七『無射宮』俗呼『黃鍾宮』

萬歲樂

隋煬帝曲名。白明達所造新聲。已在鄭譯得『龜茲樂』琵琶法後。

唐武后作鳥歌萬歲樂。羯鼓錄屬『太簇商』（即大石調）

王灼引杜佑說。『太簇商』有萬歲樂。即鳥歌萬歲樂。舊唐史元和八年。劉宏撰萬歲樂三百首以進。今『黃鍾宮』（即無射宮）亦有萬歲樂。不知起前曲起後曲。

夜半樂

唐明皇自潞州還京師。夜半舉兵誅韋皇后。民間因製夜半樂還京樂二曲。

王灼云。今『黃鍾宮』（即無射宮）有夜半樂。『中呂調』有『慢』

有『近拍』有『序』不知何者爲正。

柳永詞入『夾鍾羽』

麥秀兩歧

唐德宗時。封舜臣經全州。守讌之。執杯索麥秀兩歧曲。樂工不能。舜臣曰。汝山民亦合聞大朝音樂。見文酒清話。是此曲德宗時已有。

王灼云。今屬『黃鍾宮』(卽無射宮)尊前集載和凝一曲。與今曲不同。

文溆子

王灼云。唐文宗善吹小管。僧文溆得罪。流之。子弟收拾院中籍入家具。猶作師講聲。文宗采其聲製曲。令『黃鍾宮』(卽無射宮)『大石調』『林鍾商』(卽夷則商)『歇指調』皆有十拍令。未知孰是。而溆字或誤作序並緒。

連理枝

尊前集載李白詞。入本調。

宋志琵琶獨彈十五曲破屬『蕤賓調。』按北宋七『角』用『蕤賓角。』名實皆同。此云『蕤賓調』當屬七角。

南鄉子

金奩集載歐陽炯詞。入本調。

張先詞。入『中呂宮。』（卽夾鍾宮）

周邦彥詞。入『夷則商』

帝臺春

見教坊記。

宋志琵琶獨彈。入本調。

浣溪沙

金奩集載張泌韋莊詞。入本調。

張先周邦彥詞。入『中呂宮』（卽夾鍾宮）

南唐李後主有攤破浣溪沙。一名山花子。不著『律調。』

漁父

一名漁歌子。亦見教坊記。

金奩集載詞十五首。誤云張志和。入本調。

喜遷鶯

金奩集載韋莊詞。入本調。

朝中措

宋志因舊曲造新聲。則爲宋以前之舊曲。入本調。

中和樂

宋志教坊所奏。入本調。

宇宙荷皇恩
宋志隊舞大曲。入本調。
採蓮回
宋志曲破。入本調。
菊花杯
宋志小曲。入本調。
翠幕新
同上。
四塞清
同上。
滿簾霜
同上。

畫屛風
同上。
折桑莢
同上。
望春雲
同上。
苑中鶴
同上。
暘征袍
同上。
望回戈
同上。

稻稼成
同上。
泛金英
同上。
鶴沖天
與喜遷鶯別名鶴沖天無涉。
柳永詞。入本調。又一首入『黃鍾商。』
華胥引
周邦彥詞。入本調。
惜紅衣
姜夔自製曲。入本調。
楚宮春

周密詞。入本調。

合宮歌

宋志鼓吹曲。入本調。

『商』七調

一『無射商』俗呼『越調』

蘭陵王

北齊蘭陵王長恭著假面具與周師戰於金墉。武士共歌謡之。曰蘭陵王入陣曲。

王灼云。今『越調』蘭陵王凡三段二十四拍。或曰遺聲也此曲聲『犯』『正宮』。『管色』用大『凡』字。大『一』字。『勾』字。故一名大犯。按大一字三字衍。『正宮』『越調』。皆用大『一』字。惟大『凡』字『勾』字。是『越調』所無。又按北齊時。『龜茲樂』雖然已入中國。尚未盛行。這曲用『越調』『犯』『正宮』已是後來的譜法。大約歷唐到宋。早非北齊舊聲。

王灼又云。又有『大石調』蘭陵王慢。殊非舊曲。周齊之際。未有前後十六拍『慢』曲子耳。按據灼說。宋時有『越調犯正宮』及『大石調』二調。

周邦彥詞。入本調。

清平樂

『清調』『平調』『瑟調』漢世謂之三調。唐併入『清商樂』此特用其名以名曲非合二調之舊以製聲。

唐開元中。禁中初重木芍藥。得四本。紅紫淺紅通白。繁開。上乘照夜白。太真妃以步輦從。李龜年手捧檀板。押衆樂前。將欲歌之。上曰。焉用舊詞爲。命龜年宣翰林學士李白立進清平調詞三章。白承詔賦詞。龜年以進。上命梨園弟子約格調。撫絲竹。捉龜年歌。見王灼所引松窗錄。按清平調詞。卽李白集中所載三絕句。唐時歌曲大率如此。今傳李白清平樂有四十六字。必後人所製。託之李白。

王灼云。此曲在『越調』唐至今盛行。今世又有『黃鍾宮』（卽正宮調）『黃鍾商』兩音。按以灼語證之。唐世亦入『龜茲樂』不是清商舊聲。

金奩集載溫庭筠詞。入本調。

宋教坊曲入『黃鍾商』。又爲雲韶部『大曲』

張先詞入『黃鍾商』

柳永詞入本調。

伊州

唐西京節度盖嘉運所進。樂苑云。『商』調曲宋志教坊所奏。入本調。又入『林鍾商』（卽歇指調）又天基排當樂有梅花伊州。入本調。

王灼云。見於世者。凡七『商』曲。不知天寶所製七『商』中何調耳。王建宮詞云。『側商聲裏唱伊州。』『林鍾商』今『夷則商』也。『管色』譜以『凡』字『殺。』若側商則借『尺』字『殺。』按『夷則商』與『夷則閏』所用『譜字』同。而『殺聲』異。律呂四犯。『無射宮』可『犯』『夷則商。』『夷則商』可『犯』『大呂羽。』且可互『犯。』『譜字』不同。而『殺聲』則同爲『下凡』字。『夷則商』『犯』『夷則閏。』則所用『譜字』同。『殺聲』異。『夷則閏』之『殺聲』爲『尺』字。相『犯』則借『尺』字『殺。』卽沈筆談所謂側殺。詳律呂四犯表。

石州

唐曲。見郭樂府羯鼓錄。屬『太簇角。』唐之『太簇角。』卽宋之俗名

『越角調。』樂苑曰。『商』調曲也。又有舞石州。

宋志。教坊所奏。入本調。

賀鑄有石州慢。不著『律調。』

拆東情

金奩集載溫庭筠韋莊詞。入本調。

宋張先周邦彥詞。入『夷則商。』

柳永詞名訴衷情近。亦入『夷則商。』

遐方怨

金奩集載溫庭筠詞。入本調。

思帝鄉

金奩集載溫庭筠韋莊詞。入本調。

大酺

唐張文收製名大酺樂。樂苑云。『商』調曲。羯鼓錄屬『太簇商。』唐之『太簇商。』卽南宋之『黃鍾商。』

宋周邦彥吳文英詞。入本調。

萬國朝天樂

宋志隊舞大曲。入本調。

九霞裳

宋志曲破。入本調。

翡翠帷

宋志小曲。入本調。

玉照臺

同上。

香旖旎

同上。

紅樓夜

同上。

朱頂鶴

同上。

得賢臣

同上。

蘭堂燭

同上。

金滴流

同上。

解愁

蘇軾集自注。國工花日新作『越調』解愁。

丹鳳吟

周邦彥吳文英詞。入本調。

鎖窗寒

周邦彥詞。入本調。

吳文英詞。註『無射商。』俗名『越調。』『犯』『中呂宮。』又『犯』『正宮。』按『越調』『正宮。』皆『合』字『殺。』可犯。若『中呂宮』則『一』字『殺。』姜夔所謂十二宮住字不同。不容相犯。亦不得云『借殺。』此註恐有誤。周邦彥片玉集。不云此調是『犯。』可證。

憶舊遊

周邦彥詞。入本調。

慶春宮

周邦彦吳文英詞。入本調。

鳳來朝

周邦彦詞。入本調。

水龍吟

周邦彦吳文英詞。入本調。

石湖仙

姜夔自製曲。入本調。

秋宵吟

同上。

霜花腴

吳文英詞。入本調。

柳初春

天基排當樂。
　二『黃鍾商』俗名『大石調』
蘇羅
　羯鼓錄入『太簇宮。』唐之『太簇宮。』卽本調。
捺利梵
　同上。
大借席
　同上。
耶婆色雞
　同上。
堂堂
　同上。

君王盛神武赫赫

同上。

君之明

同上。

半柱梁

同上。

大缽樂背

同上。

大沙野婆

同上。

黃駿蹄

同上。

放鷹樂 同上。

英雄樂 同上。

憶新院 同上。

西樓送落月 同上。

搔霜風 同上。

九成樂 同上。

百歲老壽
同上。
還成樂
同上。
飲酒樂
同上。
舞厭應賦
同上。
太平樂
同上。
大寶樂
同上。

菂加那
同上。菂音士力切。
秋風高
同上。
夜牛擊羌兵
同上。
香山
同上。
優婆師
同上。
匝天樂
同上。

禪曲

同上。

聖明樂

同上。

渡磧破虜迴

同上。

五更囀

同上。

黃鶯囀

同上。

越殿

同上。

須婆
同上。
鉢羅背
同上。
大秋秋鹽
同上。
栗時
同上。
突厥鹽
同上。
踏蹄長
同上。

回婆樂

同上。疑卽回波詞。

念奴嬌

念奴。唐天寶時名倡。

王灼云。今『大石調』念奴嬌。世以爲天寶間所製曲。予固疑之。然唐中葉漸有今體『慢』曲子。而近世有塡連昌宮詞入此曲者。後復傳此曲入『道調宮』。又轉入『高宮』『大石調』。按如灼所云。念奴嬌蓋先有『道宮』次有『高宮』再次始有『大石調』而盛行的是『大石調』

姜夔自製曲。湘月序云。予度此曲。卽念奴嬌之鬲指聲也。於『雙調』中吹之。鬲指亦謂之過腔。見晁無咎集。凡能吹竹者。便能過腔也。按晁無咎瑟趣外篇。消息詞注自過腔。夔引晁集。蓋證明此法。北宋時已有。今考『大石調』『譜字』用『合』『四』『一』『勾』『尺』『工』『凡。』

『殺聲』用『四』字。『雙調』『譜字』用『下一』『上』『尺』『工』『下凡』『合』『四』。『殺聲』用『上』字。『譜字』所不同者祇『一』『凡』『勾』與『下一』『下凡』『上』三字。『一』與『下一』。『凡』與『下凡』在『管色』中。祇輕吹重吹的分別。『勾』與『上』。則在『譜字』中相連。沈筆談謂『上』字近『蕤賓』『蕤賓』本配『勾』字。而云『上』字近『蕤賓』。則在絲絃中。『上』字與『勾』字極相近。推之『管色』。當亦如是。至明代則竟將『勾』字刪去。蓋以『管色』中已有『尖上』字。『勾』字即『低尺』字。而『管色』中。已有『尖尺』字。亦非無理。總之以有定之笛孔。配絲絃之『譜字』。終難準一。故在笛中可以有過腔之法。姜夔所謂凡能吹竹者。便能過腔。已說明是簫笛。若譜入絲絃中。則仍是『大石調』。故曰於『雙調』中吹之。方成培詞麈解爲折聲。謂『上』『四』之間。隔一字。其理甚合。但欠明瞭。

木蘭花

一名玉樓春。

尊前集載許珉詞。入本調。

金奩集載韋莊詞。入『夷則商。』

尊前集又載徐昌國詞。入『夾鍾商。』

宋柳永詞。入本調。又一首。之『夷則商。』又一首。入『夷則羽。』又有減字木蘭花亦入『夷則羽。』又有木蘭花慢入『林鍾羽。』

張先詞入『夷則商。』又有減字木蘭花亦入『夷則商。』又有偷聲木蘭花。入『夷則羽。』

周邦彥詞。入本調。又一首。入『林鍾羽。』又一首入『夷則羽。』

歌頭

尊前集載唐莊宗詞。入本調。按『歌頭』爲『法曲』『大曲』中的曲遍稱謂。不應以爲『詞牌名。』疑是『大曲』中之一『遍。』而失其曲名。

阮郎歸

一名醉桃源。

全唐詩載有馮延已詞。

宋張先詞。入本調。又一首。入『夷則羽。』

周邦彥詞。入本調。

曲玉管

見教坊記。

宋柳永詞。入本調。

紅羅襖

見教坊記。

宋周邦彥詞。入本調。

風流子

見教坊記。

花間集載有孫光憲詞。

柳永詞名內家嬌。入『夾則商。』

周邦彥吳文英入本調。

還京樂

唐明皇自潞州還京師製。

宋周邦彥吳文英詞。入本調。

大明樂

宋志教坊所奏。入本調。

嘉禾生九穗

宋志隊舞大曲。入本調。

淸夜游

宋志曲破。入本調。

寰海淸

宋志琵琶獨彈曲破。入本調。

賀元正

宋志小曲。入本調。

待花開

同上。

採紅蓮

同上。

出谷鶯

同上。

遊月宮

同上。

望回車

同上。

塞雲平

同上。

秉燭遊

同上。

滿朝歡

柳永詞。入本調。

夢還京

同上。
鳳銜杯
同上。
受恩深
同上。
看花迴
同上。
兩同心
同上。
傳花枝
同上。
金蕉葉

同上。

惜春郎

同上。

恨春遲

張先詞。入本調。

瑞龍吟

周邦彥詞。入本調。吳文英詞。注「黃鐘商。」俗名「大石調」「正平調。」

驀山溪

周邦彥詞。入本調。

側犯

同上。

塞翁吟
周邦彥吳文英詞。入本調。
霜葉飛
同上。
繞佛閣
周邦彥詞。入本調。
吳文英詞。入『夾鍾商。』
塞垣春
周邦彥詞。入本調。周密詞。易名爲采綠吟。
隔浦蓮
楊纘作詞五要稱此調爲寄殺。按『黃鍾商』當用『四』字殺。纘云寄殺。則是用『五』字殺也。

周邦彥吳文英詞。入本調。吳文英加『近』字。

玲瓏四犯

周邦彥詞。入本調。

姜夔詞於目錄下注云。此曲『雙調。』世別有『大石調』一曲。是姜夔的詞。入『雙調。』張文虎舒藝室餘筆欲移此注於湘月調下。非是。湘月詞序。不直云『雙調。』但云於『雙調』中吹之。則與用舊曲造新聲者異。

琵琶仙

姜夔詞。入本調。

高山流水

吳文英詞。入本調。

燭影搖紅

同上。

東風第一枝
同上。
夜合花
同上。
三『大呂商』俗呼『高大石調』
囀春鶯
宋志曲破。入本調。
花下宴
宋志小曲。入本調。
甘雨足
同上。
晝千秋

同上。

夾竹桃

同上。

攀露桃

同上。

燕初來

同上。

踏青回

同上

拋繡球

同上。

潑火雨

同上。

四『夾鍾商』俗呼『雙調』

汎龍舟

隋煬帝曲名。唐武后時猶存。郭樂府列入『清商曲。』據隋書音樂志。爲白明達所造新聲。已在鄭譯得『龜茲樂』琵琶法後。恐非『清商。』續通志載唐樂署供奉曲屬『小石調。』宋志小曲入本調。

何滿子

唐白居易詩云。世傳滿子是人名。臨就刑時曲始成。一曲四詞歌八疊。從頭便是斷腸聲。自注云。開元中滄州歌者姓名。臨刑進此曲以贖死。上竟不免。

王灼云。今詞屬『雙調。』兩段各六句。內五句各六字。一句七字。五代時。尹鶚李珣亦同。其他諸公所作。往往只一段而六句各六字。皆無復有五字者。字句既異。卽知非舊。

阿濫堆

驪山飛禽名。唐明皇採其聲製曲。羯鼓錄有阿鑑鷚鳥歌。『屬太簇角』。疑卽此調。

杜佑云。屬『黃鍾羽』。

王灼云。嘗以問老樂工。屬『夾鍾商』。

雨淋鈴

唐明皇幸蜀棧道中聞雨中鈴聲。方悼念貴妃。採其聲爲曲時梨園弟子。惟張野狐一人善篳篥。因吹之。遂傳於世。

王灼云。今『雙調』雨淋零慢。頗極哀怨。眞本曲遺聲。按天寶時無今體『慢曲』。灼於念奴嬌調疑之。云唐中葉漸有今體『慢』曲子。而於此調。又謂真天寶遺聲。未免自相矛盾。然也可說得過去。蓋遺聲非必在詞之句調間。凡唐曲五七言。宋則易以『慢詞』『引』『近』其遺聲仍存。可證製曲不是單照字句呆填的。

宋柳永詞。入本調。

生查子

唐韓偓製尊前集載劉侍讀詞。入本調。

宋張先詞。入本調。

拋球樂

見教坊記。劉禹錫製。未詳所屬『律調』

宋志因舊曲造新聲。有攤破拋球樂。入本調。又隊舞有拋球樂隊。

柳永詞。入『夷則商』

醉花間

見教坊記。

宋志因舊曲造新聲。入本調。

應天長

金奩集載韋莊詞。入本調。

宋柳永周邦彥吳文英詞。入『夷則商』

小重山

金奩集載韋莊詞。入本調。

宋志因舊曲造新聲。入本調。按韋莊既已在本調。則舊曲已如此。必韋莊前已有此曲。非屬本調者。

張先詞入『夾鍾宮』又一首入『中呂宮』疑二『律調』中。必有一是舊曲之『律調』

巫山一段雲

見教坊記。

宋柳永詞。入本調。

定風波

見教坊記。

宋張先詞。入本調。

柳永周邦彥詞。入『夷則商。』

秋夜月

一名相見歡。見教坊記。

宋柳永詞。入本調。

采桑子

見教坊記。又有楊下采桑。羯鼓錄作涼下采桑。屬『太簇角。』即北宋之俗呼『越角調。』唐書樂志采桑。因三州而生。三州。商人歌。屬『清商』

署。蓋沿襲陌上桑舊名。南唐李後主詞。名采桑子令。馮延巳名羅敷豔歌。宋初皆名采桑子。黃庭堅始名爲醜奴兒。其後又有攤破醜奴兒促拍醜奴兒醜奴兒慢醜奴兒近之名。皆未詳所屬『律調』

張先詞。入本調。

周邦彥吳文英詞。入『黃鍾商』吳文英加『慢』字。

歸國謠

金奩集載溫庭筠韋莊詞。入本調。

謁金門

金奩集載韋莊詞。入本調。

獻衷心

金奩集載歐陽炯詞。入本調。

賀明朝

金奩集載歐陽炯詞。入本調。

鳳樓春

金奩集載歐陽炯詞。入本調。

芳草渡

教坊記有芳草洞。當是芳草渡之誤。馮延巳有芳草渡詞。

宋周邦彥詞。入本調。

婆羅門令

郭樂府載婆羅門曲。樂苑云。『商』調曲。開元中西涼府節度楊敬述進。唐書樂志載婆羅門外國舞。宋隊舞亦有此名。唐教坊記有望月婆羅門引。羯鼓錄屬『太簇商』。杜佑云。天寶十三載七月。改諸樂名。於太常寺刊名。內『黃鍾商』。羅婆門曲。改爲霓裳羽衣曲。蓋婆羅門曲乃從印度入中國的樂曲總名。如西涼龜茲之類。即以其國名之。羯鼓錄載諸佛曲調。食曲。

其名甚繁。當是『婆羅門樂』。疑即『法曲』之所本。新唐書樂志云。『法曲』之名起於隋煬帝厭其聲澹。曲終復加解音。玄宗酷愛之。又云。玄宗令『法曲』與番部合奏。爲『燕樂』。『燕樂』源出『龜茲』。『婆羅門』或與同源而小異之。唐書樂志云。舊傳樂章五卷。孫玄成整比爲七卷。自開元以來。歌者雜用胡夷里巷之曲。其孫玄成所集者。工人多不能通。相傳謂爲『法曲』。唐書因盡去五調『法曲』。不載於樂志。是『婆羅門』爲五調。亦與『龜茲樂』五旦同。其曰工人多不能通。或是『譜字』不同之故。沈筆談云。蒲中逍遙樓楣上有唐人橫書。類梵字。相傳是霓裳譜。字訓不通。莫知是非。據此。可想見『婆羅門』曲『譜字』是梵文。

宋柳永詞。入本調。

吳文英有婆羅門引。注『羽』調。未詳是七『羽』調中之何調。

大定樂

唐太宗曲名。出自破陣樂。羯鼓錄屬『太簇商』

宋志雲韶部大曲入本調。

新水調

郭樂府云。唐又有新水調。亦『商』調曲。按『水調』乃唐『南呂商』之俗名。即俗名『歇指調』者。南宋時爲『林鍾商』此名爲新水調。恐與『水調』無與。

采蓮

宋志教坊所奏。入本調。

梁昭明太子曲名。梁簡文帝以下作者凡二十餘人。郭樂府入『清商』曲。此沿襲舊曲名。非『清商』遺聲。教坊記有採蓮子。

宋志教坊所奏。入本調。

柳永有採蓮令。入本調。

賀聖朝
見教坊記。
宋張先詞。入本調。

感皇恩
見教坊記。
宋志龜茲部曲。入本調。
張先詞。入『夾鍾宮』又一首。入『中呂宮』（即道宮）
周邦彥詞。入『黃鍾商』。

降聖樂
宋志教坊所奏。入本調。
天基排當樂。有降聖樂慢。入『中呂調』

宇宙清

宋志龜茲部曲。入本調。

惠化樂春風

宋志隊舞大曲。入本調。

朝八蠻

宋志曲破。入本調。

宴瓊林

宋志小曲。入本調。

汀洲綠

同上。

登高樓

同上。

麥隴雉

同上。
柳如煙

同上。
柳花飛

同上。
玉澤新

同上。
玳瑁簪

同上。
玉階曉

同上。
喜清和

同上。

人歡樂

同上。

征戍回

同上。

一院春

同上。

一片雲

同上。

千萬年

同上。

尉遲杯

柳永吳文英詞。入本調。

周邦彥詞。入『大呂商』

慢卷紬

柳永詞。入本調。

征部樂

同上。

佳人醉

同上。

迷仙引

同上。

御街行

柳永張先詞。入本調。

歸朝歡
同上。
慶佳節
張先詞。入本調。
玉聯環
一名一落索。
張先周邦彥詞。入本調。
武陵春
張先詞。入本調。
百媚娘
同上。
夢仙郎

同上。朱氏彊村叢書。作夢仙鄉。

少年遊

張先詞。入本調。又一首。入『夷則商。』自注。首句與『雙調』異。餘同。

柳永詞。入『夷則商。』

周邦彥詞。入『黃鍾宮。』又一首。入『夷則商。』

玉燭新

周邦彥詞。入本調。

吳文英詞。入『黃鍾商。』

紅林檎近

周邦彥詞。入本調。

掃花遊

周邦彥吳文英詞。入本調。

鹽角兒令

江休復嘉祐雜誌云。梅聖俞說。始教坊人市鹽。於紙角中得一曲譜。翻之。遂以名。今『雙調』鹽角兒令是也。歐陽永叔嘗製詞。

翠樓吟

姜夔自製曲。入本調。

秋思

吳文英詞。入本調。

漢宮春

同上。

金錢子

同上。

惜秋華

同上。

聚仙歡

天基排當樂云。高雙調。未聞。姑附於此。

堯階樂慢

同上。

玉京春慢

同上。

老人星降黃龍曲破

同上。

玉簫聲

同上云雙聲調。未聞。姑附於此。

五『中呂商』俗呼『小石調』

胡渭州

唐開元中李龜年製。

王灼云。唐史吐蕃傳云。奏涼州胡渭錄要雜曲。今『小石調』胡渭州是也。然世所行伊州胡渭州六么。皆非『大遍』全曲。

宋志教坊所奏。入本調。又入『夾則商』

姜夔醉吟商小品序云。石湖老人謂予云。琵琶有四曲。今不傳矣。曰。護索梁州。轉關綠腰。醉吟商胡渭州。歷絃薄媚也。予每念之。辛亥之夏。予謁楊廷秀丈於金陵邸。遇琵琶工。解作醉吟商胡渭州。因求得其品絃法。譯成此譜。實雙聲耳。按姜詞旁譜係『夾鐘商』用『上』字『殺』

蝶戀花

一名鳳棲梧。全唐詩載有南唐李後主詞。

宋柳永詞。入本調。

張先詞。入本調。又一首。入『夷則商。』

周邦彥詞。入『夷則商。』

獻仙音

王灼引歐陽修語。謂人間有望瀛獻仙音二曲。爲霓裳羽衣曲遺聲。識其太疏。按二曲誠非霓裳之遺聲。但宋時法曲部。但有『道宮』調望瀛。『小石』調獻仙音。其爲唐曲之舊。則無疑義。

宋志法曲部。入本調。

柳永詞。入本調。又有法曲第二。亦入本調。字數雖微有不同。即是獻仙音。編者誤第二爲另一曲名。

周邦彥姜夔吳文英詞。均入『黃鍾商。』

喜慶樂

宋志教坊所奏。入本調。

金枝玉葉春
宋志隊舞大曲。入本調。
舞霓裳
宋志曲破。入本調。按與唐霓裳羽衣曲無涉。
王灼云。世有『般涉調』拂霓裳曲。按與此舞霓裳當亦無涉。皆不過襲用其名。
滿庭香
宋志小曲。入本調。
七寶冠
同上。
玉唾壺
同上。

辟塵犀
同上。
喜新晴
同上。
慶雲飛
同上。
太平時
同上。
喜新春
宋志雲韶部大曲入本調。
秋蕊香引
柳永詞入本調。

周邦彥詞。無『引』字入『夾鍾商』

西平樂

柳永周邦彥吴文英詞。入本調。

一寸金

柳永周邦彥吴文英詞。入本調。

夜厭厭

張先詞。入本調。

迎春樂

張先詞。入本調。

柳永詞。入『夷則商』

過秦樓

周邦彥詞。入『夾鍾商』

周邦彥詞。入本調。

吳文英詞。入『黃鍾商』

四園竹

同上。

花犯

周邦彥吳文英詞。入本調。

渡江雲

同上。吳文英名渡江雲三犯。

疊錦堂

吳文英詞。入本調。

江南春

吳文英詞。注『中呂宮。』據鐵網珊瑚作『小石調。』則『宮』字是

『商』字之誤。

六『林鍾商』俗呼『歇指調』

荔枝香

李龜年製曲。因忠州進荔枝。遂以名之。新唐書禮樂志帝幸驪山。楊貴妃生日。命小部張樂長生殿。因奏新曲。未有名。會南方進荔枝。因名曰荔枝香。

王灼云。今『歇指』『大石』皆有『近拍』不知何者爲本曲。

柳永周邦彥詞。入本調。

吳文英詞。入『黃鍾商』

卜算子

唐駱賓王詩。好用數名。人稱爲卜算子。此調名。蓋用俗語。咸通末鍾輻有卜算子慢詞。

柳永張先詞。入本調。張先詞有『慢』字。

浪淘沙

見教坊記。

尊前集載劉禹錫詞。未詳所屬『律調。』

宋柳永有浪淘沙慢浪淘沙令入本調。

周邦彦吳文英皆『慢』詞。入『夷則商。』

天仙子

金奩集載韋莊詞。入本調。

宋張先詞。入『夾鍾羽。』又一首入『夷則羽。』

上行杯

金奩集載韋莊詞。入本調。

女冠子

金奩集載溫庭筠韋莊詞。入本調。

宋柳永詞。入『夷則羽。』

洞仙歌

見教坊記。

宋志因舊曲造新聲。入本調。又入『夷則商。』

柳永詞。入『夾鍾羽。』又一首。入『夷則羽。』又一首。入『黃鍾羽。』

君臣相遇樂

新唐書禮樂志云。太清宮成。太常卿韋縚製景雲九眞紫極小長壽承天順天樂。又製『商』調君臣相遇樂。

宋志教坊所奏。入本調。

慶雲樂

宋志教坊所奏。入本調。

大定寰中樂

宋志隊舞大曲。入本調。

九穗禾

宋志曲破。入本調。

楡塞淸

宋志小曲。入本調。

聽秋風

同上。

紫玉簫

同上。

碧池魚

同上。

鶴盤旋 同上。
洪恩新 同上。
聽秋蟬 同上。
月中歸 同上。
千家月 同上。
鵲橋仙 同上。
柳永詞。入本調。

夏雲峯

同上。

祭天神

柳永詞。入本調。又一首入『夾鍾羽。』

雙燕兒

張先詞，入本調。

七『夷則商』俗呼『林鍾商』又呼『商調』

霓裳羽衣曲

出自婆羅門曲。開元中。西涼節度楊敬述所獻。白居易詩。『由來能事各有主。楊氏創聲君造譜。』蓋音譜爲楊敬述所獻。曲詞爲玄宗所製。王灼據杜佑說。天寶十三載七月。改諸樂名。中使輔璆琳宣進止。令於太常寺刊名。內『黃鍾商』婆羅門曲。改爲霓裳羽衣曲。定爲屬『黃鍾商。』按唐之

『黃鍾商。』時號『越調。』卽南宋之『無射商。』又按新唐書禮樂志。前敍河西節度使楊敬忠（作楊敬忠與讀書所傳楊敬述異）獻霓裳羽衣曲十二『遍』。凡曲終必遽。唯霓裳羽衣曲將畢。引聲益緩。後敍文宗詔太常卿馮定采開元雅樂。製雲韶法曲及霓裳羽衣舞曲。是此曲在文宗時有所改易。唐代已有前後兩譜。南唐李後主作昭惠后誄云『霓裳羽衣曲。緜茲喪亂。世罕聞者。獲其舊譜。殘缺頗甚。暇日與后詳定。去彼淫繁。定其墜缺』是舊譜在唐末已不全。此曲因又有李後主詳定之譜。蜀檮杌稱三月上巳。王衍宴怡神亭。衍自執板唱霓裳羽衣後庭花思越人曲。則蜀亦有傳譜。北宋時。不惟玄宗文宗兩譜。無所聞。卽南唐蜀所傳之譜。亦復不存於世。至南宋姜夔於樂工故書中得『商調』霓裳曲十八闋。皆虛譜無辭。夔因作霓裳中序第一。其序云。按沈氏樂律霓裳『道調。』此乃『商調。』樂天詩云。『散序』六闋。此特兩闋。未知孰是。然音節閑雅。不類今曲。予不暇盡作。作中序一闋。傳於世。今考姜詞旁譜。用『凡』字『殺聲』。是爲『夷則商』所云『商』調。非若樂苑以七『商』曲泛稱『商』調曲之比。乃『夷則商』之俗呼。然則此曲玄宗所製爲無射商。姜夔所得爲『夷則商』。或爲文宗時馮定所製。或爲李後主所詳定。殆不可知。故『律調』與『遍』數。皆不與玄宗所製相符。以姜詞爲『慢曲』。尙非玄宗時所有。證之可斷爲後譜。王灼云。宣和初王平自言得『夷則商』霓裳羽衣譜。取陳鴻白樂天長恨歌傳。並樂天寄元微之霓裳羽衣曲歌。又雜取唐人小說長句及明皇太真事。終以微之連昌宮詞。補綴成曲。刻板流傳。曲十一段。起第四『遍』第五『遍』。第六『遍』。『正攧』。『入破』。『虛催袞』。『實催袞』。『歇拍』。『殺袞』。音律節奏與白氏歌註大異。按起第四『遍』。則前有三『遍』是『散序』。與姜譜所云『散序』兩闋。又有不同。而『律調』則一。竊疑二譜。一爲馮定所製。一爲李後主所詳定。而後主所詳定。卽係馮定所製。不及見玄宗舊譜。至「小石調」舞霓裳。「般涉調」拂霓裳。均與這曲無涉。

姜夔詞。入本調。

氏州第一

唐樂府有氏州歌第一。

周邦彥詞。入本調。

思歸樂

見郭樂府。樂苑云。「商」調曲。後一曲犯「角」羯鼓錄有思歸。疑即此調。入「太簇商」。

宋柳永詞。入本調。

破陣樂

唐太宗製破陣樂。玄宗又製小破陣樂。唐教坊有破陣子。樂苑云。「商調曲。羯鼓錄入「太簇商」。續通志載唐樂署供奉曲屬「太簇宮」（即正宮）又屬『小石』又屬『越調』又屬『雙調。』

宋柳永張先詞。入本調。

鳳歸雲

見教坊記。

宋柳永詞。入本調。又一首。入『夷則羽。』

三字令

花間集載歐陽炯詞。未詳『律調。』

宋張先詞。入本調。

錦堂春

一名烏夜啼。一名聖無憂。見教坊記。

宋柳永詞。入本調。

留客住

見教坊記。
宋柳永詞。入本調。

二郎神
同上。

隔簾聽
同上。

長相思
古樂府名。郭樂府載吳邁遠等篇。至白居易止。均非『詞體』亦見教坊記。
宋張先詞。名相思令。入『夾鍾商』
宋柳永詞。入本調。

一斛珠

一名醉落魄。尊前集載李後主詞。入本調。

宋張先詞。入本調。

更漏子

金奩集載溫庭筠韋莊詞。入本調。又載南唐李後主詞。入『大石調。』

宋張先詞。入『夾則商。』

望行宮

宋志因舊曲造新聲。入本調。

賀皇恩

宋志教坊所奏。入本調。

泛清波

同上。

大惠帝恩寬

宋志隊舞大曲。入本調。

宴朝簪

宋志曲破。入本調。

採秋蘭

宋志小曲。入本調。

紫絲囊

同上。

留征騎

同上。

塞鴻度

同上。

回鵲朝

同上。

汀洲雁 同上。

風入松 同上。

蓼花紅 同上。

澄渚鴻 同上。

駐馬聽 柳永詞。入本調。

雙聲子

同上。
陽臺路
同上。
宣清
同上。
雨中花慢
同上。
集賢賓
同上。
殢人嬌
同上。
合歡帶

同上。

醉蓬萊

柳永吳文英詞。入本調。

喜朝天

張先詞。入本調。

傷情怨

周邦彥詞。入本調。

品令

同上。

黃鸝繞碧樹

同上。

解連環

周邦彦吴文英詞。入本調。

丁香結

同上。

解蹀躞

同上。

垂絲釣

同上。吴文英加『近』字。

三部樂

周邦彦詞。入本調。

吴文英詞。入『黄鍾商』

玉京謠

吴文英詞注『夷則商』『犯』『無射宮。』

古香慢
同上。
玉漏遲
吳文英詞。入本調。
三姝媚
同上。
龍山會
同上。
國香慢
周密自度曲。入本調。

「角」七調

一「無射閏」俗呼「越角調」

大蘇賴耶
羯鼓錄入『太簇角。』唐之『太簇角。』卽本調。
大春楊柳
同上。
大東祇羅
同上。
大郎賴耶
同上。
卽渠沙
同上。
大達麽反
同上。

俱倫毗

同上。

悉利都

同上。

移都師

同上。

飛仙

同上。

破勃律

同上。

露如珠

宋志曲破。入本調。

望明堂
宋志小曲。入本調。
華池露
同上。
貯香囊
同上。
秋氣清
同上。
照秋池
同上。
曉風度
同上。

靖邊塞

同上。

聞新雁

同上。

吟風蟬

同上。

二『黃鍾閏』俗呼『大石角』

念邊功

宋志曲破。入本調。

紅鑪火

宋志小曲。入本調。

翠雲裘

同上。冬夜長

同上。金鷓鴣

同上。玉樓寒

同上。鳳戲雛

同上。一鑪香

同上。雪中雁

同上。

慶成功

同上。又琵琶獨彈曲破。有此調。云鳳鸞商。未知於七「商」中屬何調。

角招

姜夔自度曲。按本調當用「凡」字「殺。」考旁譜係用「一」字「殺。」則所用是「姑洗律」之「黃鍾角。」故夔集題曰「黃鍾角。」其自序則曰依晉史名曰「黃鍾清角調。」實則「譜字」與「黃鍾宮」同。本調「譜字」亦與「黃鍾宮」同。姑附於此。

三「大呂閏」俗呼「高大石角」

陽臺雲

宋志曲破。入本調。

日南至

宋志小曲。入本調。

帝道昌

同上。

文風盛

同上。

琥珀盃

同上。

雪花飛

同上。

阜貂裘

同上。

征馬斷

同上。

射飛雁

同上。

雪飄颻

同上。

四『夾鍾閏』俗呼『雙角』

宴新春

宋志曲破。入本調。

鳳樓燈

宋志小曲。入本調。

九門開

同上。

落梅香　同上。

春冰坼　同上。

萬年安　同上。

催花發　同上。

降真香　同上。

望蓬島　同上。

迎新春

同上。

柳永詞。入黃鍾商。

五『中呂閏』俗呼『小石角』

龍池柳

宋志曲破。入本調。

月宮春

宋志小曲。入本調。

折仙枝

同上。

春日遲

同上。

綺筵春　同上。
登春臺　同上。
紫桃花　同上。
一林紅　同上。
喜春雨　同上。
泛春池　同上。

長生寶宴

天基排當樂。

六『林鍾閏』俗呼『歇指角』

金步搖

宋志曲破。入本調。又入『夷則羽。』

玉壺冰

宋志小曲。入本調。

卷珠箔

同上。

隨風簾

同上。

樹青葱

同上。
紫桂叢
同上。
五色雲
同上。
玉樓宴
同上。
蘭堂宴
同上。
千秋歲
同上。
張先詞。入『夷則羽。』

七『夷則閏』俗呼『林鍾角』又呼『商角』

慶雲見

宋志曲破。入本調。

泛仙槎

宋志琵琶獨彈曲破。入本調。

慶時康

宋志小曲。入本調。

上林果

同上。

晝簾垂

同上。

水精簟

同上。
夏木繁
同上。
暑氣清
同上。
風中琴
同上。
轉輕車
同上。
清風來
同上。
筵前保壽樂

天基排當樂。

『羽』七調

一『夾鍾羽』俗呼『中呂調』

安公子

隋煬帝製。亦見教坊記。

王灼云。唐時在『太簇角』今已不傳。其見於世者『中呂調』有『近』

『般涉調』有『令』

宋柳永詞入本調。又一首入『黃鍾羽』

水調歌

隋煬帝幸江都時所製。隋唐嘉話煬帝鑿汴河。自製水調歌。樂苑云。『商』調曲。

王灼云。『理道要訣所載唐曲「南呂商」時號「水調」今曲乃「中呂調。」而唐所謂「南呂商。」則今俗呼「中管林鍾商」也。」按灼說誤。唐時『南呂商』卽南宋時之『林鍾商。』俗呼『歇指調』者。『水調』乃隋以來俗呼。是煬帝所製曲。在唐屬『南呂商』在南宋則爲屬『林鍾商。』又云。『今世所唱「中呂調」水調歌。乃是以音調異名者名曲。雖首尾各有五言兩句。決非樂天所聞之曲。』按白居易聽水調詩云。『五言一「遍」最殷勤。』蓋唐曲是多『遍』。』卽郭樂府所載十一疊。前五疊爲歌。第一二三四疊皆七言四句。第五疊五言四句。卽白居易所說的五言一『遍』。後六疊爲『入破。』可證明今所傳水調歌頭。首尾各有五言兩句者。不是舊曲。舊曲以『水調』名。卽屬『水調。』如煬帝所製水調河傳。蜀王衍水調銀漢。皆『水調』曲。今所傳水調歌頭。乃其因舊曲造新聲之類。亦非無故以音調異名名其曲。唐以來之舊曲。其後改入他調者甚多。先爲律體。後演爲『慢曲。』曲名仍舊。『律調』仍舊。這類也甚多。不足爲異。

虞美人

見教坊記。

尊前集載南唐李後主虞美人影詞。入本調。

王灼云。舊曲三。其一屬『中呂調』其一『中呂宮。』(卽夾鍾宮。)

近世轉入『黃鍾宮。』(卽無射宮)

宋張先詞。入本調。又有轉聲虞美人。入『林鍾羽。』

周邦彥詞。入『黃鍾宮。』(卽正宮)

瑞鷓鴣

一名舞春風。見教坊記。

宋志因舊曲造新聲。入本調。

柳永詞。入『林鍾羽。』又一首。入『黃鍾羽。』

離別難

見教坊記。段錄云。武后朝有一士人。陷冤獄。籍其家。妻配入掖庭。善吹觱篥。乃作此曲以寄情焉。初名大郎神。蓋取良人第行也。旣畏人知。遂三易其名。曰悲切子。終號怨回鶻云。

宋柳永詞。入本調。

如夢令

一名憶仙姿。世傳始自唐莊宗。莊宗修內苑。掘土有繡花碧色。中得斷碑。載此詞。則在莊宗前已有之。尊前集載白居易宴桃源。亦即此調。

周邦彥詞。入本調。

道人歡

宋志教坊所奏。入本調。

一斛夜明珠

宋志隊舞大曲。入本調。

採明珠

宋志曲破。入本調。

宴嘉賓

宋志小曲。入本調。

會羣仙

同上。

天基排當樂。入『夾鍾商。』

集百祥

宋志小曲。入本調。

凭朱欄

同上。

香煙細

同上。

仙洞開　同上。

上馬杯　同上。

拂長袂　同上。

羽觴飛　同上。

戚氏　柳永詞。入本調。

輪臺子

同上。

擊梧桐

同上。

過澗歇

同上。

引駕行

同上。又一首。入『夷則羽。』

迷神引

同上。

菊花新

柳永張先詞。入本調。

醉紅妝

張先詞。入本調。

滿庭芳

周邦彥詞。入本調。

六醜

周密浩然齋雅談云。上問六醜之義。教坊使袁綯進曰。起居舍人新知潞州周邦彥作也。召而訊之。對曰。此犯六調。皆聲之美者。然絕難歌。昔高陽氏有子六人。才而醜。故以比之。

同上。

綺寮怨

同上。

意難忘

同上。

宴清都
周邦彦吳文英詞。入本調。
杏花天影
姜夔詞。入本調。
探芳信
吳文英詞。入本調。
玉京秋
周密詞。入本調。
二『中呂羽』俗呼『正平調』
八六子
唐杜牧製。
宋柳永詞。入本調。

憶漢月
見教坊記。
宋柳永詞。名望漢月。入本調。

長壽樂
續通志載唐樂署供奉曲。屬『太簇宮』（即正宮。）
宋志隊舞大曲有齊天長壽樂。入『夷則羽。』
柳永詞。入本調。又一首入『黃鍾羽。』

金觴祝壽春
宋志隊舞大曲。入本調。

萬年枝
宋志曲破。入本調。

萬國朝

宋志小曲入本調。

獻春盃

同上。

魚上冰

同上。

紅梅花

同上。

洞中春

同上。

春雪飛

同上。

翻羅袖

同上。

落梅花　同上。

夜遊樂　同上。

鬪春雞　同上。

歸去來　柳永詞。入本調。

燕歸梁　柳永詞。入本調。張先詞。入『林鍾羽。』

淡黃柳
姜夔詞。入本調。

壽長春
天基排當樂。

萬花新曲破
同上。
三『林鍾羽』俗呼『高平調』又呼『南呂調』

臨江仙
見教坊記。
宋柳永張先詞。入本調。柳永又有臨江仙引。入『夷則羽。』

江城子
花間集載韋莊詞。未詳『律調。』

宋張先詞入本調。

酒泉子

金奩集載韋莊溫庭筠詞。入本調。

宋張先詞。入本調。

定西番

金奩集載溫庭筠詞。入本調。

宋張先詞。入本調。

楊柳枝

金奩集載溫庭筠詞。入本調。

羅金鉦

宋志教坊所奏。入本調。

文興禮樂歡

宋志隊舞大曲。入本調。

鳳城春

宋志小曲。入本調。

春景麗

同上。

牡丹開

同上。

展芳茵

同上。

紅桃露

同上。

囀林鶯

同上。

滿林花

同上。

風飛花

同上。

透碧霄

柳永詞。入本調。

憶帝京

同上。

怨春風

張先詞。入本調。

于飛樂令

同上。

瑞鶴仙
周邦彦吴文英詞。入本調。

解語花
同上。

拜星月
同上。吴文英加「慢」字。

玉梅令
姜夔詞。入本調。

瀲蘭香
吴文英詞。入本調。

探芳新

同上。

倦尋芳

同上。

慶千秋

天基排當樂

四『夷則羽』俗呼『仙呂調』

甘州

唐曲名。樂苑云。『羽』調曲。亦見教坊記。

王灼云。甘州世不見。今『仙呂調』有『曲破』有八聲『慢』有『令』而『中呂調』（卽夾鍾羽）有象八聲甘州。他宮調不見也。凡『大曲』就本宮調。製『引』『序』『慢』『近』『令』。蓋度曲者常態。若象八聲甘州。卽是用其法於『中呂調』此例甚廣。僞蜀毛文錫有甘州遍。顧瓊李珣有倒排甘州。顧瓊又有甘州子。皆不著宮調。

柳永八聲甘州。入本調。又有甘州令。入『夷則羽』

六幺

一名樂世。一名錄要。一作綠腰。唐貞元中。樂工進曲。樂苑云。『羽』調曲。郭樂府又載有急樂世。亦見教坊記。

王灼云。今六幺行於世者四。曰『黃鍾羽。』『夾鍾羽。』『林鍾羽。』『夷則羽。』

宋志教坊所奏。入本調。又入『林鍾羽』『夾鍾羽。』

柳永周邦彥六幺令。入本調。

吳文英詞注『夷則商。』俗名『仙呂宮。』按『商』『宮』二字。均誤。當云『夷則羽。』俗名『仙呂調。』又夢行雲詞。自注。卽六么花十八。未詳所屬『律調。』

西河長命女

樂苑云。『羽』調曲。段錄云。大曆中。嘗有樂工自造一曲。卽古曲長命女西河也。增損節奏。頗有新聲。亦見教坊記。無西河二字。續通志載唐樂署供奉曲屬『上平調』（卽正平調。）

王灼云。此曲起開元以前。大曆間。樂工加減節奏。引杜佑說。屬『林鍾商。』又云。近世有長命女令。屬『仙呂調。』又別出『大石調』西河慢聲『犯』『正平』按西河當是樂部名。唐又有西河獅子。西河劍氣。

周邦彥西河詞。屬『大呂。』當是『大石』之誤。片玉集所注『律調。』皆用俗呼。俗名無呼『大呂』者。

吳文英詞。入『中呂商。』

鎭西

見郭樂府。教坊記有鎭西樂鎭西子。

宋柳永詞。名小鎮西。又有小鎮西犯。皆入本調。

月宮仙

宋志因舊曲造新聲。入本調。

戴仙花

同上。

彩雲歸

宋志教坊所奏。入本調。

柳永詞。入『夾鍾羽。』

夢鈞天

宋志曲破。入本調。

壽星見

宋志琵琶獨彈曲破。入本調。

朝天樂

同上。云正仙呂調。未聞。姑附於此。

喜清和

宋志小曲。入本調。

芰荷新

同上。

清世歡

同上。

玉鈎欄

同上，

金錯落

同上。

燕引雛 同上。

草芊芊 同上。

步玉砌 同上。

整華裾 同上。

海山青 同上。

旋絮綿 同上。

風中帆
同上。
靑絲騎
同上。
喜聞聲
同上。
郭郎兒近拍
柳永詞。入本調。
西施
同上。
如魚水
同上。

竹馬子
同上。
望海潮
同上。
剔銀鐙
同上。
紅窗聽
同上。
玉山枕
同上、
滿江紅
柳永周邦彥詞。入本調。

吳文英詞入『夷則宮』

促拍滿路花

柳永周邦彥詞。入本調。周邦彥無『促拍』二字。

倒犯

周邦彥詞。入本調。

吳文英詞。入『夾鍾商。』

點絳脣

周邦彥詞。入本調。

歸去難

同上。

蕙蘭芳引

周邦彥詞。入本調。

吴文英詞。入『林鍾商』

鬲梅溪令

姜夔詞。入本調。

淒涼犯

姜夔自製曲。注『仙呂調』『犯』『商調。』按自序云。所住字同。始可相犯。則『商調』當爲『雙調。』傳寫之誤。吴文英詞。注『仙呂調』『犯』『雙調。』

絳都春

吴文英詞。入本調。

惜黄花慢

吴文英詞。入本調。

五『無射羽』俗呼『黄鍾調』

千春樂
見教坊記。
宋志教坊所奏。入本調。
降聖萬年春
宋志隊舞大曲。入本調。
賀回鑾
宋志曲破。入本調。
宴鄒枚
宋志小曲。入本調。
雲中樹
同上。
燎金鑪

同上。

澗底松

同上。

嶺頭梅

同上。

玉鑪香

同上。

瑞雪飛

同上。

六『黃鍾羽』俗呼『般涉調』

塞姑

見郭樂府。

宋柳永詞。名塞孤。入本調。

蘇幕遮

唐書宋務光傳。比見坊邑相率爲渾脫隊。駿馬胡服。名曰蘇莫遮。

續通志載唐樂署供奉曲。萬宇淸。舊名蘇幕遮。屬『太簇宮』。俗名『沙陁調』。（即正宮調。）又屬『水調』（即歇指調。）又以爲感皇恩之舊名。屬金風調。金風調是何調俗名。未詳。

宋周邦彥詞。入本調。

拜新月

見教坊記。

宋志因舊曲造新聲。入本調。

望征人

宋志因舊曲造新聲。入本調。

嘉宴樂
同上。
引駕回
同上。
長壽仙
宋志教坊所奏。入本調。
滿宮春
同上。
君臣宴會樂
宋志隊舞大曲。入本調。
鬱金香
宋志曲破。入本調。

玉樹花　宋志小曲。入本調。

望星斗　同上。

金錢花　同上。

玉窗深　同上。

萬民康　同上。

瑤林風　同上。

隨陽雁

同上。

倒金罍

同上。

雁來賓

同上。

看秋月

同上。

漁家傲

張先周邦彥詞。入本調。

稍遍

蘇軾詞。入本調。

夜遊宮
周邦彥詞。入本調。
七『大呂羽』俗呼『高般涉調』
會天仙
宋志曲破。入本調。
喜秋成
宋志小曲。入本調。
戲馬臺
同上。
汎秋菊
同上。
芝殿樂

同上。

鸂鶒杯

同上。

玉芙蓉

同上。

偃干戈

同上。

聽秋砧

同上。

秋雲飛

同上。

昭陵歌

宋志鼓吹曲入本調。

總上列各『詞牌名』所屬的『律調』皆不出於蘇祇婆琵琶法的『二十八調』以外。自隋至宋。凡在記載中可尋考的。無一不是這樣。鄭譯雖然演爲『八十四調』除『二十八調』外。却都沒人用過。『中管調』宋人詞內祇得姜夔吳文英的喜遷鶯一調。是用的『太簇宮』俗呼『中管高宮』可見『中管調』並未適用。七『正角』七『變徵』七『正徵』又皆不用。宋人詞中所謂『徵調』者。亦祇得晁端禮的黃河淸壽星明。及姜夔的徵招三調。晁端禮的兩調。卽丁仙現所譏爲落韻的。見葉夢得石林避暑錄話。姜夔的徵招名之曰『黃鍾下徵調』實是借用『黃鍾宮』調。而用『凡』字爲『殺聲』夔自序云『政和間大晟府嘗製數十曲音節駁矣。予嘗考田畸聲律要訣云。「徵」與「二變」之調。咸非流美。故自古少用「徵調」曲也。「徵」爲去母調。如「黃鍾」之「徵」以「黃鍾」

爲母。不用「黃鍾」乃諧。』又云。『然「黃鍾」以「林鍾」爲「徵。」住聲於「林鍾。」若不用「黃鍾」聲便自成「林鍾宮」矣。故大晟府「徵調」兼母聲。一句似「黃鍾」均。一句似「林鍾」均。所以當時有落韻之語。』又云。『因再三推尋唐譜。并琴絃法。而得其意。「黃鍾徵」雖不用母聲。亦不可多用「變徵蕤賓」「變宮應鍾」聲。若不用「黃鍾」而用「蕤賓」「應鍾。」卽是「林鍾宮」矣。餘十一均「徵調」倣此。其法可謂善矣。然無清聲。只可施之琴瑟。難入「燕樂。」故「燕樂」缺「徵調。」不必補可也。』又云。『此一曲乃予昔所製。因舊曲「正宮」齊天樂慢。前二拍是「徵調。」故足成之。雖兼用母聲。較大晟樂爲無病矣。』按他這詞是借用『正宮調』的七個『譜字。』『正宮調』當用『合』字『殺』聲。『合』字乃『正宮調』之母聲。去母不用。卽是去『合』字不用。他說『黃鍾』以『林鍾』爲『徵。』便是鄭圖第一行『林』字與『徵』字相並的緣故。『林鍾』配的是『尺』字。故他用『尺』字『殺聲』『正宮調』的『譜字』比較『林鍾宮調』的『譜字』只多一個『合』字少一個『下四』字。『尺』字是『林鍾宮』的『殺聲』即是『林鍾宮』的母。今去『合』字而用『尺』字『殺聲』不是便成了『林鍾宮』調嗎。故他終不能不用『合』字。在四絃琵琶中去求『徵調』本來是莫名其妙的事。故無論如何說法。終不能成立。宋志政和初。命大晟府改用大晟律。其聲下唐樂已兩律。然劉昺止用所謂中聲八寸七分琯爲之。又作匏笙塤篪。皆入東部。至於徵招角招。終不得其本均。大率皆假之以見『徵』音。然其曲譜頗和美。故一時盛行於天下。然教坊樂工嫉之如讎。其後蔡攸復與教坊用事樂工附會。又上唐樂譜『徵』『角』二聲。遂再命教坊制曲譜。既成。亦不克行而止。蔡絛鐵圍山叢談說。政和間作燕樂。求『徵』『角』調不可得。有獨以『黃鍾宮』調均韵中有曲而但以『林鍾』卒之。是『黃鍾』視『林鍾』爲『徵。』雖號『徵調。』然自是『黃鍾宮』之均韵。非猶有以『林鍾』爲『徵』之均韵也。這段話。便是『徵調』在琵琶法中不能成立的確切批評。

琵琶法的『二十八調。』到後來又減成『六宮十一調。』試查看上列的各『詞牌名。』『角』調的曲。自北宋乾興以後即不用。宋志所列。都是太宗時的曲子。宋人詞中祇有姜夔作了一調角招。而『商』調中的『高大石調。』南宋不用。『羽』調中的『高般涉調。』北宋乾興即不用。宋教坊亦無此兩調。故宋人詞中亦未見之。又『宮』調中『高宮調。』亦不多用。宋人詞亦缺此調。至今之南北曲。遂只有六『宮』調。『羽』調中之『正平調。』宋乾興後教坊新奏不用。金元人因之。於是『羽』調中只存五調。

又宋志載琵琶獨彈十五曲破。『鳳鸞商』慶成功　『應鍾調』九曲清　『金石角』鳳來儀　『芙蓉調』蕊宮春　『蕤賓調』連理

枝　『正仙呂調』朝天樂　『蘭陵角』奉宸歡　『孤雁調』賀昌時　『大石調』寰海清　『玉仙商』玉芙蓉　『林鍾角』泛仙槎　『無射宮』帝臺春　『龍仙羽』宴蓬萊　『聖德商』美時清　『仙呂調』壽星見。除『正仙呂調』朝天樂『大石調』寰海清『林鍾角』泛仙槎『無射宮』帝臺春『仙呂調』壽星見已錄於前。各歸其『律調』外。慶成功兼入『大石角』。玉芙蓉兼入『高般涉調』。連理枝兼入『無射宮』亦見於前。其所謂『鳳鸞商』『應鍾調』『金石角』『芙蓉調』『蕤賓調』『蘭陵角』『孤雁調』『玉仙商』『龍仙羽』『聖德商』等調名。究屬何『律調』的別名。今不可考。惟『龍仙羽』調。又見於宋志太宗所製九絃琴五絃阮的『律調』名中。

劉毓盤《詞史》

劉毓盤（1867–1927），字子庚，號椒禽，浙江江山人。曾從詞學名家潘鐘瑞、譚獻習詞。光緒二十三年拔貢為陝西雲陽知縣。辛亥革命後，任教於浙江第一師範。民國八年（1919）秋，受蔡元培之邀，出任北京大學文科教授，主講詞史、詞曲學、中國詩文名著選。著有《濯絳宧詞》（又名《噙椒詞》）、《詞史》《中國文學史》《唐五代遼宋金元詞輯》等書。

《詞史》凡十一章，第一章論詞的起源，第二章至第十章論述隋唐、五代、北宋、南宋、遼金、元代、明代、清代等的詞史，第十一章為結論。《詞史》是我國第一部通代詞史，對每一朝代的詞人群體與流派的狀況作了梳理，詳敘每個時代的創作面貌，且注重探討時代創作繁榮與衰微的原因，體現詞史演進的內在邏輯與多元動因。《詞史》是劉毓盤在北大教授『詞史』的講義，原在《東北大學週刊》連載，後經其弟子查猛濟、曹聚仁整理，於民國二十年（1931）上海群眾圖書公司初版，後由上海書店影印，上海古籍出版社、商務印書館再版。本書據上海群眾圖書公司初版影印。

詞史

劉毓盤著

詞史

國立北京大學教授

劉毓盤遺著

弟子查猛濟曹聚仁校

上海

羣衆圖書公司刊

一九三一年二月初版

詞史

國立北京大學教授
劉毓盤遺著

總發行所
羣衆圖書公司
總店上海四馬路中市
分店南京太平街

實價七角

羣衆圖書公司刊

上海四馬路中市

價$0.70

江山劉先生遺著目錄敘

查猛濟

曩者余與浦江曹君聚仁同請業於先師蕭山單先生江山劉先生之門，一時言考據詞章之學者，必稱兩先生。未幾各散去，而兩先生者，復先後出而講學於大庠，其名益重於天下。丁卯之役，余以黨禁，避難走高麗，歸而與聚仁相遇於海上，見蕭山先生，則知距江山先生之喪已二年矣。自念承教之日淺，欲次江山先生平生之行事，終不能遂，因退而謀於蕭山先生；時先生方校勘江南鄧氏書，雖許之而未暇也。明年蕭山先生又以疾卒。余與聚仁痛導師之不存，傷逝者而自念，思輯兩先生之遺稿，以公諸天下。既而蕭山先生之嗣繼殤，其遺書更無從問；而江山先生詞史之稿，猶為余所珍藏。詞

序

史者，先生晚年得意之作也，爰謀于聚仁，先出以問世。而聚仁轉以先生之傳相屬；余既不敢任，因略述數年來師門寥落之感，以弁於是書之端。謹按先生諱毓盤，字子庚，別號椒禽，浙江江山人。父諱履芬，卽海內所稱爲彥清先生，遭嘉定之變者也。先生以舉人服官陝西之□□縣，淸亡後，以教授終其身。生於同治六年，卒於民國十六年□月□日。所著詞史以外，有駢散文若干卷，灌絳宧詩若干卷，椒禽詞若干卷，中國文學史略若干卷，唐五代宋遼金元詞輯若干卷，詩心雕龍若干卷，詞話若干卷，又有詞學斠注若干卷，詞律斠注若干卷，則早年將脫稿而燬於兵者也。謹叙。

二

自序

六經無詞字。通作辭。說文辭。訟也。案辭與詞別。說文詞。意內而言外也。明乎我所欲言。必有司我言者而後可以盡我之詞。故隸司部。意者司我言者也。故曰內意與志不同。故詞與詩不同。詩志也。說文从言寺聲。古文从言之聲。心之所之爲志。善於詩者由衷而出。一意孤行。隨其心之所之以求合於六義之府。其至者可以感天地。通神明。驚風雨。泣鬼神。以成一家之言。以爲萬世之法者。蓋其志先定也。否則點竄堯典。塗改生民。堆絮爲工。雕繢相倚。形式具在。而眞意不存。既不成其爲詩。人亦莫測我志之所在矣。無怪乎有心創作者。舉欲一掃而空之也。詞則源出於詩。而以意爲經。以言爲飾。意內言外。交相爲用。意爲無定之意。言亦爲無定之言。且也意不必一定。言不必由衷。美人香草。十九寓言。其旨隱。其辭微。言之不足故長言之。長言之不足故嗟歎之。後人作詞之法。即古人言樂之法也。蓋忠臣義士。有鬱於胸而不能宣者。則託爲勞人思婦之言。隱喻以抒其情。繁稱以晦其旨。進不與詩合。退不與典合。其取徑也狹。其陳義也高。其至者則東西南北。徜恍

自序

無憑。雖博攷其生平。亦莫測其眞意之所在。而又拘以格律。諧以陰陽。毫釐杪忽之微。不得自我而作古。必有司我言者。不能隨我心之所之也。故與詩相成而適相反。此卽有心創作者。以新體施之詩可。以新體施之詞則不可。固不能別出一途以相夸耀也。上自三唐。迄於元季。根柢騷雅。各有可觀。言詞者必奉以爲宗。不獨其音節之可法也。蓋風人之意。猶有存焉者爾。入明洪武以來。以迄有淸乾隆之末。目爲小道。此道幾衰。復惑於張綖詩餘圖譜、程明善嘯餘譜、賴以邠塡詞圖譜諸書。以爲字句可以出入。陽羨萬氏出。始辭而闢之。嘉慶以還。學者知長短句之不足以言詞也。於是攷四聲。明讀法。而尤斤斤於去上之分。以糾其失。所惜者、樂譜淪亡。無从按拍。文人弄筆。僅在一字之工。然而浙派常州派之分。卽由之而起。雖曰各有可取。亦無謂之爭矣。若不知而妄作者。則間亦有之。焉王昶明詞綜淸詞綜黃燮淸續淸詞綜諸書。不過以人存詞。以詞存人。要無當於風雅之義。以之氾覽焉可也。夫取法乎上。僅得乎中。愛古薄今。必求一當。綜其得失。以識盛衰。或略或詳。在所不計。知我罪我。尤非所知已。壬戌仲秋毓盤拜記。

詞史

北京大學教授劉毓盤遺著

目次

次目

跋

曹聚仁

第一章　論詞之初起由詩與樂府之分

莊子天運篇。黃帝論樂曰。吾奏之以人。徵之以天。行之以禮義。建之以大情。其聲能短能長。能柔能剛。變化齊一。不主故常。天機不張。而五官皆備。此之謂天樂。故作咸池之樂。張於洞庭之野。而北門成不能解。後王因之。少皞作大淵。顓頊作六莖。帝嚳作六英。唐堯作大章。虞舜作大韶。夏禹作大夏。商湯作大濩。周武王作大武。成王時周公作勺。又有房中之樂。以歌后妃之德。其於國子也。則大司樂合六代之樂。敎以樂德樂語樂舞。夫其重之也如此。今所傳者。莫古於詩三百篇。讀左傳季札論樂一節。則其聲音之道可知。此卽史記孔子世家所謂凡詩皆可入樂之說也。及周之衰。詩亡樂廢。屈宋代興。以九歌等篇侑樂。九章等篇舒情。塗轍擘分矣。秦一天下。六代廟樂。惟韶武存焉。二十六年。改周大武曰五行。房中曰壽人。而鄭衛之音。尤爲二世所好。此秦之所以速亡也。西漢之初。有魯人制氏者。世在太樂官。但能記其鏗鏘鼓舞而不能言其義。高祖過沛。作風起之詩。令僮兒百二十人習而歌之。又令唐山夫人作房中之歌十七章。以備詞樂。孝惠二年、夏侯寬爲樂府令。更房中歌曰安世樂。而侑以簫管。孝武繼世。定郊祀之禮。乃立樂府。采詩夜誦。有趙代秦楚之謳。以李延年爲協律都尉。多舉司馬相如等數十人造爲詩賦。略論律呂。以合八音之調。作十九章之歌。曰練時日、一帝臨、二青陽、三朱明、四西顥、五玄冥、六惟泰元、七天地、八日出入、九元狩三年天馬歌、太初四年天馬歌、十天門、十一景星、十二齋房、十三后皇、十四華爗爗、十五五神、十六朝隴首、十七象載瑜、十八赤蛟、十九合壹男女七十人習之。而隸於樂府。其餘若短簫鐃歌二十二章。姜夔白石道人歌曲曰鐃歌漢樂也殿前謂之鼓吹軍中謂之騎吹曰朱鷺、一思悲翁、二艾如張、三上之回、四擁離、五戰城南、六巫山高、七上陵、八將進酒、九有所思、亦曰嗟佳人、十芳樹、十一上邪、十二君馬黃、十三雉子班、十四聖人出、十五臨高臺、十六遠如期、亦曰遠期、十七石留、十八務成、十九玄雲、二十黃爵行、二十一釣竿篇、二十二又巴渝舞曲四章。曰矛渝、一安弩渝、二安臺、三行辭、四亦隸於樂府。宣帝本始四年、詔樂府減樂人。而渤海趙定、梁國龔德等。以知音善鼓雅琴。爲丞相魏相所薦。皆召見於闕下。至哀帝時。以爲郊廟詩歌。內有掖庭才人。外有上林樂府。皆以鄭聲施於朝廷、遂罷而不設。其郊祀樂及古兵法武樂在經不可罷者。別屬他官。從丞相孔光等奏也。是樂府爲官名。後人以樂府所采之詩可被之聲歌者。別名之曰樂府。故有古樂府新樂府小樂府之目。唐宋人以詩詞入歌。故詞亦曰樂府。噫嘻、樂府之立。見於漢書。樂府之罷。見於樂志。自有此名。而樂府與詩截然不相合矣。雖有非之者。卒無以易焉。

南宋郭茂倩作樂府解題一百卷。上起陶唐。下迄五代。凡郊廟歌詞十二卷、燕射歌詞三卷、鼓吹曲詞五卷、橫吹曲詞五卷、相和歌詞十八卷、清商曲詞八卷、舞曲歌詞五卷、琴曲歌詞四卷、雜曲歌詞十八卷、近代曲詞四卷、雜謠歌詞七卷、新樂府詞十一卷、每一題必先列古詞。後列擬作。再列入樂所改者。故同一調也。而諸格畢備。使後人得以考知其孰爲側。孰爲趨。孰爲豔。（詞品曰唐人大曲有豔有趨豔在曲之前趨在曲之後）孰爲增字減字。其聲詞合寫不可訓詁者。亦皆於題下註明。爲樂府中第一善本。梅鼎祚古樂苑議其有以詩題溷列樂府。如從軍行則王粲從軍詩之類者。誠所不免。此不足病也。蓋自漢立樂府。而詩與樂分。然其所采。不復甚辨風雅。而雅頌通歌。鄭樵通志所謂樂之失自漢武始也。但較其大體。亦得分爲三。安世房中歌。詩中之雅也。郊祀等歌。詩中之頌也。高祖樂楚聲。風起之歌。詩中之風也。西京雜記謂戚夫人善爲出塞入塞望歸之歌。則亦屬於風者也。東漢則有鞞舞歌五章。曰關中（一作東）有賢女、一章和二年中、二樂久長、三四方皇、四殿前生桂樹、五以貢燕享之用。魏晉以下。郊祀宗廟。多襲漢詩之舊。而第易其名。惟篇什之數遞減爾。

朱鷺、魏曰楚之平。吳曰炎精缺。晉曰靈之祥。梁曰木紀謝。北齊曰水德謝。北周曰玄精季。

思悲翁、魏曰戰滎陽。吳曰漢之季。晉曰宣受命。梁曰賢首山。北齊曰出山東。北周曰征隴西。

艾如張、魏曰獲呂布。吳曰攄武師。晉曰征遼東。梁曰桐柏山。北齊曰戰韓陵。北周曰迎魏帝。

上之回、魏曰克官渡。吳曰烏林。晉曰宣輔政。梁曰道亡。北齊曰殄關隴。北周曰平竇泰。

擁離、魏曰舊邦。吳曰秋風。晉曰時運多難。梁曰抗威。北齊曰滅山胡。北周曰復弘農。

戰城南。魏曰定武功。吳曰克皖城。晉曰景龍飛。梁曰漢東流。北齊曰立武定。北周曰克沙苑。

巫山高、魏曰屠柳城。吳曰關背德。晉曰平玉衡。梁曰鶴樓峻。北齊曰戰芒山。北周曰戰河陰。

上陵、魏曰平南荆。吳曰通荆州。晉曰文皇統百揆。梁曰昏主恣淫慝。北齊曰禽蕭明。北周曰平漢東。

將進酒、魏曰平關中。吳曰章洪德。晉曰因時運。梁曰石首篇。北齊曰破侯景。北周曰取巴蜀。

有所思、魏曰應帝期。吳曰從歷數。晉曰惟庸蜀。梁曰期運集。北齊曰嗣丕基、北周曰拔江陵。

芳樹、魏曰邕熙。吳曰承天命。晉曰天序。梁曰於穆。北齊曰克淮南。北周曰受魏禪。

上邪、魏曰太和。吳曰元化。晉曰大晉承運期。梁曰惟太梁。北齊曰平瀚海。北周曰宣重光。

君馬黃、晉曰金靈運。北齊曰定汝潁。北周曰哲皇出。

雉子班、晉曰於穆我皇。北齊曰聖道治。北周曰平東夏。

聖人出、晉曰仲春振旅。北齊曰受魏禪。北周曰禽明徹。

臨高臺、晉曰夏苗田。北齊曰服江南。

遠如期、晉曰仲秋獮田。北齊曰刑罰中。

石留、晉曰順天道。北齊曰遠夷至。

務成、晉曰唐堯。北齊曰嘉瑞臻。

玄雲、晉依舊名。北齊曰成禮樂。

黃爵行、晉曰伯益。

釣竿、晉依舊名。

右漢鐃歌二十二章。古今注曰。鐃歌始於黃帝命岐伯所作。

矛渝、魏曰矛渝新福。

安弩渝、魏曰弩渝新福。

安臺、魏曰曲臺新福。

行辭、魏曰行辭新福。

右漢巴渝舞曲四章。魏篇數同。晉書樂志謂王粲所作，按漢書註、師古曰。高祖初爲漢王。得巴渝人並趫捷善鬭。與之定三秦。因存其武樂。巴渝之樂因此始也。粲之作此。蓋以媚魏武。粲於建安十三年秋隨劉琮入魏。二十二年春卒。攷三國志魏武紀及本傳可見。或謂文帝受禪後被命而作，則非也。

關中有賢女、魏曰明明魏皇帝。

章和二年中、魏曰太和有聖帝。

樂久長、魏曰魏歷長。

四方皇、魏曰天生烝民。
殿前生桂樹、魏曰爲君既不易。
右漢鞞舞歌五章。魏篇數同。爲魏明帝所作。今不傳。

其必以漢樂府所采爲本者。通志所謂漢有太樂氏以聲歌肄業。往往仲尼三百篇。晉史之徒例能歌者。自齊魯韓毛立於學官。義理之說勝。而聲歌之學微。建安間魏武帝平荆州。得漢雅樂郎杜夔、使復先代古樂。又有散騎郎鄧靜善訓雅樂。歌師尹胡能歌宗廟郊祀之曲。舞師馮肅能曉知先代諸舞。夔悉領之。夔老矣。久不肄習。所得於三百篇者。惟鹿鳴騶虞伐檀文王四章。而餘者不傳。明帝太和末又失其三。左延年所得者惟鹿鳴一章。每正旦大會。所謂雅樂常作者是也。至晉而鹿鳴一章又失傳。後世不復聞詩矣。樂府所采。罔爲有識者所譏。惟其源出三百篇。爲後世攷古者之本。故漢之太後世攷古者之本。故漢之太樂、東漢之太子樂、率用之而不以爲非也。自魏武帝借樂府以寫時事。薤露歌、蒿里行、皆爲董卓之亂而作。與原義不同。曹植又謂古曲謬誤甚多。異代之文。不必相襲作鞞舞新歌五章。
聖皇篇、一以當章和二年中。
靈芝篇、二以當殿前生桂樹。
大魏篇、三以當漢吉昌。
精微篇、四以當關中有賢女。
孟冬篇、五以當狡兔。
按東漢鞞舞歌無漢吉昌狡兔二歌。或即樂久長四方皇二歌之異名也。詳見樂府解題、
傅玄承之作晉鞞舞新歌五章。
洪業篇、一以當明明魏皇帝。
天命篇、二以當太和有聖帝。
景皇篇、三以當魏歷長。

第一章

大晉篇、四以當天生烝民。

明君篇、五以當爲君既不易。

按玄又作宣武舞歌四章。以當巴渝舞曲。其餘郊祀宗廟諸歌自晉以下。列代皆有所作。均詳見樂府解題。不復列。

此說一開。後人每有依樂府之題而不考所出者。如君馬黃一章。蔡君知、張正見之流。只言馬而已。不知古詞所云君馬黃、臣馬蒼、二馬同逐臣馬良者。亦如關雎鵲巢之詩。但取第一句以命題。其寓意初不在馬也。六朝人所別於詩而謂新樂府者。蓋愈變而愈離其宗矣。

魏晉以下。諸家所作。始不復仿古。而開唐詩各體之初。魏武帝却東西門行即五言古。魏文帝燕歌行即七言古。曹植妾薄命即六言詩。左延年秦女休行即雜言詩。謝尚大道曲即五言絕。蕭子顯烏棲曲即七言絕。范雲巫山高即五言律。庾丹之秋閨怨即五言排律。庾信之烏夜啼即七言律。沈君攸之薄暮動絃歌即七言排律。皆所謂新樂府體也。

論者以梁武帝江南弄七首、沈約六憶詩四首。字句相同。若塡詞然。謂卽詞體之初起云。

衆花雜色滿上林。舒芳耀綠垂輕陰。連手躞蹀舞春心。舞春心。臨歲腴。中人望、獨踟躕。

江南弄第一

游戲五湖采蓮歸。發花田葉芳襲衣。爲君豔歌世所希。世所希。有如玉。江南弄。采蓮曲。

采蓮曲第三

氛氳蘭麝體芳滑。容色玉耀眉如月。珠佩婐姬戲金闕。戲金闕。游紫庭。舞飛閣。歌長生。

游女曲第六

右江南弄七首、起三句皆用平聲韻。惟游女曲朝雲曲二首用入聲韻。沈約朝雲曲同。收四句皆換平聲韻。惟采蓮曲一首換入聲韻。簡文帝采蓮曲則換平聲韻。後人塡小令若憶秦娥、柳梢靑。慢詞若百字令、滿江紅等。可用平入聲改叶者卽本此。

憶來時。的的上階墀。勤勤敘離別。慊慊道相思、相看常不足。相見乃忘饑。　憶來時

第一、

憶食時。臨盤動顏色。欲坐復羞坐。欲食復羞食。含哺如不饑。擎甌似無力。 憶食時

第三、

右六憶詩四首、通用平聲韻。惟第三首用入聲韻。說亦同上。隋煬帝夜飲朝眠曲、憶睡時、憶起時、二首卽仿此。

執此而言。則古今樂錄所錄東晉時人作女兒子二首、休洗紅二首。字句相同。亦若按譜而爲之者。且遠在蕭梁以先矣。顧詞家未嘗言及也。殆一時之忽歟。

巴東三峽猿鳴悲。夜鳴三聲淚霑衣。

我欲上蜀蜀水難。蹋蹀珂頭腰環環。

右無名氏女兒子二首。按此詞卽唐人竹枝詞所本。竹枝詞一名巴渝詞。唐教坊曲名。其源出於巴渝舞曲。皇甫松仿此體。於句中疊用竹枝、女兒、爲歌時羣相隨和之聲。孫光憲復疊爲四句。惟用韻不拘平仄耳。

休洗紅。洗多紅色淺。不惜故衣。記得初按茜。人壽百年能幾何。後來新婦今爲婆。休

洗紅。洗多紅在水。新紅裁作衣。舊紅番作裹。迴黃轉綠無定期。世事反復君所知。　右無名氏休洗紅二首。按馮舒詩紀匡謬曰出於楊愼僞託。

顧炎武論詩嘗曰三百篇之不能不降而楚詞。楚詞之不能不降而漢魏者。勢也。是則三百篇之不能不降而樂府。樂府之不能不降而爲詞者。亦勢也。蓋詩與樂既分。後世猶傳其聲者。莫古於周召二南。鄭氏詩譜所謂房中之樂也。漢魏以來。相繼不絕。永嘉之亂。猶傳江左。隋文帝平陳獲之、以爲華夏正聲之一。詔於太常爲置淸商府。求得陳太樂令蔡子元于普明等。復居其職。所采源廣。若巴渝白紵諸曲皆在焉。至唐猶存六十三曲。至宋猶存三十三曲。又謂之淸樂。陳暘樂書曰淸樂卽淸調平調瑟調。統名之曰淸商。爲周房中樂之遺聲。本有聲而無詞。晉宋閒始依聲而爲之詞也。鼓角橫吹曲。亦古樂也。始於黃帝戰蚩尤於涿鹿。乃作吹角爲龍吟以禦魑魅。漢武帝時。張騫入西域。得胡角。傳其法於西京。有摩訶兜勒一曲。橫吹有雙角。卽胡樂也。陳暘樂書以爲此卽中國用胡樂之本。李延年因之。更造新聲二十八解。以爲武樂。後漢以給邊將。魏晉以來。二十八解不復具存。所通用者、黃鵠、隴頭、出關、入關、出塞、入塞、折楊柳、黃覃子、赤之楊、望行人、十曲而已。

胡角者、本以應胡笳之聲、梅花落卽胡笳曲。故謂之遊聲也。

中庭雜樹多、偏爲梅咨嗟、問君何獨然、念其霜中能作花、露中能作實、搖蕩春風媚春日。念爾零落逐寒風。徒有霜花無霜質。

右鮑照梅花落樂府。按李白詩曰黃鶴樓中吹玉笛。江城五月落梅花。是唐時已改而入笛矣。

西涼諸曲、大都起於十六國之秋。詳見隋書樂志北齊後主尤好胡戎樂。嬖人有至開府封王者。並製無愁曲、使胡兒閹官等和唱和之。隋煬帝大業中。御史大夫裴蘊廣搜各工。並付太樂。倡優猱雜、咸來萃止、復取西涼、龜茲、天竺、康國、疏勒、安國、高麗、諸曲以合於淸樂、而伊州、涼州、甘州、渭州、諸曲、亦同時而起焉。雅樂胡樂。紛糅沓進。而古樂益衰。唐五代人作詞。多按樂府舊曲以立名、若巴渝詞、入塞、伊州三臺。八聲甘州、其遺譜猶有存者。惟雅鄭之分。則無人解及焉。讀崔令欽教坊記、王灼碧雞漫志二書。其遞嬗之跡。可致而知已。

古樂府若臨高臺之收中吾。有所思之妃呼豨。其聲詞合寫不可訓詁者。亦若古今樂錄所錄之羊無夷伊那何。劉履風雅翼以爲此曲調之餘聲也。詞亦有之曰助詞。

樹頭紅葉飛都盡。景物淒涼。秀出羣芳。又見紅梅淺淡妝。也囉。眞個是可人香。　蘭魂蕙魄應羞死。獨占風光。夢斷高唐。月送疏枝過女牆。也囉。眞個是可人香。

右趙長卿攤破采桑子詞。也囉爲助詞。兩結香字重押。爲歌時之和聲。金人詞高平調唐多令兩結句之也囉同。南曲水紅花結句之也囉亦同。

憶昔歌舞宴樓臺。會金釵。歡娛難再。思之詩酒看書齋。命多災。風光難再。母親知他何處。尊父阻隔天涯。不能彀千里故人來。也囉。

右施君美幽閨記南曲水紅花。隔不能彀爲襯字。按詞譜曰。也字當屬上句。廣韻七歌。囉歌詞也。以也囉爲句非。說亦通。

有非助詞而又不屬於辭者。

歌發誰家筵上。寥亮。別恨正悠悠。蘭釭背帳月當樓。愁麼愁。愁麼愁。

右顧夐荷葉杯詞。凡九首。結二句用摩字。句法同。按萬樹詞律曰。摩當作麼。設為問答之詞。填者當依此格。南曲駐雲飛第五句下。梨花兒第三句下。必用一嗏字。普天樂第五句下。必用一呀字亦同。是謂之格。

有專屬於聲者。

江南岸。柳枝。江北岸。柳枝。折送行人無盡時。恨分離。柳枝。　酒一杯。柳枝。淚雙垂。柳枝。君到長安百事違。幾時歸。柳枝。

右朱敦儒楊柳枝詞。按白居易詩注曰。楊柳枝洛下新聲。又見教坊記。此承其名。決非唐曲之舊也。柳枝屬於聲。枝字與本詞叶。與竹枝詞之竹枝女兒。采蓮子之舉棹年少不限於叶者。微有不同耳。南北曲此類尤多。亦可謂之格。

浮沙羹寬片粉添些雜糝。酸黃齏爛豆腐休調啖。萬餘斤黑麪從教暗。我將這五千人做一頓饅頭餡。是必休誤了也麼哥。休誤了也麼哥。包殘餘肉紀青鹽蘸。

右王實甫西廂記北曲叨叨令。按此曲正格。前後五句皆七字句。中間兩五字句疊句。

北曲襯字多。不獨旁注者爲襯也。南曲武陵花之也麼哥。雌雄畫眉之也麼嗏。亦先屬於聲而後以之爲格者。與香羅帶第一句、高陽臺第八句、梁州序第九句、也字之專屬於格者不同。

古樂府在聲不在詞。唐之中葉也。舊曲所存。其有聲有詞者。白雪、公莫舞、巴渝、白苧、子夜、團扇、懊儂、莫愁、楊叛兒、烏夜啼、玉樹後庭花、凡三十七曲、有聲無詞者。七曲而已。見碧雞漫志 唐人不得其聲。故所擬古樂府。但借題抒意。不能自製調也。所作新樂府。但爲五七言詩。亦不能自製調也。其采詩入樂。必以有排調有襯字者始爲詞體。見樂府解題 蓋解其聲故能製其調也。至宋而傳其歌詞之法。不傳其歌詩之法。於是一衍而爲近詞。再衍而爲慢詞。惟小令終不如唐人之盛。且宋人自度曲。視唐曲之變化爲多。蓋解其聲故亦能製其調也。柳永所作。方言市語。錯雜不倫。而當時播之。後世奉之。非取其詞也。取其聲耳。周邦彥 姜夔 二氏。尤工倚聲。篇什雖存。知音難索。元曲突出。而詞之宮譜以亡。作是體者不過考據舊詞。研究句法。陰陽清濁。依律以求其聲。然後取張炎詞源、沈義父樂府指迷。陸輔之詞旨諸書。一一而玩索之。雖未必上合乎古人。而拗折嗓子之病。可以免已。

第二章　論隋唐人詞以溫庭筠爲宗

韓偓海山記曰。隋煬帝起西苑。鑿五湖。作湖上八曲。曰望江南。令宮中美人歌之。湖上酒。終日助清歡。檀板輕聲銀甲緩。醅浮香米玉蛆寒。醉眼暗相看。　春殿晚。仙醞奉杯盤。湖上風光眞可愛。醉鄉天地就中寬。帝主正清安。　湖上酒第七、

右隋煬帝望江南詞。凡八首。按段安節樂府雜錄曰。望江南、李德裕鎮浙日爲亡姬謝秋娘作。本名謝秋娘。後改此名。亦曰夢江南。唐人所作皆係單調。至宋方加後疊。煬帝詞乃僞託。

朱弁曲洧舊聞曰。煬帝有夜飲朝眠二曲。

憶睡時。待來剛不來。卸妝仍索伴。解佩更相催。博山思結夢。沈水未成灰。　憶睡時第一

右煬帝夜飲朝眠曲。凡二首。說見上。按此體詞譜不收。實則隋詞之舊也。應補。

第二章

韓偓迷樓記曰。侯夫人有看梅二曲。

香清寒艷好。誰惜是天眞。玉梅謝後陽和至。散與羣芳自在春。

右侯夫人一點春詞。凡二首。按同時民間亦有曲曰。河南楊柳謝。河北李花榮。楊花飛去落何處。李花結果自然成。與此體同。惟平仄不拘耳。亦見迷樓記。

又有安公子曲。教坊記曰。煬帝幸揚州。樂人王令言聞彈琵琶曰。內裏新翻安公子曲。令言曰。此曲宮聲往而不返。宮爲君。帝必不返矣。（通典曰。調在太簇角。餘略同。）

按碧雞漫志曰。寧王憲聞歌涼州曲曰。音始於宮。斯曲也。宮離而不屬。臣恐一日有播遷之禍。及安史之亂。世頗思憲審音。與此相似。亦如桀紂之璇室瑤臺。如出一轍。同爲亡國者鑒焉。柳永有安公子詞。一八十字體。一一百六字體。亦依此立名耳。

又有水調河傳曲。葉廷珪海錄碎事曰。煬帝開汴河時作。

按脞記曰、水調河傳、煬帝幸江都時作。其聲哀楚。樂工王令言聞之、曰。帝必不回矣。此與安公子曲、疑一事而兩傳也。

是小詞之起。出於隋之宮中。而唐人能傳其法也。唐初、小詞尤盛。太宗時有傾杯曲、英雄樂等詞。高宗時有仙翹曲、春鶯囀等詞。中宗時有桃花行合生歌等詞。今不傳。趙璘因話錄曰。唐初柳範作江南折桂令。一時誦之。惟其句法不可考耳。

胡仔苕溪漁隱叢話曰。唐初歌曲、多是五七言詩。以小秦王爲數早。即七言絕句也。如清平調、渭城曲、欸乃曲、竹枝、楊柳枝、浪淘沙、采蓮子。八拍蠻、則其體同。其律不同。試舉一以證之。

渭城朝雨浥輕塵。客舍青青柳色新。勸君更盡一杯酒。西出陽關無故人。

右王維渭城曲詞。又名陽關曲。按唐人七言絕句入歌者。詞譜所列外。如六州歌頭、伊州歌、渭州詞、梁州歌、氏州第一、甘州歌、涼州歌、江南春、步虛詞、鳳歸雲、離別難、金縷曲、水調歌、白苧等、其律當亦不同。均應補。

濟南春好雪初晴。行到龍山馬足輕。使君莫忘霅溪女。時作陽關腸斷聲。

右蘇軾渭城曲詞。忘去聲。通首四聲一字不易。惟客字作行字。入本可作平也。按秦淮海集注曰。渭城曲絕句。近世多歌入小秦王。蓋其律不同。故用借聲歌之之法也。餘可類推。

渭城朝雨。一霎浥輕塵。更灑徧客舍青青。弄柔凝碧。千縷柳色新。更灑徧客舍青青。千縷柳色新。休煩惱。勸君更進一杯酒。人生會少。自古富貴功名有定分。莫遣容儀瘦損。休煩惱。勸君更進一杯酒。只恐怕西出陽關。舊遊如夢。眼前無故人。只恐怕西出陽關。眼前無故人。

右宋無名氏古陽關詞。按徐本立詞律拾遺曰。弄柔凝碧。碧字據舊說補。此卽王維原詞加字以便歌者也。與借聲不同。可見唐法之不傳於宋矣。

其叶仄韻者。當別爲一律。

羅袖動香香不已。紅蕖裊裊秋烟裏。輕雲嶺下乍搖風。嫩柳池塘初拂水。

右楊太眞阿那曲詞。又名雞叫子。按詞統曰。此贈善舞者張雲容作。用仄韻叶。與叶平韻者不同。詞譜不收。應補。

其平仄通叶者。尤古之遺也。

章華宮人夜上樓、君王望月西山頭。夜深宮殿門不鎖、白露滿山山葉墮。

右王建烏夜啼詞、按楊升庵集曰、此商調曲也。玉臺新詠徐陵烏夜啼凡四句。亦平仄通叶。爲此體之所出。詞譜不收。應補。

五言絕句。如紇那曲、羅貢曲、一片子、何滿子、三臺令、楊柳枝、醉公子、長命女、長相思等、其說與上同。

開簾見新月。便卽下階拜。細語人不聞。北風吹裙帶。

右李端拜新月詞。按杜文瀾詞律補遺曰、調見詞譜、用仄韻叶、而語氣微拗。與叶平韻者不同。以爲平仄不拘者非。

由是一變而爲五言六句。

綵女迎金屋。仙姬出畫堂。鴛鴦裁錦袖。翡翠貼花黃。歌響舞分行。艷色動流光。

右崔液踏歌詞。按全唐詩注曰、此詞五言六句。惟於第五句用韻。如將末二句讀作上七言下三言者誤。

五色繡團圓。登君瑇瑁筵。最宜紅燭下。偏稱落花前。上客如先起。應須贈一船。

右劉禹錫拋毬樂詞。按皇甫松作。起句可不叶。此體即明人所謂五言小律也。與踏歌詞體不同。

再變而爲五言八句。

祖席駐征橈。開帆候信潮。隔筵桃葉泣。吹管杏花飄。 船去鷗飛閣。人歸塵上橋。別離惆悵淚。江路濕紅蕉。

右皇甫松怨回紇詞。按詞律曰。此詞見尊前集。且題名與曲意不合。正是詞體。非五言律詩也。

侍女動妝奩。故故驚人睡。那知本未眠。背面偷垂淚。 嬾卸鳳皇釵。羞入鴛鴦被。時復見殘燈。和煙墜金穗。

右韓偓生查子詞。按詞綜曰。韓詞別一首曰。空樓雁一聲。遠屏烟半滅。結曰眉山正愁紇平仄不拘惟用仄韻叶與怨回紇之叶平韻者不同。

門外猧兒吠。知是蕭郎至。剗襪下香階。寃家今夜醉。 扶得入羅幃。不肯解羅衣。醉則從他醉。還勝獨睡時。

右無名氏醉公子詞。按懷古錄曰此唐人詞也。前半用仄韻叶。後半換平韻叶。與怨回紇生查子不同。

漠漠秋雲淡。紅藕香侵檻。枕倚小山屏。金鋪向晚扃。 睡起橫波謾。獨坐情何限。衰柳數聲蟬。魂銷似去年。

右顧敻四換頭詞。按別本首句曰。河漢秋雲淡。此詞凡二句一韻。四換韻。平仄通叶。與他體不同。

又變而爲六言四句。

回波爾時酒卮。微臣職在箴規。侍宴既過三爵。諠譁竊恐非儀。

右李景伯回波樂詞。按劉肅大唐新語載此詞首句曰。回渡詞持酒卮。顧炎武日知錄以爲詞起叶。讀作三言二句。不知有沈佺期裴談二詞可證也。張說舞馬詞、韋應物三臺令、詞體同。惟首句不叶。

昨日盧梅塞口。整見諸人鎮守。都護三年不歸。折盡江邊楊柳、

右無名氏塞姑詞。按崇文書目曰。李燕牧遼子詞。六言四句。是此體已起於太宗時矣。此詞用仄韻叶。與裴談回波樂詞體同。

再變而爲六言八句。

晴川落日初低。惆悵孤舟解攜。鳥向平蕪遠近。人隨流水東西。 白雲千里萬里。明月前溪後溪。獨恨長沙謫去。江潭春草萋萋。

右劉長卿謫仙怨詞。按本集作六言律詩。考全唐詩載竇弘餘康駢二家所作。通首四聲一字不易。是詞也。詞譜載宋人詞六言八句一首。用仄韻叶。附錄於左。

拂破秋江烟碧。一對雙飛鸂鶒。應是遠來無力。相偎稍下沙磧。 小艇誰吹橫笛。驚起不知消息。悔不當時描得。如今何處尋覓。

右朱敦儒雙鸂鶒詞。每句用叶。與謫仙怨不同。謫仙怨詞譜不收。應補。

三變而為六言十句。

銅壺漏滴初盡。高閣雞鳴半空。催起五門金鎖。猶垂三殿珠櫳。階前御柳搖綠。仗下宮花散紅。鴛瓦數行曉日。鸞旌百尺春風。侍臣舞蹈重拜。聖壽南山永同。

右馮延巳壽山曲詞。按蓉城集曰。鴛瓦二句。殊有元和氣象。堪與李氏齊驅。即指此也。見花草粹編。

又變而為七言八句。

沈檀烟起盤紅霧。一箭霜風吹繡戶。漢宮花面學梅妝。謝女雪詩栽柳絮。　長垂夾幕孤鸞舞。旋炙銀笙雙鳳語。紅窗酒病嚼寒冰。冰損相思無夢處。

右徐昌圖木蘭花詞。按楊湜古今詞話曰。昌圖肅宗時進士。非宋初人也。此詞與瑞鷓鴣同為七言律詩。惟叶韻有平仄之別耳。瑞鷓鴣唐詞今不傳。故錄宋詞以證之。

遙天拍水共空明、玉鏡開奩特地晴。極目秋容無限好。舉頭醉眼暫須醒。　白眉公子催行急。碧紵仙人著句清。後夜蕭蕭霞葦岸。一樽獨酌見離情。

右侯寘瑞鷓鴣詞。按苕溪漁隱叢話曰。唐初歌曲今止存瑞鷓鴣小秦王二詞。瑞鷓鴣是七言八句詩。猶依字易歌。小秦王必須雜以虛聲。乃可歌耳。

再變而爲七言六句。

枕障熏爐隔繡帷。二年終日苦相思。杏花明月始應知。 天上人間何處去。舊歡新夢覺來時。黃昏微雨畫簾垂。

右張曙浣溪沙詞。按花間集花庵詞選均曰張泌作。兩結句用單句。如孔雀東南飛古樂府之用單句法也。

三變而爲七言四句。

牀頭錦衾斑復斑。架上朱衣殷復殷。空庭明月閑復閑。夜長路遠山復山。

右王麗真字字雙詞。按才鬼錄曰。此詞由唐中涓傳出。蓋亦七言絕句而每句用叶者。與憶王孫略同。

其漸變而爲長短句者。始於一點春。繼以回紇曲，卽由五七言詩相合而成者也。

陰山瀚海信難通。幽閨少婦罷裁縫。緬想邊庭征戰苦。誰能對鏡治愁容。久戍人將老。須臾變作白頭翁。

右無名氏回紇曲詞。按詞品曰。此詞長歌之哀。過於痛哭。必隋末唐初人所作也。馮延巳拋球樂全做此體。詞譜不收。應補。

逐勝歸來雨未晴。樓前風重草煙輕。谷鶯語軟花邊過。水調聲長醉裏聽。款舉金觥勸。誰是當筵最有情。

右馮延巳拋毬樂詞。按陽春集本調凡六首。字句平仄同。詞譜取馮詞而承其名。亦不攷所出矣。

玄宗皇帝、好詩歌。精音律。多御製曲。有紫雲回、萬歲樂、夜半樂、還京樂、淩波神、荔枝香、阿濫堆、雨淋鈴、春光好、（以上見碧鷄漫志）踏歌、（見輦下歲時記）秋風高、（見開元軼事）一斛珠、（見梅妃傳）等詞。今傳者有好時光一詞。

寶髻偏宜宮樣。蓮臉嫩、體紅香。眉黛不須張敞畫。天教入鬢長。莫倚傾國貌。嫁取箇、有情郎、彼此當年少。莫負好時光。

右玄宗皇帝好時光詞。按全唐詩注曰。唐人樂府。元是律絕等詩。雜和聲歌之。凡五音二十八調。各有分屬。自宮調失傳。遂并和聲亦作實字。此詞疑亦五言八句詩。如偏、蓮、張、敞、箇、等字。本屬和聲。而後人改作實字也。

李白和之。有清平調、菩薩蠻、憶秦娥、清平樂、桂殿秋、連理枝等詞。

平林漠漠烟如織。寒山一帶傷心碧。暝色入高樓。有人樓上愁。　玉階空佇立。宿鳥歸飛急。何處是歸程。長亭連短亭。

右李白菩薩蠻詞。按黃昇花庵絕妙詞選曰。李氏菩薩蠻憶秦娥二詞。爲百代詞曲之祖。

其餘諸家。若張志和漁歌子。即七言絕句於第三句減一字。化作六字二句。

西塞山前白鷺飛。桃花流水鱖魚肥。青箬笠。綠簑衣。斜風細雨不須歸。

右張志和漁歌子詞。按詞苑曰。此詞極清麗。恨其曲度不傳。蘇軾增句作浣溪沙。黃庭堅增句作鷓鴣天。亦借聲之法也。

韓翃章臺柳卽仄韻七言絕。惟於第一句減一字。化作六字二句。

章臺柳。章臺柳。往日依依今在否。縱使長條似舊垂。也應攀折他人手。

右韓翃章臺柳詞。按柳氏答詞首曰楊柳枝。芳菲節。以下同。是起句可不疊。

劉禹錫瀟湘神卽平韻七言絕。亦於第一句減一字。化作六字二句。

斑竹枝。斑竹枝。淚痕點點寄相思。楚客欲聽瑤瑟怨。瀟湘深夜月明時。

右劉禹錫瀟湘神詞。按本集又一首首曰。湘水流。湘水流。是起句須用疊。與章臺柳不同。

鄭符閑中好卽仄韻五言絕。惟於第一句減二字改作三字一句。

閑中好。盡日松爲侶。此趣人不知。輕風度僧語。

右鄭符閑中好詞。按段成式張希復二家作、首句亦曰。閑中好。惟用平韻叶。且不作拗句。微有不同耳。

元稹櫻桃花即仄韻七言絕，作於第一句減四字改作三字一句。

櫻桃花。一枝兩枝千萬朶。花磚曾立采花人，窣破羅裙紅似火。

右元稹櫻桃花詞，按古今詞話曰。此亦長短句。比章臺柳少疊三字，詞譜不收。應補。

皇甫松天仙子即仄韻七言絕。惟於第三句下加作三字二句。

晴野鷺鷥飛一隻。水葓花發秋江碧。劉郎此日別天仙。登綺席。淚珠滴。十二晚峯青歷歷。

右皇甫松天仙子詞，按樂府雜錄曰。天仙子本名萬斯年。屬龜茲部舞曲。因皇甫松詞故易今名也。近年燉煌石室中。新出唐寫本玄瑤集雜曲子三十首，內有天仙子詞一首。附錄於左。

燕語鶯啼三月半，烟蘸柳條金線亂，五陵原上有仙娥。攜歌扇。香爛漫，留住九華雲一片。 犀玉滿頭花滿面。負妾一雙偸淚眼。淚珠若得似珍珠，拈不散。知何限。串向紅絲應百萬。

右無名氏天仙子詞。按唐五代人天仙子詞祇一叠。或叶平韻。或首二句叶仄韻。第三句起換平韻叶。第二句平起仄起可不拘。至宋人方如後叠。專叶仄韻。第二句平仄同首句。此詞與唐五代人詞不合。惟既云出於唐寫本。猶以爲疑也。唐寫本爲英人購去。今歸英倫圖書館。

呂巖梧桐影即七言三句。惟於第一句減一字。化作三字二句。

落日斜。秋風冷。今夜故人來不來。教人立盡梧桐影。

右呂巖梧桐影。按庚溪詩話曰。京師景德寺東廊壁間題此詞。相傳呂仙筆也。

諸家以外稍變其體者。若韋應物有轉應曲詞。

河漢河漢。曉挂秋城漫漫。愁人起望相思。塞北江南別離。離別離別。河漢雖同路絕。

右韋應物轉應曲調。按計有功唐詩紀事曰。韋蘇州小詩不多見。惟三臺令轉應曲流傳耳。王建、戴叔倫二家作即倣其體。

劉禹錫有春去也詞。

春去也。多謝洛城人。弱柳從風疑舉袂。叢蘭浥露似霑巾。獨坐亦含顰。

右劉禹錫春去也詞。按碧雞漫志曰。此曲自唐至今皆南呂宮。字句相同。因劉詞故名春去也。白居易復更名曰憶江南。

白居易有花非花、憶江南、如夢令、長相思、一七令、等詞。

前度小花靜院。不比尋常時見。見了又還休。愁却等閒分散。腸斷腸斷。記取釵橫鬢亂。

右白居易如夢令詞。按東坡詞注曰。此曲本後唐莊宗製。名憶仙姿。嫌其名不雅。故改曰如夢令。因詞中有如夢如夢。殘月落花煙重句也。今得白氏詞。是言之不確矣。

宣宗大中間、溫庭筠出。始專爲詞。庭筠字飛卿。并州人。初名岐。後改曰庭雲。又改曰庭筠。貌極陋。時號溫鍾馗。才思艷麗。與李商隱段成式齊名。效之者目爲三十六體。又曰溫八叉。以士行有缺。累舉不第。宣宗愛唱菩薩蠻詞。丞相令狐綯乞其代製以進。戒令勿他洩。而遽言於人。又以言觸帝怒。出爲方城尉。徐商鎮襄陽。署爲巡官。及商執政。人爲國子助教。商能遂廢。所著有握蘭金荃等集。唐人詞多附詩以傳。詞之有集。自庭筠始也。趙崇祚花間集錄其詞六十六首。最著者爲菩薩蠻詞。

南園滿地堆輕絮。愁聞一霎清明雨。雨後却斜陽。杏花零落香。　無言勻睡臉。枕上屏山掩。時節欲黃昏。無憀獨倚門。

右溫庭筠菩薩蠻詞。按張惠言茗柯詞選曰。溫氏菩薩蠻皆感士不遇之作。細味之良然。

詞源嘗謂詞之難於令曲。如詩之難於絕句。不過十數句。一字一句閒不得。末句最當留意。有有餘不盡之意始佳。溫氏其首出也。苕溪漁隱叢話尤稱其更漏子詞。

玉爐香。紅蠟淚。偏照畫堂秋思。眉翠薄。鬢雲殘。夜長衾枕寒。　梧桐樹。三更雨。不道離情正苦。一葉葉。一聲聲。空階滴到明。

右溫庭筠更漏子詞。按顧梧芳尊前集。（古今詞話謂呂鵬作尊前集。花庵詞選於李白清平樂詞下自注謂採自唐呂鵬遏雲集。遏雲集今無傳。是鵬爲唐人。不應錄及五代人詞矣。朱彝尊詞綜據毛晉跋謂顧梧芳作。今所傳者。或顧氏承呂氏原書而以意爲出入也。故從之。四庫提要謂不著撰人名氏亦非。）曰。更漏子屬商調。

此詞爲馮延巳作。陽春集謂別作溫庭筠。全唐詩則兩收之。

其所創各體。如南歌子、荷葉杯、蕃女怨、遐方怨、訴衷情、定西番、思帝鄉、酒泉子、玉胡蝶、女冠子、歸自謠、河瀆神、河傳、等。雖自五七言詩句法出。而漸與五七言詩句法離。所謂解其聲故能製其調也。宜後人奉以爲法矣。若杜甫、元結、白居易、元稹、王建、張籍、之新樂府。或作長短句。或作五七言詩。雖曰樂府。而不以入詞。其眞能破詩爲詞者。始於李白之憶秦娥詞。

簫聲咽。秦娥夢斷秦樓月。秦樓月。年年柳色。霸陵傷別。　樂游原上淸秋節。咸陽古道音塵絕。音塵絕。西風殘照。漢家陵闕。

右李白憶秦娥詞。按郭茂倩唐詞紀曰憶秦娥。商調曲也。鳳樓春即其遺意。太白菩薩蠻或疑溫庭筠輩僞託。桂殿秋或疑李德裕輩僞託。連理枝或疑宋人小桃紅之半。淸平樂或謂既有淸平調三絕句。不應復有詞。惟憶秦娥無議其僞者。故錄之。

極於溫庭筠之河傳詞。

湖上。閑望雨瀟瀟。烟浦花橋路遙。謝娘翠蛾愁不銷。終朝。夢魂迷晚潮。　蕩子天涯歸棹遠、春已晚。鶯語空腸斷、若耶溪、溪水西、柳堤、不聞郎馬嘶、

右溫庭筠河傳詞、按碧雞漫志曰。河傳屬水調、本隋曲、煬帝所製。不傳已久。唐詞存者二。一屬南呂宮。凡前段平韻。後換仄韻起。一乃今怨王孫曲、屬無射宮。今以屬仙呂調、非也。

他若昭宗皇帝之巫山一段雲詞。

蝶舞梨園雪、鶯啼柳帶烟。小池殘日豔陽天。苧蘿山又山。　青鳥不來愁絕。忍看鴛鴦雙結。春風一等少年心。閑情恨不禁。

右昭宗皇帝巫山一段雲詞、按尊前集曰。帝幸蜀時題寶雞驛壁。或云宮人作。

司空圖之酒泉子詞、

買得杏花。十載歸來方始坼。假山西畔藥欄東。滿枝紅。　旋開旋落旋成空。白髮多情人更惜。黃昏把酒祝東風。且從容。

右司空圖酒泉子詞，按詞苑曰。此調始於溫庭筠。有四十字、四十一字二體。司空圖始改作四十五字體。毛文錫倣之。首句曰綠樹春深。春字改平聲。宋人遂通用此體矣。

無名氏之鳳歸雲詞。

征夫數歲。萍寄他鄉，去便無消息。累換星霜。愁聽砧杵。疑塞雁□□□行。孤眠鸞帳裏。枉勞魂夢。夜夜飛颺。 想君薄行。更不思量。誰為傳書與。表妾衷腸。倚牖無言垂血淚暗祝三光。萬般無那處。一爐香盡。又更添香。

右無名氏鳳歸雲詞。按古今詞話曰。鳳歸雲長調屬林鐘商。是唐人有此詞矣。不獨滕潛鳳歸雲二詞。猶作七言絕也。此詞亦見唐寫本玄瑤集雜曲子。闕三字。與柳永一百一字體、一百十八字體、二者不同。詞譜不收。應補。

論其句法。亦二家之遺也。詞統源流以為詞之長短錯落。發源於三百篇。溫氏之詞。極長短錯落之致矣。言詞者必奉以為宗。洵萬世不祧之俎豆哉。

第三章　論五代人詞以西蜀南唐爲盛

陸游曰。詩至晚唐五季。氣格卑陋。千人一律。而長短句獨精巧高麗。後世莫及。此事之不可曉者。王士禎亦曰。五季文運萎敝。他無可稱。獨其所作小詞。濃豔隱秀。蹙金結繡而無痕跡。備見於趙崇祚花間集中。所錄十八家。自溫庭筠皇甫松外。凡十六家。爲五季時人。可謂盛矣。

韋莊四十七首　薛昭蘊十九首　牛嶠三十一首　張泌二十七首　毛文錫三十一首　牛希濟十一首　歐陽炯十七首　和凝二十首　顧敻五十五首　孫光憲六十首　魏承班十五首　鹿虔扆六首　閻選八首　尹鶚六首　毛熙震二十九首　李珣三十七首

其別見之尊前集者又九家。

後唐莊宗四首　南唐中主五首　後主八首　成彥雄十首　庾傳素一首　劉侍

讀一首 歐陽彬一首 許岷二首 林楚翹一首

蓋其時君唱於上。臣和於下。朝野恬嬉以相娛樂。後唐莊宗尤知音。工度曲。有憶仙姿、一葉落、陽臺夢、歌頭等詞。

薄羅衫子金泥縫。困纖腰怯銖衣重。笑迎移步小蘭叢。嚲金翹玉鳳。 嬌多情脈脈。羞把同心撚弄。楚天雲雨卻相和。又入陽臺夢。

右後唐莊宗陽臺夢詞。按孫光憲北夢瑣言曰。一葉落、陽臺夢、皆莊宗所製。舊本首句作金泥鳳。鳳字韻複。從別本改。

前蜀後主王衍有醉妝詞、甘州曲、等詞。

畫羅裙。能結束。稱腰身。柳眉桃臉不勝春。薄媚足精神。可惜許淪落在風塵。

右前蜀後主甘州曲詞。按吳任臣十國春秋曰。蜀主衍奉其太后太妃禱青城山。宮人皆衣雲霞之衣。後主自製甘州曲。令宮人歌之。本謂神仙而在凡塵耳。後降中原。宮伎多淪落人間。始驗其語。

後蜀後主孟昶有玉樓春詞。

冰肌玉骨清無汗。水殿風來暗香滿。繡簾一點月窺人。欹枕釵橫雲鬢亂。　起來瓊戶啓無聲。時見疏星渡河漢。屈指西風幾時來。只恐流年暗中換。

右後蜀後主玉樓春詞。按朱錫鬯詞綜曰。蘇軾洞仙歌本隱括此詞。然未免反有點金之憾。張惠言詞選則以蘇詞爲佳。宋翔鳳樂府餘論又反其說。實則洞仙歌唐曲見敦坊記。惟字句決不同宋詞。蘇氏偶未之考耳。至謝元明所得之古石刻。明出僞記。樂府餘論辨之詳矣。可不論也。又十國春秋謂後主有相見歡詞甚工。今不傳。

南唐中主李璟有浣溪沙、山花子、等詞。

菡萏香消翠葉殘。西風愁起綠波間。還與韶光共憔悴。不堪看。　細雨夢回雞塞遠。小樓吹徹玉笙寒。多少淚珠何限恨。倚欄干。

右南唐中主山花子詞。按南唐書曰。王感化善謳歌。隸樂部爲歌板色。中主嘗作山花子詞二首。手寫以賜。後主即位。感化以札上之。後主感動。賞賜甚優。或以爲後主作。非也。

南唐後主李煜所作詞尤多。王世貞四部稿曰。玉樓春詞、致語也。虞美人詞、情語也。是猶以常人論之也。蔡絛西清詩話謂其浪淘沙詞曰。含思淒婉。黃昇花庵詞選謂其相見歡詞曰。亡國之音哀以思。蓋其心愈悲。其詞愈苦矣。蘇軾則非其破陣子詞。

四十年來家國。三千里地山河。鳳閣龍樓連霄漢。玉樹瓊枝作烟蘿。幾曾識干戈。
一旦歸爲臣虜。沈腰潘鬢銷磨。最是倉皇辭廟日。教坊猶奏別離歌。揮淚對宮娥。

右南唐後主破陣子詞。按蘇軾志林曰。後主既爲樊若水所賣舉國與人。故當痛哭於九廟之前。謝其民而後行。顧乃作此辭語哉。

劉延仲則補其臨江仙詞。

櫻桃落盡春歸去。蝶翻金粉雙飛。子規啼月小樓西。玉鉤羅幙。惆悵卷金泥。　門掩寂寥人散後。望殘烟草淒迷。何時重聽玉驄嘶。撲簾柳絮。依約夢回時。

右南唐後主臨江仙詞。按樂府紀聞曰。後主於圍城中賦臨江仙詞。至望殘烟草淒迷。

於此停箏。以下則劉延仲所補也。而花間集所載、收處有爐香閒裊鳳凰兒。空持羅帶。回首故依依三句。故是全本。今本花間集無此詞。此未知所據。又全唐詩所錄後主臨江仙詞二首。各逸其半。一曰。庭空客散人歸後。畫堂半掩朱簾。林風淅淅夜厭厭。小樓新月。回首故纖纖、又一曰、春光鎮在人空老。新愁往恨何窮。金窗力困起還慵。一聲羌笛。驚起醉怡容。則未見全詞也。

此非眞知後主者。不足與言詞。觀其歸宋後與故宮人書曰。此中日夕只以眼淚洗面。每有所作。舊臣聞之多泣下者。牽機藥之賜。雖曰咎有自取。亦太宗之疑忌有以致之也。言詞者必首數三李。謂唐之太白。南唐之二主。及宋之易安也。太白不以詞名。且其詞不多見、尊前集錄其菩薩蠻詞三首。人人盡說江南好一首。各本皆屬之韋莊。此誤收也。錄南唐二主詞。以一斛珠曉妝初過一首。菩薩蠻人生愁恨何能免一首。更漏子金雀釵一首。虞美人春花秋月何時了一首。屬之中主。以山花子菡萏香消翠葉殘一首。更漏子柳絲長一首。屬之後主。更漏子二詞。各本皆曰溫庭筠作。亦誤收也。後主之詞。今存者凡三十五首。於富貴時能作富貴語。愁苦時能作愁苦語。無一字不眞。無一語不俊。溫氏以後。爲五季一大宗。惟菩薩蠻花明月暗籠輕霧一首。又銅簧韻脆鏘寒竹一首。未免輕薄。貽來世以口實。龍袞江南錄曰。小周后隨後主歸朝。封鄭國夫人。例隨命婦入宮。輒數日出。必大泣罵。聲聞於外。後主宛轉避之。亡國之慘。辱及妻孥。亦輕薄之報也。其本集所未收者有柳枝詞。

風情漸老見春羞。到處芳魂感舊游。多見長條似相識。強垂煙穗拂人頭。

右南唐後主柳枝詞。按客座贅語曰。後主嘗作柳枝詞。書黃羅扇上。以賜宮人慶妙。後亦流落人間。乃得見之。本集不收。應補。

獨其所創之壽康曲。（見客座贅語）念家山破、（見樂書）後皆不傳。良可惜耳。趙錄於以上諸家詞。悉所不采。所錄十六家。以蜀人爲多。

韋莊、蜀同平章事諡文靖。

牛嶠、蜀給事中。

牛希濟、嶠之兄子、蜀翰林學士御史中丞、入後唐爲雍州節度副使。

毛文錫、蜀司徒、貶茂州司馬、入後唐爲內庭供奉。

薛昭蘊、蜀侍郎。

魏承班、蜀太尉。

尹鶚、蜀參卿。

李珣、蜀秀才。

右前蜀八家。牛希濟毛文錫二家不係之後唐者。從舊說也。

歐陽炯、後蜀同平章事、入宋爲左散騎常侍。

顧夐、後蜀太尉。

鹿虔扆、後蜀太保。

閻選、後蜀布衣。

毛熙震、後蜀秘書監。

右後蜀五家。歐陽炯一家說如上。

趙氏本蜀人。耳目所近。無可議者。其餘三家。

和凝、後唐翰林學士、知制誥、後晉同平章事、後漢太子太傅、魯國公、後周侍中。

右後唐一家、說如上

張泌、南唐內史舍人、入宋爲郎中。

右南唐一家、說如上。

孫光憲、南平御史中丞、入宋爲黃州刺史。

右南平一家、說如上。

失之太少。見諸顧錄者。庾傳素有木蘭花詞。

木蘭紅豔多情態。不似凡花人不愛。移來孔雀檻邊栽。折向鳳皇釵上戴。是何芍藥爭風彩，自共牡丹長作對。若教爲女嫁東風。除却黃鶯難匹配。

右庾傳素花木蘭詞。按歷代詞人姓氏錄曰。傳素、蜀同平章事。入後唐爲刺史。

歐陽彬有生查子詞。

竟日畫堂歡。入夜重開宴。翦燭蠟烟香。促席花光顫。 待得月華來。滿院如鋪練。門外簇驊騮。直待更深散。

右歐陽彬生查子詞。按蔣一葵堯山堂外記曰。彬字齊美。烱之弟也。後蜀尚書左丞。出爲寧江軍節度使。

亦蜀人也。劉侍讀有生查子詞。許岷有木蘭花詞。林楚翹有菩薩蠻詞。則其人無可考矣。故略之。

按雅言系述曰。林楚才、賀州富川人。與黃損善。損字益之，連州人，南漢尚書左僕射，以極諫忤意罷。有贈損詩曰。身閑不擬辭官早。詩好常甘得句遲。楚才或與楚翹兄弟行也。

其他所散見者。閩陳后金鳳有樂游曲詞。

西湖南湖鬭綵舟。青蒲紫蓼滿中洲、波渺渺。水悠悠。長奉君王萬歲游。

右閩陳后樂游曲詞。按五代史注曰。金鳳福清人唐福建觀察使陳巖女。王審知繼閩。

納爲才人。子鏻立。復嬖之。及僭號。册爲后。金鳳善歌舞。有樂游曲二首。與漁歌子平仄不同。當別是一律。詞譜不收。應補。

孫魴有楊柳枝詞。

煖傍離亭靜拂橋。入流穿檻綠陰搖。不知落日誰相送。魂斷千條與萬條。

右孫魴楊柳枝詞。按全唐注曰。魴字伯魚。南昌人。從鄭谷爲詩。頗得鄭體。仕吳爲宗正卿。與沈彬李建勳友善。有楊柳枝詞五首。此其第三首也。

陶穀有風光好詩。

好因緣。惡因緣。祇得郵亭一夜眠。別神仙。　琵琶撥盡相思調。知音少。再把鸞膠續斷絃。是何年。

右陶穀風光好詞。按洪邁侍兒小名錄曰。穀奉使南唐。求遺書。頗驕甚。韓熙載命歌姬秦弱蘭僞爲驛卒女。穀惑之。作此以贈。明日中主宴穀。弱蘭出歌以侑觴。穀大慚而罷。又沈叡達雲巢編曰。此穀奉使吳越。求逸犬爲贈杭妓杜任娘而作。未知孰是。

伊用昌有憶江南詞。

江南鼓。梭肚兩頭欒。釘著不知侵骨髓。打來只是沒心肝。空腹被人謾。

右伊用昌憶江南詞。按歷代詞人姓氏錄曰用昌、楚王馬殷時南岳道士。有異術。其詞多作鍊形服氣者言。亦呂巖詞之流匹也。

至無名氏之後庭宴詞。疑亦當時人所作也。

千里故鄉。十年華屋。亂雲（原作魂從歷代詩餘改）。飛過屏山簇。眼重眉褪不勝春、菱花知我銷香玉。

雙雙燕子歸來。應解笑人幽獨。斷歌零舞。遺恨淸江曲。萬樹綠低迷。一庭紅撲簌。

右無名氏後庭宴詞。按詞苑曰。宣和間掘地得石刻一詞。唐人作也。本無名。後人名之爲後庭宴云。又以魚游春水詞亦爲唐人作。攷汲古本草堂詩餘。以魚游春水詞爲阮逸女作。是出於北宋人矣。此詞前半與踏莎行同。後半截然各列。與毛熙震四十四字體之後庭花又無一相似處。唐人詞自河傳外。前後疊相去無如是之遠者。且眼重句與前蜀後主柳眉桃臉不勝春句法同。當是五代人所作也。

者吳越王錢俶。

按陳師道後山詩話曰。吳越王錢俶來朝。太祖爲置宴。出內伎彈琵琶。王獻詩曰。金鳳欲飛遭掣搦。情脈脈。行即玉樓雲雨隔。太祖起拊其背曰。誓不殺錢王。王又有木蘭花斷句曰。帝鄉煙雨鎖春愁。故國山川空淚眼。亦未見全詞。王子惟演罷相爲崇信軍節度使。亦有木蘭花詞曰。城上風光鶯語亂。城下烟波春拍岸。綠楊芳草幾時休。淚眼愁腸先已斷。情懷漸覺成衰晚。鸞鏡朱顏驚暗換。昔年多病厭芳尊。今日芳尊惟恐淺。詞極淒婉。猶有餘痛焉。

南唐大周昭惠后娥皇。

按毛先舒塡詞名解曰。大周后嘗雪夜酣飲。舉杯屬後主起舞。後主曰。汝能創爲新聲則可。后即命箋綴譜。喉無滯音。筆無停思。譜成各邀醉舞破。又作恨來遲破。二詞俱失。無有能傳其音節者。

蜀李昭儀舜玹。

按黃休復茅亭客話曰。梓州李珣。其先波斯人。珣以秀才預賓貢事蜀主衍。國亡不仕。有瓊瑤集。多感慨之音。其妹舜弦爲衍昭儀。亦能詞。嘗作宮詞。有鴛鴦瓦上瞥然聲句。後誤入花蕊夫人集中。不知此詞爲李玉簫作。其全首曰、鴛鴦瓦上瞥然聲。晝睡宮娥夢裏驚。元是我王金彈子。海棠花下打流鶯。昭儀亦有宮詞曰。盡日池邊釣錦鱗。芰荷香裏暗消魂。依稀縱有尋香餌。知是金鉤不肯吞。其小詞則不傳矣。

蜀李宮人玉簫。

按五代軼事曰。玉簫爲蜀主衍宮人。能歌衍宮詞。一日命之歌。則歌月華如水浸宮殿。有酒不醉眞癡人二句。其事與南唐王感化同。感化建州人。中主嘗乘醉命之歌水調。惟歌南朝天子愛風流。及本爲戰爭收拾得。却因歌舞解除休。再四不易。中主覆杯歎曰。使孫陳二主得聞此言。不至有銜璧之辱也。遂寵之。（十國春秋以王感化作楊花飛。未詳孰是。）

後蜀花蕊夫人費氏。

按陳繼儒太平清話曰、後蜀亡。花蕊夫人作采桑子詞題葭萌驛壁曰。初離蜀道心將碎。離恨綿綿。春日如年。馬上時時聞杜鵑。書至此爲軍騎促行。後有續成之者云。三千宮女如花貌。妾最嬋娟。此去朝天。只恐君王寵愛偏。花蕊至宋。尚有四十萬人齊解甲。更無一個是男兒之句。豈有國初亡而作此敗節語哉。

南唐韓續歌姬。

按南唐書曰。僕射韓續請韓熙載撰父神道碑。以一歌姬潤筆。文成。但敍譜系品秩。續請改竄。熙載還其所贐。姬作楊柳枝詞以告別曰。風柳搖搖無定枝。陽臺雲雨夢中歸、他年蓬島音塵絕。留取尊前舊舞衣。

亦有好詞。而世不經見。殘鱗片爪。致足珍已。

南唐立國。尤多詞人。二主以下。必以馮延己陽春集爲稱首焉。所作若長命女詞。

春日宴。綠酒一杯歌一遍。再拜陳三願。一願郎君千歲。二願妾身長健。三願如同梁上燕。歲歲長相見。

右馮延己長命女詞。按徐軌詞苑叢談曰、馮氏之詞、典雅豐容、雖置在古樂府可以無愧。後有以此詞改爲雨中花者。一經竄易。而鄙惡甚矣。

王鵬運四印齋刻馮氏詞一卷。凡一百十九首。又補遺七首。爲宋仁宗嘉祐戊戌陳世脩輯本。首錄陳氏序。其外孫也。謂其思深語麗。韻逸調新。又能不矜不伐。以清商自娛。何其賢也。於立朝大節。亦作怨辭。則阿私之見已。柳塘詞話謂黃庭堅陳師道每以庸濫目之。然其言情之作。固勝於駢金儷玉也。惟所輯一百十九首。別作溫庭筠者三首。（酒泉子更漏子歸國遙）南唐後主者二首。（應天長醉桃源）和凝者二首。（拋球樂鶴沖天）韋莊者三首。（清平樂菩薩蠻應天長）牛嶠者一首。（歸國遙）牛希濟者一首。（謁金門）薛昭蘊者一首。（相見歡）顧敻者一首。（浣溪沙）張泌者二首。（江城子二首）孫光憲者一首。（浣溪沙）歐陽修者九首。（應天長芳草渡更漏子又蝶戀花四首醉桃源二首）馬令作南唐書本傳曰。鶴沖天、歸自謠、二詞尤見稱於世。鶴沖天既別作和氏。是陳本不全可據也。雪浪齋日記謂王安石論南唐後主詞、以細雨濕流光五字爲最妙。陳本亦錄爲馮氏南鄉子詞。欲求其稿而不易也。難已哉。若風乍起一首。當係成幼文詞。

風乍起。吹皺一池春水。閑引鴛鴦芳徑裏。手挼紅杏蕊。鬭鴨欄杆獨倚。碧玉搔頭斜墜。

終日望君君不至、舉頭聞鵲喜。

右成幼文謁金門詞。按古今詞話曰、江南成幼文爲大理卿。詞曲妙絕。嘗作謁金門詞。爲中主所聞。因按獄稽滯。召詰之。且謂曰、卿職在典刑。一池春水又何干於卿。幼文頓首以謝。南唐書以爲馮詞。陳振孫直齋書錄解題亦曰。風乍起世多言馮作。而陽春集不載。惟長沙本有之。當係成氏作也。

又成彥雄有楊柳枝詞。

欲趁寒梅趁得麼、雪中偸眼望陽和。陽和若不先留意。這箇柔條爭奈何。

右成彥雄楊柳枝詞、按全唐詩曰。彥雄。字文幹。南唐進士。有梅嶺集五卷。尊前集錄其楊柳枝詞十首。全唐詩錄九首。此獨闕。故錄之。文幹與幼文。自是族人。惟幼文之名不可考耳。

徐鉉有抛球樂詩：

歌舞送飛球。金觥碧玉籌。管絃桃李月。簾幕鳳皇樓。一笑千場醉。浮生任白頭。

有徐鉉拋球樂詞。按本集曰。鉉工於詩文。若小詞則間爲之爾。

薛九有嵇康曲舞詞。

薛九三十侍中郎。蘭香花媚生春堂。龍蟠王氣變秋露。淮聲泗水浮秋霜。宜城酒煙生霧服。與君試舞當時曲。玉樹遺詞悔重聽。黃塵染鬢無前緣。

右薛九嵇康曲舞詞。按客座贅語曰。薛九、江南富家子。得侍後主宮中。善歌嵇康曲。曲爲後主所製。江南平。流落江北。嘗一歌之。座人皆泣。後易爲嵇康曲舞詞。卽此詞也。詞譜不收。應補。

羅大經鶴林玉露曰。南唐張泌、潘佑、徐鉉、湯悅、俱有才名。後主於宮中作紅羅亭。四面栽紅梅。欲以豔曲記之。佑應令曰。樓上春寒山四面。桃李不須誇爛漫。已輸了東風一半。時已失淮南。故以詞諷諫也。王銍默記謂後主居汴日。嘗語徐鉉曰。當時悔殺了潘佑、李平、是佑不獨能詞。其人亦不可及矣。江鄰幾雜志以爲韓熙載所作。趙氏錄南唐惟張泌一家。餘亦惟和凝孫光憲二家。和氏紅葉稿。多雜以他人之作。樂府紀聞曰。和氏豔詞。

每嫁名於韓偓。以在政府諱之也。古今詞話曰。孫氏著北夢瑣言。於詞家逸事多有可證。是相去遠矣、顧氏錄入較多。錄詞過少。且於作者姓名。不加深攷。固當博采衆說以爲定也。故論五代人詞。必以韋莊爲最上。其菩薩蠻歸國遙等詞。故國之思。油然而出。古今詞話謂其荷葉杯小重山等詞。爲蜀主建奪其寵姬而作。情意淒怨。盛行於時。張炎論詞以溫韋並稱。溫以穠豔勝。韋以淸麗勝。固異曲而同工也。以毛文錫爲下最。葉夢得謂諸人評庸陋詞。必曰此倣毛之贊成功而不及者。論其人以鹿虔扆爲最上。樂府記聞謂其初讀書。見周公輔成王圖。期以此見志。蜀亡不仕。詞多感慨之音。以歐陽炯爲最下。歷仕四朝。不足責也。堯山堂外紀謂其後蜀枋政時。號五鬼之一。蜀之亡與有力焉。皆得趙錄而傳、趙氏洵詞家之功人哉。

胡震亨唐音癸籤曰。唐五代詞調名。有年代名義可考者凡一百九十七。無年代名義可考者凡二百七十九。可謂多矣。教坊記所錄調名凡三百二十四。皆不言其義。碧雞漫志言其義者凡二十九。此灼而可信者。楊愼丹鉛錄毛先舒塡調名解所論者或出之附會矣。致遠恐泥。是以君子不爲也。

因話錄謂柳範作折桂令。此小令之初見者。理道要訣謂唐玄宗改婆羅門引爲霓裳羽衣曲。此引詞之初見者。惟其詞宋已不傳。若元人之折桂令曲。

葛花袍紙扇芭蕉。兩袖仙風。萬古詩豪。富貴勞勞。功名小小。車馬朝朝。算有只青山不老。是誰敎白髮相饒。休負良宵。百斛金波。一曲瓊簫。

右張可久折桂令北曲。按嘯餘譜曰。折桂令、雙調曲也。

宋人之婆羅門引詞。

彊雲暮卷。漏聲不到小簾櫳。銀河夜洗晴空。皓月當軒高挂。秋入廣寒宮。正金波不動。桂影朦朧。　佳人未逢。悵此夕與誰同。對酒當歌追念。霜滿秋紅。南樓何處。想人在橫笛一聲中。凝眸立盡西風。

右曹組婆羅門引詞。按唐稗樂志曰。婆羅門。外國舞曲。皆不足以證也。碧雞漫志謂唐中葉始漸有漫曲。凡大曲就本宮調轉引序漫。如仙呂甘州有八疊漫是也。則漫詞亦創於唐。詞苑叢談謂始於後唐莊宗一百三十六字體之歌頭者亦非。唐詞字數之多。莫如杜牧九十字體之八六子。而教坊記無此曲。且恐有誤處。故無言之者。遠不若鍾輻八十九字體之卜算子漫詞可證也。

槐花院落。烟重露寒。寂寞禁烟晴晝。風拂珠簾。還記去年時候。惜春心不喜閒窗繡。倚屏山和衣睡覺。醺醺暗消殘酒。獨倚危闌久。把玉筯偷彈。黛蛾輕鬭。一點相思。萬般自家甘受。抽金釵欲買丹青手。寫別來容顏寄與。使知人消瘦。

右鍾輻卜算子漫詞。按全唐詩注曰。輻江南人。懿宗咸通末以廣文生爲蘇州院巡。唐人漫詞存者惟此而已。後則薛昭蘊八十七字體之離別難。尹鶚九十六字體之金浮圖。李珣八十四字體之中興樂。亦漫詞也。湯顯祖謂詞至五代。情至文生。諸體悉備。不獨爲蘇黃秦柳之開山。卽宣和紹興之盛。皆兆於此矣。善哉言乎。

第四章　論慢詞興於北宋

言詞者必曰詞至北宋而大。至南宋而深。固也。常州派言詞則崇北宋、以爲北宋之詞與詩合。南宋之詞與詩分。北宋猶爭氣骨。南宋則專精聲律。是南宋詞雖益工。以風尙而論。則有黍離降而詩亡之歎矣、不知南宋詞卽出於北宋。特時代之有先後耳。北宋國勢較強。政府諸公。以及在野之士。方以雍容揄揚潤色鴻業爲樂事。其上者見朝政之繆。則借詞以格君心之非。若夫先之厄於遼、後之厄於金、我能爲獻納一字之爭。已可告無罪於天下。初無人作深慮之論也。南宋局守一隅。議和議戰。叫囂不已、自命愛國者、方挾君父之仇不與共戴天之說。以博輿論之歸。又知兵力之不足以勝人也、則口誅之。筆伐之。不遺餘力。雖權奸亦末如之何、文網愈嚴。則詞意愈晦。蠶室之僇。不能加諸其身。蓋解人固不易索焉。故曰北宋之詞大。南宋之詞深。時爲之。亦勢爲之爾。花庵詞選爲詞家之善本。四庫提要謂其前十卷終於北宋之王昂。而其中頗有已入南宋者。蓋宣和靖康之舊人。過江猶在者也。後十卷旣曰中興以來詞。而康與之、陳與義、葉夢得、則皆北宋舊人。不知其以何者爲斷。故從其始則以和凝入後唐而不以入周。孫光憲入南平而不以入宋。此其例也。從其終則以李治入元而不以入金。吳偉業入淸而不以入明。此又其例也。而況一姓絕續之間。中輟者不過旬日。張邦昌之楚帝。以視王莽之於漢。劉淵之於晉。修短之數不同。必曰北使人歸北。南人歸南。則朕亦北人。將安所歸。若程垓一人。各家均嘗作南宋人。四庫提要則書作北宋人。垓旣與蘇軾爲中表。又學詞於蘇氏。係之南宋。則予生也晚矣。是提要所說可從焉。其餘諸家。亦多從舊說而加以臆見云爾。

唐五代人詞有專集而傳之迄今者。爲溫庭筠、（朱祖謀刻本）南唐二主、（朱景行刻本）馮延己、（王闓運刻本）三家。光緒初於蘇州嘗見秀水杜氏所藏宋本李珣瓊瑤集。時予甫髫齡。未學爲詞。且主家矜惜甚。未敢請也。四十年來。不聞有議及者。恐失傳久矣。北宋人詞必較多於此。而未必多者。詞綜發凡所謂唐宋人詞。每別爲一編。不入集中。故散佚最易。又謂常熟吳訥彙有宋元百家詞鈔。惜未見傳本。毛晉汲古閣刻宋六十一家。始大有裨於學者。毛氏爲吳氏同邑後進。未知卽本於所鈔否。惟校勘不精。乖誤特甚。且隨得隨刻。不攷其時代。攜煦宋六十一家詞選。謂蔣捷以南部遺老。而列三集之中。晁補之、陳師道、生際汴京。顧居六集之末。論世者病焉。類而別之。凡北宋二十三家。

晏殊珠玉詞　歐陽修六一詞
晏幾道小山詞（從詞人姓氏錄列此）　柳永樂章集
蘇軾東坡詞　黃庭堅山谷詞
秦觀淮海詞　程垓書舟詞（從提要列此）
晁補之琴趣外篇　陳師道後山詞
李之儀姑溪詞　毛滂東堂詞
杜安世壽域詞　葛勝仲丹陽詞
周紫芝竹坡詞　謝逸溪堂詞
周邦彥片玉詞　呂渭老聖求詞（從詞綜列此）

王安中初寮詞　　蔡伸友古詞

趙師俠坦庵詞　　趙長卿惜香樂府以上二家從歷代詩餘列此

向子諲酒邊詞從花庵詞選列此

臨桂王鵬運四印齋彙刻詞。於北宋人得四家。若蘇軾東坡詞，周邦彥清真詞、已見毛刻不復數外。凡二家。

潘閬逍遙詞　　賀鑄東山樂府

歸安朱祖謀彊村叢刻詞。於北宋人得十六家。若柳永樂章集、蘇軾東坡詞、秦觀淮海詞、賀鑄東山詞。毛滂東堂詞、已見他刻不復數外、凡十一家。

宋徽宗詞一卷

范仲淹范文正公詩餘一卷附范純仁忠宣公詩餘

張先子野詞二卷補遺二卷

王安石臨川先生歌曲一卷補遺一卷

韋驤韋先生詞一卷

米芾寶晉長短句一卷

謝薖竹友詞一卷

廖行之省齋詩餘一卷原作南宋人從詞人姓氏錄改列此

劉弇龍雲先生樂府一卷

吳則禮北湖詩餘一卷詞人姓氏錄不載從其父宋史吳中復傳列此

元和江標靈鶼閣彙刻詞。於北宋人得三家。

黃裳演山詞　葛郯信齋詞

向滈詞人姓氏錄作鎬樂齋詞

仁和吳昌綬雙照樓彙刻景宋本詞。於北宋人得六家。若歐陽修近體樂府六卷、又醉翁琴趣外篇六卷、黃庭堅琴趣外篇六卷、晁補之晁氏琴趣六卷、賀鑄東山詞一卷、周邦彥片玉詞註十卷、向子諲酒邊詞一卷、已見他刻不復數外。凡一家。

晁端禮閑齋琴趣外篇六卷

綜以上而觀。北宋人詞。删其複重。於毛刻得二十三家。王刻得二家。朱刻得十一家。江刻得三家。吳刻得一家。凡四十家。若周紫芝、王安中、趙長卿、向子諲、諸家。皆生於北宋。沒於南宋。或北或南。初無確論。花庵詞選。且不滿於後人而他可知已。餘若趙令畤聊復集、晁沖之具茨集、王觀冠柳集、蘇庠後湖集、万俟雅言大聲集、徐伸青山樂府、陳克赤城詞、徐積節孝集、陳瓘了齋詞、王之道相山居士詞、為彙刻所未收者。或見之單行本、或見之叢書本或見之鈔本。或見之選本。固論次之所必及也。其或一詞可傳。附見他家記述者。悉所不遺。北宋人詞。此其大略已。

北宋之初。言詞者大都祖述南唐。以二主一馮為法。晏殊首出。得之最先。劉攽中山詩話謂其酷喜陽春集。其所自作亦不減馮氏樂府。若玉樓春詞重頭歌韻響琤琮。入破舞腰紅亂旋一聯。皆管絃家語也。然而花落一聯。實其得意之作。故詩與詞兩出之。入詞之妙。尤勝於入詩可與馮氏相競矣。

一曲新詞酒一杯。去年天氣舊亭臺。夕陽西下幾時迴。 無可奈何花落去。似曾相識燕歸來。小園香徑獨徘徊。

右晏殊浣溪沙詞。案苕溪漁隱叢話曰。殊赴杭。道出維揚。與王琪論詩。殊曰。每得句、或彌年未嘗強對。且如無可奈何花落去。至今未有偶。琪應聲曰。似曾相識燕歸來何如。殊大喜。遂辟置館職。

幼子幾道、能世其學、嘗以鷓鴣天詞爲仁宗所賞。故其別作曰。舞低楊柳樓心月。歌盡桃花扇影風。又曰。夢魂慣得無拘檢、又踏楊花過謝橋。黃庭堅序謂寓以詩人句法。自能動搖人心。合者高唐洛神之流。下者亦不減桃葉團扇。蓋氣骨所存。且去詩未遠焉。

夢後樓臺高鎖。酒醒簾幕低垂。去年春恨卻來時。落花人獨立。微雨燕雙飛。 記得小蘋初見、兩重心字羅衣。琵琶絃上說相思。當時明月在。曾照彩雲歸。

右晏幾道臨江仙詞。案無名氏小山詞序曰。沈十二廉叔陳十君龍家。有蓮鴻蘋雲。品謳娛客。此詞即爲蘋而作也。

毛晉論詞。以晏氏父子、追配李氏父子。彼丹陽歸愚之相承。固不足數爾。歐陽修繼之。其詞亦出南唐。而加以深致。吳曾能改齋漫錄謂其少年游詠草詞。求諸溫李集中。殆與之爲一。李清照獨以蝶戀花詞爲深得疊字之法。

庭院深深深幾許。楊柳堆烟。簾幕無重數。金勒雕鞍游冶處。樓高不見章臺路。 雨橫風狂三月暮。門掩梨花。無計留春住。淚眼問花花不語。亂紅飛過秋千去。

右歐陽修蝶戀花詞。案李清照漱玉詞自註曰。余極愛歐公庭院深深句因用之作臨江仙詞。是此詞爲歐作。今誤入陽春集中。

其餘若趙抃之折新荷引。寇準之江南春。陳堯佐之踏莎行。王琪之望江南。葉清臣之賀聖朝。韓琦之點絳脣。范仲淹之蘇幕遮。宋祁之浪淘沙。韓縝之芳草。張昇之離亭燕。司馬光之阮郎歸。卽夏竦之喜遷鶯。賈昌朝丁謂二家之木蘭花。所謂各有艷詞。當不以人廢言也。且諸家不以詞名。晏歐二家。則以耑力爲之。晏家臨川。歐家廬陵。王安石。黃庭堅、皆其鄉曲小生。接足而起。詞家之西江派。尤早於詩家。惟二氏誦法南唐。僅工小令。若慢詞則始於柳永。樂府餘論曰。詞由小令而有引詞。又曰近詞。謂引而近之也。又次而有慢詞。慢者曼也。謂曼聲而歌者也。慢詞當起於宋仁宗朝。中原息兵。汴京繁庶。歌臺舞席。競賭新聲。永以失意無聊。流連坊曲。乃盡取俚俗語言。編入詞中。以便伎人傳習。一時動聽。散播四方。其後蘇軾秦觀、相繼有作、慢詞遂盛。先於永者惟歐氏有摸魚兒慢詞。而字句錯誤。未必可信。西清詩話謂歐詞淺近者是劉煇僞託。又多雜入柳詞。不獨望江南一詞。明誣以盜甥之罪也。是慢詞當始於柳氏矣。

對瀟瀟暮雨灑江天。一番洗清秋。漸霜風淒緊。關河冷落。殘照當樓。是處紅衰綠減。在苒物華休。惟有長江水。無語東流。　不忍登高臨遠。望故鄉渺邈。歸思難收。歎年來蹤跡。何事苦淹留。想佳人妝樓長望。誤幾回天際識歸舟。爭知我。倚闌干處。正恁凝眸。

右柳永八聲甘州詞。按趙令畤侯鯖錄曰。晁補之嘗稱其霜風三語。不減唐人。世言柳詞俗非也。

永先以鶴冲天詞。有忍把浮名。換了淺斟低唱之句。為仁宗所斥。景祐中方登第。以辟勸轉官。復以醉蓬萊詞。仁宗見之不懌。止於屯田員外郎。其畢生精力。專用於詞。有樂章集九卷。惟多雜以俳詞。或者出於俗工所改也。

唐五代人無專以慢詞著者。草堂詩餘錄陳後主秋霽詞一百四字體。詞律以爲後主於數百年前。何以先知有此體。其爲僞託無論已。四印齋重刻明嘉靖戊戌陳鍾秀校刻草堂原本。無中調長調之分。與毛閣諸刻體例逈殊。惟題號淩雜。注解蕪陋。是其一病。可見五十八字以內爲小令。五十九字至九十字爲中調。九十字以外爲長調。塡詞名解以爲此古人定例也。不免傅會矣。蓋字數之多寡。以歌時而定。讀李景伯囘波樂詞。知詩宴有三爵之儀。未敢久於佚樂也。故間有慢詞。而用之者少。至宋仁宗時。海內承平。宮中無事。曰進平話一章。卽後世章囘小說之初起。每大宴必有樂語。一教坊致語。二口號。三勾合曲。四勾小兒隊。五隊名。六問小兒。七小兒致語。八勾雜劇。九放小兒隊。此春宴也。若秋宴則加以十勾女弟子隊。十一隊名。十二問女弟子。十三女弟子致語。十四勾雜劇。十五放女弟子隊。觀宋祁王珪所作。文必儷言。詩必宮體。亦一時雅尚也。若朝臣相宴。則用致語口號而已。民間化之。對酒當歌。以永朝夕。柳氏慢詞。卽應時而作。其詞靡、其志荒矣。迄乎英神哲三朝。此風尤盛。曾慥樂府雅詞有所謂轉踏者。皆以數小詞連合而成。若無名氏之集句調笑。一巫山、二桃源、三洛浦、四明妃、五班女、六文君、七吳娘、八琵琶、凡八首。有致語。有口號。有放隊。此其例也。

艷陽灼灼河洛神。態濃意遠淑且眞。入眼平生未曾有。緩步佯羞行玉塵。凌波不過橫塘路。風吹仙袂飄飄擧。來如春夢不多時。天非花豔輕非霧。

非霧。花無語。還似朝雲何處去。凌波不過橫塘路。燕燕鶯鶯飛舞。風吹仙袂飄飄擧。凝倩游絲惹住。

右無名氏洛浦集句調笑詞。案賀鑄青玉案詞首句曰。凌波不過橫塘路。是此詞出於賀氏後矣。樂府雅詞以列於鄭氏晁氏諸作之先。詞譜謂此詞宣和中自宮禁傳出。故從之。

餘若秦觀之調笑。一王昭君、二樂昌公主、三崔徽、四無雙、五灼灼、六盼盼、七崔鶯鶯、八採蓮、九燈中怨、十離魂記、凡十首。（見本集）則惟有詩詞。晁補之之調笑。一西子、二宋玉、三大隄、四解珮、五回文、六唐兒、七春草、凡七首。（見樂府雅詞）則惟有致語。鄭僅（字彥能神宗時吏部侍郎諡修敏）之調笑。一羅敷、二莫愁、三文君、四桃源、五靑樓、六憑子都、七吳姬、八蘇小、九陽關、十太眞、十一採蓮、十二蘇蘇、凡十二首。（見樂府雅詞）則有致語。有放隊。毛滂之調笑。一崔徽、二泰娘、三盼盼、四美人賦、五灼灼、六鶯鶯、七苕子、八張好好、凡八首。（見本集）則有白語。（即致語）有遣隊、（即放隊）本詞之後。又有破子二首、與本詞體同而無前詩句。詞律曰單用後詞者曰破子。又曰顛子。是也。又若無名氏九張機兩作。亦樂府雅詞之所謂轉踏者。其例亦微不同。

四張機。咿啞聲裏暗顰眉。同梭織朶垂蓮子，盤花易綰。愁心難整。脈脈亂如絲。

右無名氏九張機詞之一。案徐本立詞律補注曰。曾氏雅詞所錄無名氏兩作。其一自一張機至九張凡九首爲一調。其一於九首外又前有口號一首。後有遣隊二首。凡十二首爲一調。當全錄之以備格云。惟口號以前。又有致語。所謂遣隊者與本詞體同。首句用短韻二字句。又與毛氏之破子同。亦當曰破子。又有七絕一首曰歌聲飛落畫梁塵。舞罷香風卷繡茵。更欲縷成機上恨，尊前忽有斷腸人。亦與毛氏之遺隊同。惟畫梁毛作杏梁。第三句毛作更擬綠雲弄清切。餘悉同。復以斂袂而歸。相將好去。八字作收。亦與諸家之收句同。未知亦毛氏所作否也。據此則萬說非，徐說亦非也。

又攷之王性之有鴛鴦曲蝶戀花十二首。

鏡破人離何處問。路隔銀河。歲會知猶近。只道近來消瘦損。玉容不見空傳信。　棄擲前歡俱未忍。豈料盟言。陡頓無憑準。地久天長終有盡。綿綿不似無窮恨。

右王性之蝶戀花詞十二首之一。按侯鯖錄曰王性之傳奇辨正謂元稹會眞記。世以爲佳話。惜不能歌。乃分原文爲十章。各繫一詞。致語之外。先別爲一詞。末復綴一詞。凡商調蝶戀花詞十二首。此其末章也。

王安中有六花隊冬詞蝶戀花六首。

曲徑深叢枝裊裊。暈粉柔綿破萼烘清曉。十二番開寒最好。此花不假春歸早。　霜女飛來紅翠少。特地芳菲。絕豔驚衰草。只滯東風終甚了。久長欲伴姮娥老。

右王安中六花隊咏長春蝶戀花詞。案初寮集長春口號曰。露桃烟杏逐年新。回首東風跡已陳。頃刻開花公莫問。四時俱好是長春。詞凡六首。一長春。二山茶、三蠟梅、四紅梅、五迎春。六小桃。各有口號一首。詞一首。此其首章也。

王明清揮麈錄謂曾布作馮燕歌。始漸成套數。此數詞近之矣。轉踏之義。諸家無道及者。考宋曲以本宮二曲相互用者。如仙呂則用後庭花，金盞兒。正宮則用滾繡球，倒秀才，之類。謂之纏達。二者音相近。與倒喇不同。徐釚南州草堂詞話曰。倒喇。金元戲劇名。詳見陸雲士滿庭芳詞。蓋一爲歌曲。倒喇則舞曲也。若蕭貫道宮薄媚西子詞、樂府雅詞則謂之大曲。凡分十章。一排遍第八。二排遍第九。三第十攧。四入破第一、五第二虛催、六第三袞偏、七第四催拍、八第五袞徧、九第六歇拍、十第七煞袞、以平仄通叶。道宮今不傳。此詞爲宣和宮中大曲之一。他無可證。趙以夫虛齋樂府有九十二字體薄媚摘徧詞。亦平仄通叶。即從此曲出也、晏幾道泛清波摘徧詞、亦從大曲出。惟字數愈多。則費時愈多。柳氏慢詞。此其嚆矢爾。

張先與柳氏齊名。先以天聖初登第。視柳氏爲早、又號張三影。以所作有雲破月來花弄影。嬌柔嬾起，簾壓捲花影。柳徑無人，墮飛絮無影、尤其得意句也。先亦工慢詞。有謝池春慢詞。

繚牆重院。聞有流鶯到。繡被掩餘寒。畫閣明新曉。朱檻連空闊。飛絮無多少。徑莎平。池水渺。日長風靜。花影閒相照。　塵香拂馬。逢謝女。城南道。秀豔過施粉。多媚生輕笑。鬬色鮮衣薄，碾玉雙蟬小。歡難偶。春過了。琵琶流怨。都入相思調。

右張先謝池春慢詞。案古今詞話曰。此先於玉仙觀道中逢謝媚卿作。一時傳唱幾徧。不獨三中一詞之見稱於人口也。

永既卒。先獨享耆壽。以歌詞聞天下。而協之以雅。蘇軾猶及與之游。故亦好爲詞。

明月幾時有。把酒問青天。不知天上宮闕。今夕是何年。我欲乘風歸去。又恐瓊樓玉宇。高處不勝寒。起舞弄清影。何似在人間。　轉朱閣。低綺戶。照無眠。不應有恨。何事長向別時圓。人有悲歡離合。月有陰晴圓缺。此事古難全。但願人長久。千里共嬋娟。

右蘇軾丙辰中秋作水調歌頭詞。案復雅歌詞曰。神宗讀至瓊樓玉宇二句。曰、軾終是愛君。

乃命量移汝州。

蘇氏之詞。論者不一。四庫提要曰。詞至柳氏而一變。至蘇氏而又一變。遂開南宋辛氏一派。尋流溯源。不能不謂之別格。然謂之不工則不可。故與花間一派。並行而不廢。可謂得其平矣。蘇門四學士。張耒不以詞名。故所作極少。書錄解題曰。近代詞家。黃九秦七外。晁氏未必多遜。黃庭堅詞時出俚淺。而閒亦有峭健句。若王安石、及其弟安禮、安國、其子雱。孔武仲、及其弟平仲。謝逸、及其弟邁。王寀、劉弇、趙長卿、向子諲、徐俯、諸家屬之西江派者。其詞之得失同。不若秦觀之能爲曼聲以合律也。蔡伯世亦曰。張先詞勝乎情。柳永情勝乎詞。情詞相稱。秦氏一人而已。其滿庭芳詞工矣。蘇氏猶以學柳七作詞爲病。獨許其題彬州旅舍詞。

霧失樓臺。月迷津渡。桃源望斷無尋處。可堪孤館閉春寒。杜鵑聲裏斜陽暮。　驛寄梅花。魚傳尺素。砌成此恨無重數。郴江幸自遶郴山。爲誰流下瀟湘去。

右秦觀踏莎行詞。案釋惠洪冷齋夜話曰。蘇氏絕愛尾兩句。自書於扇曰。少游已矣。雖萬身何贖。

四人之外、又合陳師道、李廌為六君子。陳氏後山詞。李氏月巖集、與晁補之琴趣外編相伯仲、皆非秦氏敵也。郎瑛七修類稿曰、秦氏歿於藤州。賀鑄作青玉案詞以弔之。

淩波不過橫塘路。但目送芳塵去、錦瑟年華誰與度。月樓花榭。綺窗朱戶。惟有春知處。碧雲冉冉蘅皋暮。綵筆新題斷腸句。試問閒愁都幾許。一川煙草。滿城風絮。梅子黃時雨。

右賀鑄青玉案詞。按龔明之中吳紀聞曰。鑄有小築在蘇州盤門外之橫塘。因作此詞、時號賀梅子、與郎說不合。

其他為蘇氏黨者。朱服有漁家傲詞。王詵有憶故人詞。若趙令畤聊復集。晁沖之具茨集。則尤著者也、為蘇氏敵者。舒亶有菩薩蠻詞。曾肇有好事近詞、王雱有眼兒媚詞。若王安石半山詞。則尤著者也。毛滂屬官也。以詞進。

淚濕闌干花著露。愁到眉峯碧聚。此恨平分取。更無言語空相覷。　短雨殘雲無意緒。

寂寞朝朝暮暮。今夜山深處。斷魂分付潮回去。

右毛滂惜分飛詞。案西湖游覽志曰。蘇氏守杭。滂爲法曹掾。秩滿作此詞。蘇氏見之。折柬追回。款洽數月。

程垓中表也。以詞傳。

月掛霜林寒欲墜。正門外催人起。奈離別如今眞個是。欲住也留無計。欲去也來無計。

馬上離情衣上淚、各自個供憔悴。問江路梅花開也未。春到也頻須寄。人到也頻須寄。

右程垓酷相思詞。按四庫提要曰。詞品最稱其酷相思、四代好、折紅英、數詞。蓋蘇程爲中表。耳濡目染。有自來也。

王觀冠柳集。並起於一時。蘇過亦能詞。柳氏所不及也。

新月娟娟。夜寒江靜山銜斗、起來搔首。梅影橫窗瘦。 好個霜天。閒著傳杯手。君知否。

曉鴉啼後。歸步濃於酒。

有蘇過點絳脣詞。按古今詞話曰，小坡作點絳脣詞，時禁蘇氏文章，故隱其名以爲汪藻作，

言者遂以蘇氏代柳氏。而柳失之俗。蘇失之粗。葛勝仲。周紫芝。乃效師小晏氏。至周邦彥而又一變。徽宗崇甯政和間。改定新樂。以周邦彥、晁端禮、万俟雅言、徐伸等預其事。周氏詞大家。當與晁氏等別論之。徽宗皇帝亦能詞，故其時作者頗多。樂府雅詞所錄三十一家。若歐陽修、張先、王安石、晁補之、賀鑄、毛滂、舒亶、趙令畤、晁沖之九家不數外。凡李元膺、蘇庠、謝逸、周邦彥、晁端禮、曹組、陳克、李邴、李甲、沈會宗、陳瓘、王安中、向子諲、徐俯、趙君舉（字千發，詞人姓氏錄不載。向子諲西江月詞自注曰，呈千發元長去非三學士。則自是同時人。詞綜列作南宋末人非。）魏夫人十六家。皆徽宗時人也、又若葉夢得、曾紆、陳與義、呂本中、朱敦儒、李清照六家、亦徽宗時人。而諸家繫之南宋者。是猶向子諲之酒邊詞。於政和宣和間所作則曰江北舊詞。於紹興間所作則曰江南新詞。而以阮郎歸一詞。見作於秦檜。故以屬南宋。不知向氏之名。屢見於蔡伸友古詞中，所當從其始也。雅詞拾遺所錄諸家，亦多同時人。往往無可攷。若沈唐則見諸李清照論詞，

而傳其霜葉飛詞。俞紫芝則見諸吳曾能改齋漫錄曰金華人。有題張公謝靑溪圖臨江仙詞、而傳其訴衷情詞。何㮚、靖康末蓋節名臣也。而傳其虞美人詞。宋齊愈則其人可誅也。而傳其眼兒媚詞。其所去取。雖不及花庵詞選之精。固出於諸選之上也。蓋北宋慢詞。始於晁冠卿之多麗詞至宣和而特盛。何籀有宴淸都詞。廖世美有燭影搖紅詞。査荎有透碧霄詞。（均見雅詞拾遺）沈公述有望海潮詞。魯逸仲有南浦詞。李玉（陽春白雪作潘元質）。有金縷曲詞。（均見花庵詞選）潘元質有花心動詞。田不伐有江神子慢詞。沈會宗有傾杯詞。（均見陽春白雪）其生平不詳。其詞則膾炙人口。即謝克家小詞、亦與鹿虔扆金鎖重門。同爲不可無一之作也。

依依宮柳拂宮牆。樓殿無人春晝長。燕子歸來依舊忙。憶君王、月照黃昏人斷腸。

右謝克家憶君王詞。按鼠璞曰。此從車駕北行作。詞意悲涼。讀之使人墮淚。眞憂君愛國語也。

宋六十一家詞選例言曰。北宋大家。每從空際盤旋。故無椎鑿之迹。竹坡以下。漸於字句求工。而昔賢疏宕之致微矣。此亦南北宋之關鍵也。知言哉。

第五章　論南宋詞人之多

彙刻南宋人詞。於毛氏本得三十八家。

葉夢得石林詞
張元幹蘆川詞
侯寘嬾窟詞
曾覿海野詞
黃公度知稼翁詞
張孝祥于湖詞
王千秋審齋詞
程珌洺水詞
沈端節克齋詞（從提要列此）

陳與義無住詞
韓玉東浦詞（從提要列此）
楊无咎逃禪詞（圖繪寶鑑作揚當從改）
辛棄疾稼軒詞
葛立方歸愚詞
周必大近體樂府
趙彥端介庵詞
劉克莊後村別調
姜夔白石詞

楊炎正西樵語業（原作楊炎，從楊萬里誠齋詩話厲鶚宋詩紀事改。）

陸游放翁詞　陳亮龍川詞

劉過龍洲詞　毛幵樵隱詞

盧祖皋蒲江詞　洪咨夔平齋詞

盧炳哄堂詞（原作烘堂。從書錄解題改。）　黃機竹齋詩餘

高觀國竹屋癡語　史達祖梅溪詞

李昴文溪詞（原作李公昴。從文溪集及花庵詞選改。宋史附黃雍傳。亦作李昴英。）

戴復古石屏詞　洪瑹空同詞

張榘芸窗詞　方千里和清真詞

黃昇散花庵詞　吳文英夢窗詞

蔣捷竹山詞　石孝友金谷遺音

劉祁歸潛志曰。韓玉字溫甫、燕人。以翰林為鳳翔府判官。詞綜從之作金人。葉紹翁

四朝聞見錄曰。韓王北方之豪。紹興初、挈家而南。授江淮都督府計議軍事。四庫提要從之作宋人。幷歷引在南諸題以爲證。分析頗詳。故從之。

王氏本得三十四家。若辛棄疾稼軒詞、姜夔白石詞、陳亮龍川詞、史達祖梅溪詞、已見毛刻。不復數外。凡三十二家。

趙鼎得全詞　李光莊簡詞

李綱梁溪詞　胡銓澹庵詞

李彌遜筠溪詞　鄧肅栟櫚詞

朱敦儒樵歌　朱雍梅歌

倪稱綺川詞　高登東溪詞

曹冠燕喜詞　丘崈文定公詞

姜特立梅山詞　趙磻老拙庵詞

袁去華宣卿詞　李處全晦庵詞

管鑑養拙堂詞
陳人傑龜峯詞
方岳秋崖詞
王沂孫花外詞
何夢桂潛齋詞
歐良撫掌詞
李清照漱玉詞
王炎雙溪詩餘
許棐梅屋詩餘
張炎山中白雲詞
李好古碎錦詞
趙必瑑覆瓿詞
無名氏章華詞
朱淑眞斷腸詞

詞人姓氏錄惟李好古不載。案陽春白雪卷七曰。字仲敏、詞綜從其自題本曰。鄉貢免解進士、其仕籍不詳。陶梁續詞綜曰。字敏仲。則誤也。又謂歐良有撫掌詞一卷。劉克莊後村文集亦謂良南城人。官司戶。王刻據勞氏校本作後學歐局編。是編者爲良。非良所作矣。章華詞據汲古景宋鈔本。原佚首八葉。故作者無攷。淸平樂一首、首句作風不定。明缺一字。王刻不加口。亦疏也。

朱氏本得六十一家。若陳與義無住詞、朱敦儒樵歌、辛棄疾稼軒詞。劉過龍洲詞。周必大平園近體樂府。姜夔白石道人歌曲。趙彥端介庵琴趣外篇、盧祖皋蒲江詞稿、劉克莊後村長短句。吳文英夢窗詞集。蔣捷竹山詞、張炎山中白雲、已見他刻不復數外。凡四十九家。

張綱華陽長短句　王灼頤堂詞
米友仁陽春集　劉一止苕溪樂章
曹勛松隱樂府　洪皓鄱陽詞
張掄蓮社詞　劉子翬屏山詞
仲并浮山詩餘　李流謙澹齋詞
曾協雲莊詞　范成大石湖詞
陳三聘和石湖詞　張輯東澤綺語債
韓元吉南澗詩餘　王之望漢濱詩餘

第五章

洪适盤洲樂章
楊冠卿客亭樂府
趙善括應齋詞
王質雪山詞
京鏜松坡詞
李石方舟詞
汪莘方壺詩餘
汪晫康範詩餘
吳泳鶴林詞
夏元鼎蓬萊鼓吹
王邁臞軒詩餘
劉學箕方是閒居士詞

史浩鄮峯眞隱大曲
李洪芸庵詩餘
程大昌文簡文詞
楊萬里誠齋樂府
呂勝己渭川居士詞
張鎡南湖詩餘附張樞詞
韓淲澗泉詩餘
王以寧王周士詞
張繼先虛靖眞君詞
郭應祥笑笑詞
徐鹿卿徐清正公詞
趙孟堅彝齋詩餘

葛長庚玉蟾先生詩餘　　柴望秋堂詩餘

陳著本堂詞　　陳允平日湖漁唱

汪元量水雲詞　　周密蘋洲漁笛譜

吳存樂庵詩餘　　劉辰翁須溪詞

詞人姓氏錄若米友仁陽春集、李流謙澹齋詞、曾協雲莊詞、楊冠卿客亭樂府、趙善括應齋詞、王質雪山詞、吳泳鶴林詞、夏元鼎蓬萊鼓吹、徐鹿卿徐清正公詞、劉學箕方是閒居士詞、陳著本堂詞、吳存樂庵詩餘、均不載。詞綜所錄者亦惟楊冠卿、徐鹿卿、劉學箕、陳著、四家。餘若吳氏輯本張掄清江漁譜一卷。何氏鈔本陳允平西麓繼周集一卷。各附於本詞後。尤所罕見也。

江氏本凡七家

朱熹晦庵詞　　吳儆竹洲詞

趙以夫虛齋樂府　　楊澤民和清真詞

林正大風雅遺音　　姚勉雪坡詞

文天祥文山樂府

元鳳林書院草堂詩餘以文天祥、劉辰翁、諸家列作元人。按劉氏入元以不仕終。當列作宋人。若文氏更不能列作元人也。

吳氏本得十二家。若張元幹蘆川詞、辛棄疾稼軒詞、張孝祥于湖詞、陸游渭南詞、劉克莊後村詩餘、戴復古石屏詞、許棐梅屋詩餘。趙以夫虛齋樂府、方岳秋崖樂府、蔣捷竹山詞、已見他刻不復數外。凡二家。

魏了翁鶴山長短句　　吳曾伯可齋詞

詞人姓氏錄惟李曾伯不載。案周慶雲兩浙詞人小傳曰。曾伯字長孺、覃懷人、歷官觀文殿大學士。本集仲宣樓記曰。淳祐十年繼賈似道爲荊湖制置使。蓋理宗時人也。

黃昇中興以來絕妙詞選十卷、始於康與之。終於洪瑹。幷己作爲八十九家。周密絕妙好詞選七卷。始於張孝祥。終於仇遠。幷己作爲一百三十二家。皆以南宋人專錄南宋人詞、非若黃大輿梅苑十卷、曾慥樂府雅詞三卷、補遺一卷。陳景沂全芳備祖五十卷。無名氏類編草堂詩餘四卷。趙聞禮陽春白雪八卷之不限於南北也。陳耀文花草粹編二十二卷。楊愼詞林萬選四卷。則瞠乎後矣。四庫提要以爲周氏所選。去取之嚴。猶在黃氏之上。又宋人詞集。今多不傳。併作者姓名亦不盡見於世。零璣碎玉。皆賴此以存。南宋詞選中最爲善本。其首以張孝祥者。以不附和議也。惟卷二錄蔡松年詞。卷七錄仇遠詞。蔡氏仕金爲右丞相。仇氏入元爲溧陽州學正。則與專錄南宋人詞之例不合。或者仇之出山。已爲周氏不及見歟。若錄蔡氏又何以自解焉、查爲仁、厲鶚、有合箋本。采撫諸書。各詳其里居出處。或因詞而考證其本事。或因人而附載其佚闋。以及諸家之評論。與其人之名篇秀句不見於此編者。咸備錄之。其疏通證明之功。亦有不可泯者矣。余集、徐楙、據周氏浩然齋雅談、志雅堂雜鈔、癸辛雜識、武林舊事，齊東野語、弁陽客談、澄懷錄、雲烟過眼錄、數書。各補詞一卷。如驂之靳。可附以傳也。

南宋詞較北宋而多者。其時代爲差近。又詞爲當時所盛行。作者多自製曲爲後世法。高宗皇帝亦能詞。有舞楊花詞。亦自製曲也。又作漁歌子詞凡十五章。

水涵微影湛虛明。小笠輕蓑未要晴。明鏡裏。縠紋生。白鷺飛來空外聲。

右高宗皇帝漁歌子詞之一。案廖瑩中江行雜錄曰。光堯漁歌子十五章。備騷雅之體。雖老於江湖者不能企及。

而又提倡擧工。不遺餘力。故見張掄詞即命以知閤門事。見康與之詞即官以郎中。見俞國寶詞即予以釋褐。上有好者。下必有甚也者矣。詞人之多。所以迄於亡而不已也。析言之。其宗室亦能詞。趙彥端即其一也。

休相憶。明日遠如今日。樓外綠烟村幕幕。花飛如許急。　柳岸晚來船集。波底夕陽紅濕。送盡去雲成獨立。酒醒愁又入。

右趙彥端謁金門詞。案沈雄續古今詞話曰。德莊西湖詞。孝宗極賞其波底夕陽紅濕句。曰我家裏人也會作此等語。

若趙汝愚則詞以人重矣、

水月光中，煙霄影裏，湧出樓臺。空外笙歌，人間笑語，身在蓬萊。 天香暗逐風回。正十
里荷花盡開。買個輕舟。山南遊徧，山北歸來。
右趙汝愚柳梢青詞。按沈雄宋名家詞評曰此忠定公題豐樂樓詞。公謫後，朱晦庵註
楚詞以哀之。惜宗臣之去也。
蓋自趙鼎得全詞、以迄趙聞禮釣月詞。作者不下百十家。趙聞禮且以陽春白雪著矣。彼
作徽子之歸者，猶不在數爾。其勳戚亦能詞。吳琚以喜雪水龍吟詞、觀潮百字令詞、兩受
金帛之賜。琚爲憲聖太后之姪。又以書家名者也。
岸柳可藏鴉。路轉溪斜。忘機鷗鷺立汀沙。咫尺鍾山迷望眼、一半雲遮、 臨水整烏紗。
兩鬢蒼華。故鄉心事在天涯。幾日不來春便老開盡桃花。
右吳琚遊青溪呈馬野亭浪淘沙詞。案景定建康志引馬氏跋曰。秦淮海擅詞而字未
閒。米寶晉善詩、然終不及字。若公可謂兼之矣。野亭名之純。
楊纘爲寧宗楊后兄次山之孫。度宗楊淑妃之父也。自號紫霞翁。尤知音。周密作西

湖十景木蘭花慢詞。嘗就之訂律。故其佳詞頗多。不獨武林舊事所稱之除夕一詞也，

疏疏宿雨釀寒輕。簾幙靜垂清曉。寶鴨微溫瑞煙少。檐聲不動。春禽對語。夢怯頻驚覺。欹珀枕。倚銀牀、半窗花影明東照。 惆悵夜來風。生怕嬌香混瑤草。披衣便起。小徑迴廊。處處都行到、正千紅萬紫競芳妍。又還是年時被花惱。驀忽地、省得而今雙鬢老。

右楊纘被花惱詞、按詞律曰。此紫霞翁自製曲。山谷水仙詩有坐對眞成被花惱之句、故取以爲名、

其作詞五要。則詞源備採之矣。宰執亦能詞。南宋一代、自宗臣執政外。其身正揆席者。以左相李綱始。右相文天祥終。李氏有梁溪詞。文氏有文山樂府。皆世所共知者。餘則周必大爲左相。有平園近體樂府。

秋夜乘槎。客星容到天孫渚。眼當微注、待許牽牛渡。 見了還非、重理霓裳舞。誰無誤。幾年一過。莫訝周郎顧。

右周必大點絳唇詞。案周密齊東野語曰。公以出使過池陽。太守趙富文招飲。出家姬

小瓊舞以侑歡。因作此詞。禁中亦聞之。異時有以此事中傷者。阜陵亦爲一笑。

京鏜爲左相。有松坡居士詞。吳潛爲左相。有履齋詩餘。吳相能詞。在京相之上。其詞則燼刻所未收。故表而出之。

池水凝新碧。欄花駐老紅。有人獨倚畫橋東。手把一枝楊柳繫春風。　鶻伴遊絲墜。蜂黏落蕊空。秋千庭院小簾櫳。多少閒情閒緒雨聲中。

右吳潛南歌子詞。按詞品曰。吳相既爲賈似道所陷南遷嶺表。有送李御帶祺滿江紅詞曰。報國無門空自怨。濟時有策從誰吐。亦自道也。

若參知以下能詞者。陳與義無住詞、張綱華陽長短句諸家。更多不勝數矣。將帥亦能詞。

辛棄疾稼軒詞十二卷。南宋所謂自成一家者也。

更能消幾番風雨。匆匆春又歸去。惜春長怕花開早。何況落紅無數。春且住。見說道天涯芳草無歸路。愁（從周濟本作愁。）春不語。算只有殷勤畫檐蛛網。盡日惹飛絮。　長門事。準擬佳期又誤。蛾眉曾有人妒。千金縱買相如賦。脈脈此情誰訴。君莫舞。君不見玉環飛燕皆塵土。閒愁最苦。休去倚危欄。斜陽正在。烟柳斷腸處。

右辛棄疾摸魚子詞。案岳珂程史曰。稼軒以詞名。有所作。或數十易稿。累月未竟。其刻意如此。世謂壽皇見此詞頗不悅。然終不加罪也。

丘崈爲蜀帥。與辛氏同以知兵名。丘氏有文定公詞。

鳴鳩乳燕。春在梨花院。重門鎖掩。沈沈簾不捲。紗窗紅日三竿。睡鴨餘香一綫。佳眠悄無人喚。 謾消遣。行雲無定。楚雨難憑夢魂斷。清明漸近。天涯人正遠。儘教閒了秋千。覷著海棠開偏。難禁舊愁新怨。

右丘崈撲胡蝶詞。按鶴林玉露曰。辛稼軒有永遇樂寄丘宗卿千古江山一詞。集中不載。尤雋壯可喜。二家詞派不同。其爲工一也。

辛氏於孝宗乾道間。卽知金之必亡。疏請下詔大臣。預修邊備。爲倉卒應變計。韓侂胄議伐金。詢之丘氏。則對曰、兵凶戰危。宜申警軍實。使吾常有勝勢。若釁自彼作。我有辭矣。朱熹亦謂辛稼軒、陳同甫、此等人皆可用。同甫名亮。有龍川詞。亦將才也。甫登第而卒。故未覺其用爾。

東風蕩漾輕雲縷。時送瀟瀟雨。水邊臺榭燕新歸。一點香泥濕帶落花飛。　海棠糝徑鋪香繡依舊成春瘦。黃昏庭院柳啼鴉。記得那人和月折梅花。

右陳亮虞美人詞，案葉適水心詩話曰。亮每一詞成。輒自歎曰。生平經濟之懷，略已陳矣。予所謂微言。多此類也。

武臣能亦詞。韓世忠有臨江仙、南鄉子、等詞、

人有幾多般。富貴榮華總是閒，自古英雄都是夢。爲官。寶玉妻兒宿業纏。　年事已衰殘。鬢鬢蒼蒼骨髓乾。不道山林多好處。貪歡。只恐癡迷誤子賢。

右韓世忠南鄉子詞。案西湖志餘曰。蘄王生長兵間。未嘗知書。晚歲忽若有悟。能作字及小詞。信乎非常人也。

岳飛有小重山、滿江紅、等詞。

昨夜寒蛩不住鳴。驚回千里夢。已三更。起來獨自繞階行。人悄悄。簾外月朧明。　白首

爲功名。故山松菊老。阻歸程。梁將心事付瑤箏。知音少。絃絕有誰聽。

右岳飛小重山詞。按陳郁藏一話腴曰。武穆小重山詞。蓋指和議之非也。又作滿江紅詞。其忠憤可見矣。

余玠有樵隱詞則未見傳本也。

怪新來瘦損。對鏡臺、霜華零亂鬢影。胸中恨誰省。正關山寂寞。暮天風景。貂裘漸冷。戀梧桐聲敲露井。可無人爲向樓頭。試問塞鴻音信。　爭忍。勾將愁緒。半掩金鋪。雨欺燈暈。家僮困臥。呼不應。自高枕。待催他天際。銀蟾飛上。喚取嫦娥細問。要乾坤表裏光輝。照人醉飲。

右余玠瑞鶴仙詞。案宋史本傳曰。玠少無行。嘗殺人。脫身走襄淮。以詞謁制置使。漸知名。後爲蜀帥。有惠政。所著有樵隱詞。今不傳。

大儒亦能詞。朱熹晦庵詞不必論。眞德秀不以詞名。

兩岸月橋花半吐。紅透肌香。暗把遊人誤。盡道武陵溪上路。不知迷入江南去。　先自冰霜眞態度。何事枝頭。點點胭脂污。莫是東君嫌淡素。問花花又嬌無語。

右眞德秀咏紅梅蝶戀花詞。案宋名家詞評曰。作大學衍義人。又有此等詞筆。朱晦庵不能專美於前矣。

魏了翁有鶴山長短句。則見諸彙刻者。

東窗五老峯前月。南窗九疊坡前雪。推出侍郎山。著君窗戶間。　離騷鄉裏住。却記庚寅度。挹取芷蘭芳。酌君千歲觴。

右魏了翁菩薩蠻詞。案詞品曰。鶴山詞不作豔語。所作如壽江倅詞，宋代壽詞無有過之者。

按倅亦能詞。曾覿有海野詞。史浩則兼工大曲矣。

桃靨紅勻。梨腮粉薄。鴛徑無塵。鳳閣淩虛。龍池澄碧。芳意鱗鱗。　清時酒聖花神。看內苑風光又新。一部仙韶。九重鸞仗。天上長春。

右曾覿應制柳梢青詞。案乾淳起居注曰。乾道三年春。車駕奉太上至後苑看花。曾覿進柳梢青詞。童賜之。

布衣亦能詞。楊无咎有逃禪詞。劉過有龍洲詞。汪莘有方壺詩餘。汪晫有康範詩餘。黃昇有散花庵詞。此其尤著者。

玉帶猩袍。遙望翠華。馬去猶嘶。擁千官鱗集。貂蟬爭出。貔貅不斷。萬騎雲從。細柳營開。團花袍窄。人指汾陽郭令公。山西將。算韜鈐有種。五世元戎。 旌旗蔽滿寒空。魚陣整從容虎帳中。想刀明似雪。縱橫脫鞘。箭飛如雨。霹靂鳴弓。威撼邊城。氣吞胡虜。慘淡塵沙吹北風。中興事。看君王神武。駕馭英雄。

右劉過沁園春詞。按張世南遊宦紀聞曰。劉改之爲辛稼軒帥府客。尤好作沁園春詞。壽皇銳意親征。大閱禁旅。軍容肅甚。郭杲爲殿巖。從駕還內、都人初見一時之盛。改之作此詞以獻。郭遺之數十萬錢。

方外亦能詞。北宋方外詞。以仲殊寶月集爲一無蔬筍氣。南宋則張繼先有虛靖眞君詞。夏元鼎有蓬萊鼓吹。葛長庚有玉蟾先生詩餘。皆裒然成集者。若左譽之出家。

樓上黃昏杏花寒。新月小闌干。一雙燕子。兩行征雁。畫角聲殘。綺窗人在東風裏。灑淚對春閒。也應似舊。盈盈秋水。澹澹春山。

右左譽眼兒媚詞。案詞綜引王仲言曰，與言策名後。眷樂籍女張穠，贈以此詞。穠後委身於立勳大將家。易姓章。疏封大國，與言忽有悟。即拂衣東渡爲浮屠。

劉瀾之還俗。則不復道及也。

玉釵分向金華後。回頭路迷仙苑，落翠驚風。流紅逐水。誰信人間重見，花深半面。尚歌得新詞，柳家三變。綠葉陰陰。可憐不似那時看， 劉郎今度更老。雅懷都不到。書帶題扇。花信風高，苕溪月冷，明日雲帆天遠，塵緣較短。怪一夢輕回。酒闌歌散，別鶴驚心。感時花濺淚，

右劉瀾吳興郡宴遇舊人齊天樂詞，按方回瀛奎律髓曰，瀾初爲道士，還俗，學唐詩有所悟。干謁無成而卒。

閨媛亦能詞，孫道絢筆力尤高，以不幸而早寡。

第五章

悠悠颺颺。做盡輕模樣。半夜瀟瀟窗外響。多在梅梢竹上。　朱樓向曉簾開。六花片片飛來。無奈薰爐烟霧。騰騰扶上金釵。

右孫道絢詠雪淸平樂詞。案詞苑叢談曰。孫夫人春閨南鄉子詠雪淸平樂二詞。可與李易安頡頏。

朱淑貞則遇人不淑矣。造物忌才。於閨閣而加酷。悲夫。

寒食不多時。幾日東風惡。無緒倦尋芳。閑卻秋千索。　瘦減翠裙交。病怯羅衣薄。不忍捲簾看。寂寞梨花落。

右朱淑眞生查子詞。案本集紀略曰。淑眞爲文公姪女。歷代詞人姓氏錄則曰與魏夫人爲詞友。魏夫人則丞相曾布妻司農少卿曾紆母也。時代不合。未詳孰是。

妓妾亦能詞。美奴有卜算子詞。

送我出東門。乍別長安道。兩岸垂楊鎖暮烟。正是秋光老。　一曲古陽關。莫惜金尊倒。君向瀟湘我向秦。魚雁何時到。

一〇〇

右美奴卜算子詞。按苕溪漁隱叢話曰。美奴陸敦禮侍兒。善小詞。每乞韻於座客。頃刻成章。敦禮令掌文翰。

蜀妓有鵲橋仙詞，

說盟說誓。說情說意。動便春愁滿紙。多應念得脫空經。是那個先生教底。　不茶不飯。不言不語。一味供他憔悴。相思已是不曾閑。又那得工夫咒你。

右蜀妓鵲橋仙詞。按齊東野語曰。陸放翁客自蜀挾一妓歸。蓄之别室。率數日一往。偶以病少疏。妓頗疑之。客作詞自解。妓卽韻以答。或謗翁挾蜀尼以歸。卽此也。又按以白話入詞。始於柳永。繼之者若黃庭堅鼓笛令秦觀品令石孝友惜多嬌。幷用俗字。可謂惡詞。所謂北宋每有無謂之詞以應歌者也。惟此詞及嚴蘂卜算子詞蜀妓市橋柳詞。出之婦女口中。反在學士文人上矣。

仙鬼亦能詞。乩仙之詞多可誦者。

覩嬌紅細撚。是西子當日留心千葉。西都競栽接。好園林臺榭。何妨日涉。輕羅慢褶。費多少陽和調。變向曉來露浥芳苞。一點醉紅潮頰、雙靨姚黄國豔、魏紫天香。倚風羞怯。雲鬟試插、偏引動。狂蜂蝶。況東君開宴。賞心樂事。莫惜獻酬頻疊。看相將紅藥翻階、尚餘穠姿。

右紫姑詠一捻紅牡丹瑞鶴仙詞。按洪邁夷堅志曰。周權介西安。每邀紫姑卜休咎、仙善屬文。因求作一捻紅牡丹瑞鶴仙詞。以捻字爲韻。欲以困之。亦不思而就。

鬼詞君故宋理宗宮人衞芳華一詞。亦作手也。

記前朝舊事。曾此地會神仙。向月地雲階。重攜翠袖、來拾花鈿。繁華總隨流水，歎一場春夢杳難圓。廢港芙蓉滴露。斷堤楊柳搖烟。 兩峯南北只依然。輦路草芊芊。悵別館離宮。烟消鳳蓋。波浸龍船。平生玉屏金屋、對漆燈無焰夜如年。落日牛羊冢上、西風燕雀林邊。

右衞芳華木蘭花慢詞。案樂府紀聞曰。仁宗延祐初、永嘉滕穆寓臨安聚景園。月夜過一麗人。自言姓氏。邀共飲。自歌此詞以侑觴。相隨者三年。忽云緣盡而別。

其出處無考者。總不外乎此矣。惟掖庭無詞。若楊娃（寧宗楊后女弟所謂楊妹子也）有訴衷情詞。王清惠有滿江紅詞。（東園友聞：張瓊英作）金德淑有望江南詞。則未必無人也。或者祕而不宣歟。

春睡起。積雪滿燕山。萬里長城橫縞帶。六街燈火已闌珊。人立玉樓間。

右金德淑望江南詞。按樂府紀聞曰。李季丘至元都。聞鄰婦夜泣。訪之則宋宮人也。因自舉此詞。遂委身焉。

詞苑叢談謂李全子有水龍吟詞。是賊寇亦能詞。故詞之宗宋。猶詩之宗唐。然而賀壽惡詞；賢者不免。亦風雅之衰也。

第五章

第六章　論宋七大家詞

唐人善詩而不作詩話。宋人善詞而不作詞話。此亦善易者不言易也。不知善言詞者亦莫如宋人。李清照一婦人耳。其論詞曰。

自鄭衛聲熾。流靡煩變。有菩薩蠻、春光好、莎雞子、更漏子、浣溪沙、夢江南、漁父等詞。五代時、江南李氏獨尙文雅。若小樓吹徹玉笙寒。及吹皺一池春水。句語雖奇。亦亡國之音也。柳永變舊聲作新聲。雖協音律。而詞語塵下。張先、宋祁、沈唐、（碧雞漫志作字公述韓魏公客。樂府雅詞拾遺錄其霜葉飛詞。）元絳、（宋史本傳曰。有集百卷。今不傳。歷代詩餘錄其映山紅慢詞。）晁端禮。時有妙語。而失之破碎。晏殊、歐陽修、蘇軾、則皆句讀不葺之詩耳。又往往不協音律。蓋詩文分平仄。而歌詞分五音。又分六律。又分清濁輕重。聲聲慢、雨中花、喜遷鶯、旣押平聲。又押入聲。玉樓春平聲。又押上去聲、又押入聲。其本押仄韻者。如上聲協。押入聲則不可通矣。王安石、曾鞏、文章似西漢。而其詞令人絕倒。不可讀也。乃知詞別是一家。知之者少。晏幾道、賀鑄、秦觀、黃庭堅出。

始能知之。而晏苦無鋪敘、賀苦少典重。秦專主情致而少故實、黃尚故實而多疵病。皆良玉之有瑕者也。（節錄苕溪漁隱叢話）

陸游老學庵筆記謂其譏彈前輩。既中其病、此但知其一也。至謂詞別是一家。此非深於詞者決不能爲此說。然而惟我獨尊。意在言外、露花倒影柳三變、夜桂飄香張九成之對句。（亦見老學庵筆記。）其爲惟口也同。再嫁之疑。玉壺之讒。李心傳建炎以來繫年要錄、趙彥衛雲麓漫鈔、復曲信傳聞。肆爲誣謗。不有俞正瑞癸巳類稿易安事輯之作。且蒙垢於九泉矣。幽棲（朱淑眞自號幽棲居士。）元夜之嫌、沖虛（孫道絢自號沖虛居士。）回祿之慘。亦同此可概也夫。

尋尋覓覓、冷冷清清、淒淒慘慘戚戚、乍暖還寒時候、最難將息、三杯兩盞淡酒。怎敵他晚來風急。雁過也、正傷心卻是舊時相識。　滿地黃花堆積。憔悴損如今有誰堪摘。守著窗兒、獨自怎生得黑、梧桐更兼細雨。到黃昏點點滴滴。這次第。怎一個愁字了得。

右李清照聲聲慢詞。按張端義貴耳集曰。一起頭乃公孫大娘舞劍手。自來詞家未有連下十四疊字者。後半點點滴滴、又用疊字。俱無斧鑿痕。守著窗兒。獨自怎生得黑。黑字不許第二人押、婦人中有此奇筆。眞閒氣也。

蓋其生於北宋之季。沒於南宋之初。同時諸家。若片玉大聲、或所未見。過神其說。而未得其平。究之宋人之詞。與唐詩相等。荊璞隋珠。俯拾卽是。其成名家者多。其成大家者少耳。專言宋詞者。葉申薌有天籟軒詞選六卷。馮煦有宋六十一家詞選十二卷。馮氏據毛本以定去取。葉氏則去洪瑹兩家。益以宋郝以下二十七家。各私所見。而無所發明。若周濟選宋詞。則以周邦彥、辛棄疾、王沂孫、吳文英、爲四大家。而以晏殊以下四十七家。分列之以附庸於四大家之下。戈載選宋詞。以周邦彥，姜夔、史達祖、吳文英、周密、王沂孫、張炎、爲七大家。而其餘不及焉。周選所論。私見尤多。大都取法於張惠言茗柯詞選。獨以吳文英爲大家。與張選不合。辛氏固爲大家。故周必大近體樂府。劉克莊後村別調、程珌洺水詞、陳亮龍川詞、劉過龍洲詞、楊炎正西樵語業、黃機竹齋詩餘、洪咨夔平齋詞、蔣捷竹山詞。陳經國龜峰詞十家。均得其一體。周選旣抑蘇氏。又以姜夔一家，附庸於辛氏。過矣。戈選持論頗公。且不及他家。故示人以不廣。其論詞多可法。其校律尤精。偶有不協者。雖在詞亦不入選。周密西湖十景詞祇登其六首。則其嚴可知。至所謂七大家者。又古今不易之說。可從也。若其人其事有可相證者。則連類而及之，斯論世之意爾。

周邦彥、字美成、錢唐人、神宗元豐初獻汴都賦。除太學正。歷進徽猷閣待制。能自製曲。徽宗崇寧四年七月、改定新樂。賜名大晟樂。九月、置大晟府、召爲大晟樂正。（宋史文苑本傳言提舉府事。詞苑叢談言爲大晟樂正。案宋史樂志曰。以宣和殿大學士蔡攸提舉大晟府事。設大司樂一。典樂二。大樂令一。協律郎四。又有製撰官。而無樂正。或卽大司樂也。）以晁端禮爲協律郎。万俟雅言田爲等爲製撰官。時舊曲存者幾千數。（太宗朝所製者三百九十曲。餘則列朝所增。見樂志。）相與討論古音。審定古調。又復增演慢曲引近。或移宮換羽。爲三犯四犯之曲。按月律爲之。其曲遂繁、不獨其平仄宜遵也。卽上去入亦不容相混、方千里、楊澤民、和之。或合刻爲三英集、其四聲皆同。可見其深於律矣。

秋陰時作漸向暝。變一庭淒冷。竚聽寒聲。雲空無雁影。　更深人去寂靜。但照壁孤燈相映。酒已都醒。如何消夜永。

右周邦彥關河令詞。按詞源曰。周氏詞渾厚和雅。善於融化詩句。

其僂詞之工。則知者多矣。故不錄。而以望江南一詞爲蔡京所罪。見周密浩然齋雅談若晁端禮則以蔡京而進者也。

淺山眉映橫波面。面波橫映眉山淺。雲鬢插花新。新花插鬢雲。　斷魂離思遠。遠思離魂斷。門掩未黃昏。昏黃未掩門。

右晁端禮迴文菩薩蠻詞。按能改齋漫錄曰。大晟樂府成。晁氏以蔡京薦。赴闕下進詞稱旨。充大晟協律。古今詞話以爲京見晁沖之詠梅漢宮春詞。因以大晟府丞用之。則以叔而誣其姪矣。若万俟雅言亦精於律者也。

見梨花初帶夜月。海棠半含朝雨。內苑春不禁過青門。御溝漲潛通南浦、東風靜細柳垂金縷。望鳳闕非烟非霧。好時代朝野多歡。徧九陌太平簫鼓。　乍鶯兒百囀斷續。燕子飛來飛去。近綠水臺榭映秋千。鬬草聚雙雙游女。餳香更酒冷踏青路。會暗識夭桃朱戶。向晚驟寶馬雕鞍。醉襟惹亂花飛絮。　正輕寒輕暖漏永。半陰半晴雲暮。禁火天已是試新妝。歲華到三分佳處。清明看漢蠟傳宮炬。散翠烟飛入槐府。斂兵衛閶闔門開。住傳宣又還休務。

右万俟雅言三臺詞。依律分三疊。按古今詞話曰。万俟氏自號詞隱。其清明應制一詞尤佳。即指此也。田爲、字不伐。花庵詞選亦言其工於樂府。有聲於時者。

夢怕愁時斷。春從醉裏回。淒涼懷抱向誰開。些子清明時候被鶯催。　柳外都成絮。欄邊半是苔。多情簾燕獨徘徊。依舊滿身花雨又歸來。

右田爲南歌子詞。按碧雞漫志曰。製撰官凡七。田不伐亦供職大樂。衆謂得人云。政和初。能大晟府併於太常。徐伸以知音律爲太常典樂。亦如袁綯之解六醜焉。

鬭來彈鵲。又攪碎一簾花影。謾試著春衫。還思纖手。薰徹金虬燼冷。動是愁端如何向。但得怪新來多病。嗟舊日沈腰。今番潘鬢。怎堪臨鏡。　重省。別時淚滴羅襟猶凝。想爲我厭厭。日高慵起。長託春酲未醒。雁足不來。馬蹄難駐。門掩一庭芳景。空佇立盡日闌

詞史

于倚徧。晝長人靜。

右徐伸二郎神詞。按王明淸揮麈餘話曰。此懷所寵而作。李孝壽牧吳門聞此詞。知所寵在幄下兵官家。爲索還之。

燕絛鐵圍山叢談謂毛滂嘗獻一詞於其父京。極偉麗。驟得擢用。而不予其選。或時有先後歟。周選於數家悉置之。而附以晏殊父子、韓縝、歐陽修、張先、柳永、秦觀、賀鑄、韓元吉九家。別附毛氏於王沂孫之下。斯不可解者已。

姜夔、字堯章、自號白石、又號石帚、鄱陽人、能詩詞。尤善自製曲。每率意爲長短句。然後協以律無不諧者。寧宗慶元中、上書乞正雅樂。詔不第。與范成大游、爲製暗香、疏影二詞。小紅者、范之靑衣也。有色藝。卽以爲贈。其詞爲南渡一人。論定久矣。

古簾空。墜月皎。坐久西窗人悄。蛩吟苦漸漏水丁丁。箭壺催曉。　引涼颸。動翠葆。露脚斜飛雲表。因嗟念似去國情懷。暮帆烟草。　帶眼銷磨。爲近日愁多頓老。衞娘何在、宋玉歸來。兩地暗縈繞。搖落江楓早、嫩約無憑。幽夢又杳。但盈盈淚灑單衣。今夕何夕恨未了。

右姜夔自製越調秋宵吟詞。依律作雙拽頭。按茗柯詞選曰。暗香二詞。痛二聖之不還也。秋宵吟詞、寫在廷之昏瞀如見也。野雲孤飛。去留無跡。宜乎范氏引之以爲同調也。

棲烏飛絕。絳河綠霧星明滅。燒香曳簟眠清樾。花影吹笙。滿地淡黃月。　好風碎竹聲如雪。昭華三弄臨風咽。鬢絲撩亂綸巾折。涼滿北窗。休共軟紅說。

右范成大醉落魄詞。按本集曰。公爲趙鼎所器。而秦檜頗銜之。故每以詞見意。此詞吹笙或作吹簫非。涼滿二句。亦謂北廷之事。在朝者無可與言也。

朱彝尊論詞、亦以姜氏爲正宗。而以張輯、盧祖皋、史達祖、吳文英、蔣捷、周密、王沂孫、張炎、八家爲之羽翼。輯爲姜氏及門。其詞皆倚舊腔而別立新名。則好奇之過爾。

花半濕。睡起一窗晴色。千里江南容咫尺。醉中歸夢直。　前度蘭舟送客。雙鯉沈沈消息。樓外垂楊如許碧。問春來幾日。

右張輯垂楊碧詞。按詞品曰。張氏好奇。草堂錄其疏簾淡月詞、卽桂枝香。余尤愛其垂楊碧詞、卽謁金門也。周選不錄張氏。烏得因其師而並絕其弟哉。

史達祖、字邦卿、號梅溪、汴人、葉紹翁四朝聞見錄謂韓侂胄當國。尊倚省吏史達祖奉行文字。擬旨擬帖、俱出其手。侍從柬札。至用申呈。韓敗遂黥焉。其人不足道。姜夔最稱其詞爲奇秀淸逸。蓋能融情景於一家。會句意於兩得者。

做冷欺花、將煙困柳。千里偸催春暮。盡日冥迷。愁裏欲飛還住。驚粉重蝶宿西園。喜泥潤燕歸南浦。最妨他佳約風流。鈿車不到杜陵路。　沈沈江上望極。還被春潮晚急。難尋官渡。隱約遙峯。和淚謝娘眉嫵。臨斷岸新綠生時。是落紅帶愁流處。記當初門掩梨花。翦燈深夜語。

右史達祖詠春雨綺羅香詞。按孫麟趾詞徑曰。四字偶句須凝鍊。做冷二句最妙。與高觀國齊名。時稱高史。皆以精實勝。史氏則較爲超逸也。

第六章

楚宮間。金成屋。玉爲欄。斷雲夢容易驚殘。驪歌幾疊。至今愁思怯陽關。清音恨阻。抱哀箏知爲誰彈。年華晚月華冷霜華重。鬢華斑。也須念開指離鞍。斜織小字錦江三十六鱗寒。此情天闊。正梅信笛裏關山。

右馬觀國金人捧露盤詞。按陳造本集序曰。竹屋、梅溪、詞要是不經人道語。其妙處少游美成不及也。

至其詠懷滿江紅詞曰。憐牛後懷雞肋。又曰、一錢不値貧相逼言之可傷。以視賈似道之於鏖瑩中。差可末減已。

恨箇儂無賴。賣嬌眼春心偷擲。涉軟芳隄。暮平蒼徑。卻印下幾弓纖跡。花不知名。香繞閒氣。似月下簪褒。蔣山傾國。半解羅襟。蟲薰微度。鎭宿紛棲香雙攏語態眠情。感多時經留細閱。休問望宋牆高。窺韓路隔。　尋尋覓覓。又暮雨遙峯凝碧。花徑橫煙。竹扉映月。儘一刻千金堪値。卸纖蕉籠。藏燈衣桁。任褰臂金斜。搔頭玉滑。更怪檀郎惡憐深惜。幾顫韉周旋傾側。碾玉香句。甚無端鳳珠微脫。多少怕聽曉鐘。瓊斂暗擘。

右壓瑩中箇儂詞。按潘永固宋稗類鈔補曰。賈似道當國、築多寶閣。以門客壓瑩中司之。福華編、亦其所作也。及賈敗。籍沒詔下。瑩中悉自碎其所度珍玩。而後自殺。周選謂史氏詞好用偷字。品便不高。其持論無乃太苛歟。

吳文英、字君特、號夢窗、四明人、少從姜夔游。亦能自製曲。嘗謂音律欲其協。否則長短句耳。下字欲其雅。否則纏令體耳。四庫提要謂其天分不及周邦彥、而研鍊勝之。詞家之有吳氏。猶詩家之有李商隱也。集中所與宴游者多一時貴人。而其始末不可考。意者文酒風流。為東閣之上客。而名不登仕版。亦姜氏之倫與。

流水麴塵。艷陽醅酒。畫舸游情如霧。笑拈芳草不知名。乍凌波斷橋西堍。垂楊漫舞。總不解將春繫住。燕歸來、問綵繩纖手。如今何許。　歡盟誤。一箭流光。又趁寒食去。不堪衰鬢著飛花。傍綠陰冷烟深樹。玄都秀句。記前度劉郎曾賦。最傷心、一片孤山細雨。

右吳文英自製西子妝詞。按本集曰。西子妝、江南春、夢芙蓉、古香慢、霜花腴、澡蘭香、玉京謠、探芳新、高山流水、凡自製九曲。各注宮調名。惟旁譜不傳耳。

張惠言於詞不取吳氏。周選則稱其立意高。取徑遠。非他家所及。故列爲一家。而以陳允平、周密諸家附之。

銀屏夢覺、漸淺黃嫩綠。一聲鶯小。細雨輕塵。建章初閉東風悄。依然千樹長安道。翠雲鎖玉窗深窈。斷腸人空倚斜陽、帶舊愁多少。 還是清明過了。任煙縷露條。碧纖青嫋。恨隔天涯。幾回惆悵蘇隄曉。飛花滿地誰爲掃。甚薄倖隨波縹緲。縱啼鵑不喚春歸。人自老。

右陳允平垂楊詞。按詞源曰。詞欲雅而正。一爲物所役。則失其雅正之言。陳氏詞、平正之中頗有佳者。

惟過嗜餖飣。不免於晦。蔣捷竹山詞、亦專以雕琢勝者。

一片春愁帶酒澆。江上舟搖。樓上帘招。秋娘容與泰娘嬌。風又飄飄。雨又瀟瀟。 何日雲帆卸浦橋。銀字箏調。心字香燒。流光容易把人拋。紅了櫻桃。綠了芭蕉。

右蔣捷一翦梅詞。按毛晉本集跋曰。竹山詞有世說之靡。六朝之渝。雖二主二宴。美成、不過也。

此別於唐五代北宋人之外，自成一派者也。然而吳氏不可尙已。

周密、字公謹、號草窗、又號弁陽嘯翁、濟南人、以理宗紹定五年生、寶祐間爲義烏縣令。宋亡與王沂孫、王易簡、馮應瑞、唐藝孫、呂同老、李彭老、陳（別本作練非。詳見陳旅安雅堂集。）恕可、唐珏、趙汝鈉、李居仁、張炎、仇遠等、結爲詞社。有樂府補題一卷。以元武宗至大元年卒。其詞與吳文英合稱爲二窗詞云。

老來歡意少。錦鯨仙去。紫簫聲杳。怕展金奩。依舊故人懷抱。猶想烏絲醉墨。驚俊語香紅圍繞。閒自笑。與君共是承平年少。　雨窗短夢難憑。是幾度宮商。幾番吟嘯、淚眼東風。回首四橋烟草。載酒倦游處。已換卻花間啼鳥。春恨悄。天涯暮雲殘照。（載酒句作五字句。當是）

又一體。

右周密題夢窗詞卷玉漏遲詞。按宋名家詞評曰。此詞視寄夢窗拜星月慢詞。調夢窗玲瓏四犯詞。更覺纏綿深至。可泣可歌。交誼之篤。亦可見矣。（二少字。一叶上。一叶去。非疊韻。）

李萊老有秋崖詞。彭老之弟也。亦與周氏善。而詞祇無之。

綠窗初曉。枕上聞啼鳥。不恨王孫歸不早，只恨天涯芳草。　錦書紅淚千行。一春無限思量。折得垂楊寄與。絲絲都是愁腸。

右李萊老清平樂詞。按新安續志曰嚴州知州李萊老、字周隱、咸淳六年任。與兄篔房詞號龜溪二隱。以兄字商隱也。皆與周氏游。其贈答詞頗多。惟用韻稍雜耳。

周氏最著者爲絕妙好詞選七卷。亦黃昇絕妙詞選意也。

粉香吹暖透單衣。金泥雙鳳飛。閒來花下立多時。春風酒醒遲。　桃葉曲。柳枝詞。芳心空自知。湘皋月冷佩聲微。雁歸人不歸。

右黃昇阮郎歸詞。按胡德方本集序曰黃玉林早棄制科。雅意吟咏。閩學游受齋稱其詞如晴空冰柱。閩帥樓秋房以泉石淸士目之。

周選謂周氏詞、鏤冰刻楮。精巧絕倫。但立意不高。取韻不遠。是猶以尋常詞人目之。未察其性情之地爾。

王沂孫、字聖與、號碧山、又號中仙、會稽人、延祐四明志曰。至元中、官慶元路學正與。樂府補題宋遺民之說不合周密贈以踏莎行詞、有清平夢遠沈香北句。張炎悼以洞仙歌詞。有門自掩柳髮離離如此句。似生平未嘗一出也。

一襟餘恨宮魂斷。年年翠陰庭宇。乍咽涼柯。還移暗葉。重把離愁深訴。西窗過雨。怪瑤佩流空。玉箏調柱。鏡掩妝殘。爲誰嬌鬢尚如許。　銅仙鉛淚似洗。歎移盤去遠。難貯零露。病翼驚秋。枯形閱世。消得斜陽幾度。餘音更苦。甚獨抱清高。頓成淒楚。慢想薰風。柳絲千萬縷。

右王沂孫咏蟬齊天樂詞。按王鵬運本集跋引端木埰曰。宮魂字點出命意。乍咽三句。慨播遷也。西窗三句。傷敵騎暫退。燕安如故也。鏡掩二句。殘破滿眼。而側媚依然也。銅仙三句。宗器遷散。澤不下究也。病翼三句。言海島棲流。斷不能久也。餘音三句。遺臣孤憤。哀怨難論也。慢想二句。責諸臣到此。尚安危利災。覗若全盛也。

張惠言謂其咏物詞、並有君國之憂。周濟謂其託意既高。隸事亦妙。惟唐珏可與並論。樂府補題所錄同社各家詞。遠不能及也。

淡妝人更嬋娟。晚園淨洗鉛華。膩冷冷月色。蕭蕭風度。嬌紅欲避。太液池空。霓裳舞倦、不堪重記。歎冰魂猶在。翠輿難駐。玉簪爲誰輕墜。 別有淩空一葉。泛清寒素波千里。珠房淚濕。明璫恨遠。舊遊夢裏。羽扇生秋。瓊樓不夜。尚遺仙意。奈香雲易散。綃衣半脫。露涼如水。

右唐珏詠白蓮水龍吟詞。按謝翶晞髮集曰。唐玉潛瘞諸陵遺骨。樹以冬青。人莫不多其義也。世又謂事出於林景熙。或二人同謀。未可知耳。

必曰王氏恬淡是眞。姜張皆僞。又以史氏張氏附之。則吾斯之未能信已。

張炎、字叔夏、號玉田、又號樂笑翁、西秦人、循王俊六世孫。一作五世孫誤。從王父鎡、字功甫、有玉照堂詞。從父桂、字惟月、有蟖蘽。父樞、字斗南、有寄閑集。樞尤精於律。嘗作瑞鶴仙詞。有粉蝶兒撲定句。撲字不協。易守字乃協。又作惜花春起早詞。有瑣窗深句。深字不協。易幽字仍不協。易明字乃協。可見其難矣。炎生於淳祐戊申。能世其學。宋亡年已三十三。猶及見臨安全盛之日，故所作往往蒼涼激楚，即景抒情，備寫其身世盛衰之感，不徒以裁紅刻翠為工焉。

波暖綠粼粼，燕飛來好是蘇堤纔曉。沒浪痕圓，流紅去、翻喚東風難掃。荒橋斷浦，柳陰撐出扁舟小。回首池塘青欲徧，絕似夢中芳草。　和雲流出空山，甚年年淨洗花香不了。新綠乍生時，孤村路猶憶那回曾到。餘情渺渺，茂林觴詠如今悄。前度劉郎從去後，溪上碧桃多少。

右張炎咏春水南浦詞，按鄧牧伯牙琴曰，此詞絕唱古今。人以張春水目之。

蓋當時貴介多有能詞者，以鄂王孫岳珂為最早。

芙蓉清夜游，楊柳黃昏約。小院碧苔深，潤透雙鴛薄。　暖玉慣春嬌，簌簌花鈿落。缺月故窺人，影轉欄干角。

右岳珂生查子詞，按宋史本傳曰。公所著有玉楮集、媿郯錄、讀史備忘、東陲事略、桯史、籲天辨誣錄、金陀粹編、行於世，其登北固亭祝英臺一詞尤為人所稱。

次則和王孫楊伯嵒。即周密之外舅也。亦以能詞名。

梅觀初花。蕙庭殘葉。當時慣聽山陰雪。東風吹夢到淸都。今年雪比前年別。 重釀宮醪。雙鉤官帖。伴翁一笑成三絕。夜深何用對靑藜。窗前一片蓬萊月。

右楊伯嵒雪中高疏寮借閣帖更以薇露送之踏莎行詞。按絕妙好詞箋曰。字彥瞻。以工部郎出守衢州。著有六帖補二十卷九經補韻一卷。

若蘄王孫韓鑄。嘗學詞於張氏。則其詞不傳矣。張氏家世能詞。亦猶周邦彥之有子輝。從子玉晨也。至翁元龍與吳文英爲親伯仲。作詞各有所長。此不足以競爽爾。

以上北宋一家。南宋六家。即本戈氏之說。旁采諸說。復以歷說證之。南宋詞人。每以奸人爲進退。周張二氏之於蔡京無論矣。秦檜見朱敦儒之樵歌。命教其子熺。而官以列卿。見曹冠之燕喜詞。命教其孫塤。而登之上第。似乎其愛才也。未幾而胡銓以詞編管南海矣。張元幹以詞坐罪除名矣。不獨向子諲、王庭珪、洪皓、黃公度之以詞見忤也。檜死。湯思退繼之。亦與張浚主戰不合。張孝祥出入於二氏之門。亦心非和議。故其過洞庭百字令詞曰。悠然心會。妙處難與君說。則鑾言之爾。韓侂胄得政。首以內批罷煥章閣待制兼侍讀朱熹。以致正言不聞。羣小迭進。最不幸者爲陸游。游早有文名。爲秦檜所嫉。檜死始出。復爲韓氏作南園記。四朝聞見錄謂韓氏喜其附己。出所愛四夫人號滿頭花者索詞。有飛上錦裀紅縐之句。今放翁詞不載。不知宋金世讎。無怨不報。鶴林玉露謂記中惟勉以忠獻之事業。一無腴詞。與辛氏贊開邊之用意同。金人且以忠於爲國。謬於爲身許韓氏。而他人可知矣。函首之送。何不爲國家計也。史彌遠之易儲也。錢唐人陳起字宗之，業書肆。江湖詩人皆與之善。刻江湖集以售。劉克莊南岳稿與焉。起有詩曰、秋雨梧桐皇子府。春風楊柳相公橋。論者以爲罪。遂劈江湖集版。於是下詔禁士大夫作詩。而詞人輩出矣。

滿階紅影月昏黃。玉爐催換香。碧窗嬌困懶梳妝。粉沾金縷裳。　鸞鏡聳。黛眉長。燭光分兩行。許誰騎鶴上維揚。溫柔和醉鄉。

右孫惟信阮郎歸詞。按瀛奎律髓曰。詩禁作。孫花翁之徒、皆改業爲長短句。而詞乃大盛。花翁詞善於運意。但雅正中時有一二市井語耳。

紹定癸巳、彌遠死。理宗親政。禁始解。劉克莊爲訪梅絕句曰。夢得因桃卻左遷。長源爲柳忤當權。幸然不識間桃李。也被梅花累十年。可見其禁錮之方。較僞學而加酷也。賈似道當國。尤好詞人。廖瑩中能詞、以司出納矣。羅椅能詞、以薦登其門矣、翁孟寅能詞、則贈以數十萬矣。郭應酉能詞、則由仁和宰擢官告院矣、張淑芳能詞、理宗欲選妃則匿以爲妾矣。八月八日、爲其生辰。每歲四方以詞爲壽者以數千計。復設翹材館。等其甲乙。首選者必有所酬。吳文英亦與之游。集中有壽賈相宴清都、木蘭花慢二詞。又過賈相湖上舊居水龍吟詞。賦賈相西湖小築金琖子詞、他家與之爲緣而散見集中者。則不一一數。且未聞有以詞觸怒者。固非賊檜等比也、然而專權竊位。厥罪維均。有宋之亡。會逢其適。木棉之戮。不足以慰在天之靈。無名氏感事一詞。卽所謂長歌之哀。甚於痛哭者。

倚危欄。斜日暮。驀驀甚情緒。穉柳嬌黃。全未禁風雨。春江萬里雲濤。扁舟飛渡。那更聽塞鴻無數。　歎離阻。有恨流落天涯。誰念泣孤旅。滿目風塵。冉冉似飛霧。是何人惹愁來。那人何處。怎知道愁來不去。

右無名氏祝英臺詞。按詞綜曰。擇柳謂幼君。嬌黃謂太后。扁舟飛渡謂北軍至。塞鴻指流民也。人惹愁來謂賈出。那人何處謂賈去也。又若半堤花雨白字令一詞。其用意同。且同出於德祐太學生。而姓名不著。疑亦柴望、吳大有、范晞文、等作也。可與歐陽澈小重山諸詞並傳矣。養士之報。其在斯歟。

朱彝尊謂小令當法汴京以前。慢詞則取諸南宋。蓋自韓氏禁偽學。史氏禁作詩。金主亮又好唱北曲。時會所偏。而出之以詞。字數多而意境狹。與當時國勢相同。萬目中原。談言微中。辛氏吳氏。易面目不易心肝。周濟謂辛氏由北而開南。吳氏由南而追北。是詞家轉境。馮煦謂周史二氏。奄有衆長。不及周者渾耳。噫詞至周氏。觀止矣。蔑以加已。

第六章

第七章　論遼金人詞以漢人爲多

契丹文字、與漢不同。東丹王耶律倍之讓國於太宗也。載書籍、泛海歸後唐。立木刻詩曰。小山壓大山。大山全無力。羞見故鄉人。從此投外國。此遼人通漢文之初見於正史者。聖宗能詩。有傳國璽五言三韻詩。見孔平仲珩璜新論。其詩蕭柳、蕭韓家奴、通遼漢文字。尤知名。柳曰歲寒集。有詩千。韓家奴嘗奉命爲帝詩友。今皆不傳。若劉三嘏、王樞、虞仲文、魏道明、趙良嗣、馬擴和等。間有一二詩存者。則爲漢人也。道宗本紀帝好爲詩賦。淸寧六年。監修國史耶律白請編次爲御製集。世傳其一詞。

昨日得卿黃菊賦。碎翦金英題作多情句。冷落西風吹不去。袖中猶有餘香度。　滄海塵生秋日暮。玉砌雕闌。木葉鳴疏雨。江總白頭心更苦。琴書自寫幽蘭譜。

右遼道宗蝶戀花詞。案侯延慶退齋閒雅錄曰。劉拱衞遠、宣和初。守郝州。嘗接伴北使。有李處能者、北朝故相子、號李狀元、家燕人之最以學著者。處能謂遠曰、本朝道宗皇帝好文。先人每荷異眷。嘗以九日進菊花賦。次日卽賜以批答云。

錢芳標蒓藪詞話曰。遼主得其臣所獻黃菊賦。題其後曰。昨日得卿黃菊賦。碎翦金英作佳句。至今襟袖有餘香。冷落西風吹不去。元人張肯櫽括之爲蝶戀花詞。則非道宗作矣。

若道宗懿德蕭皇后回心院詞。則非若十香詞之出於僞託者。

掃深殿。閉久金鋪暗。游絲絡網塵作堆。積歲青苔厚階面。掃深殿。待君宴。

拂象牀。憑夢借高唐。敲壞半邊知妾臥。恰當天處少輝光。拂象牀。待君王。

換香枕。一半無雲錦。爲是秋來展轉多。更有雙雙淚痕滲。換香枕。待君寢。

鋪翠被。羞殺鴛鴦對。猶憶當時叫合歡。而今獨覆相思塊。鋪翠被。待君睡。

裝繡帳、金鉤未敢上、解卻四角夜光珠。不教照見愁模樣。裝繡帳。待君貺。

疊錦茵。重重空自陳。只願身當白玉體。不願伊當薄命人。疊錦茵。待君臨。

展瑤席。花笑三韓碧、笑妾新鋪玉一牀。從來婦歎不終夕。展瑤席。待君息。

剔銀燈。須知一樣明。偏是君來生彩暈。對妾故作青熒熒。剔銀燈。待君行。

蘇薰爐。能將孤悶蘇。若道妾身多穢賤。自沾御香香徹膚。蘇薰爐。待君娛。

張鳴箏。恰恰語嬌鶯。一從彈作房中曲。常和窗前風雨聲。張鳴箏。待君聽。

右蕭后回心院詞、凡十首。按王鼎焚椒錄曰、后小字觀音、解音律、善書、能詩。以帝荒於游畋、數進諫、爲帝所疏、遂作回心院詞、冀復臨幸、後爲宮婢單登書十香詞、耶律乙辛等誣以罪而死。

遼詞存者。惟此而已。故備錄之。以作文獻之徵焉。

女眞立國、專尚武功、自與宋通和、宋使被留者。以文化開其國元。好問中州集錄二百四十六人。自完顏璹、耶律履二人外。則爲漢人也。郭元釪全詩補補一百十二人。自完顏匡。完顏奉國、朮虎邃、烏林荅爽。溫迪罕某、五人外。亦爲漢人也、詞則中州樂府錄三十六人。自完顏璹完顏文卿二人外。則亦爲漢人也。

吳激五首　蔡松年十二首　蔡珪一首　高士談三首　劉著一首　趙可十首

鄧千江一首　任詢一首　馮子翼一首　李晏四首　劉仲尹十一首　劉迎二首

黨懷英五首　王庭筠十二首　王澗一首　趙秉文七首　胥鼎一首　許古二首
馮延登一首　辛愿一首　李獻能三首　王渥一首　李節一首　景覃三首
高憲四首　王予可三首　王特起二首　趙攄二首　孟宗獻一首　張信甫一首
王玄佐一首　趙元三首　折元禮一首　元德明一首

論金人詞、必首及宇文虛中、太宗天會初。以資政殿學士奉宋徽宗命使金。留掌詞命。此文臣之初自南來者。

寶幡綵勝堆金縷。雙燕釵頭舞。人間要識春來處。天際雁。江邊樹。故國鶯花又誰主。念憔悴幾年羈旅。把酒祝東風。吹取人歸去。

右宇文虛中迎春樂詞、按碧雞漫志曰、叔通久留金國不得歸、於立春日作此詞。

吳激以宰相子、亦被留、時宋徽欽北狩、每有所作。不啻庾信之哀江南焉。

南朝千古傷心地。猶唱後庭花。舊時王謝。堂前燕子。飛向誰家。　恍然一夢。仙肌勝雪。宮髻堆鴉。江州司馬。青衫淚濕。同是天涯。

右吳激人月圓詞。按歸潛志曰。國初宇文太學叔通主文盟。吳深州彥高爲後進。叔通每呼爲小吳。因會飲。見宋宗室之流落者。諸公感歎。各賦一詞。及彥高此詞出。叔通覽之大驚。自是人乞詞。輒曰當詣彥高也。

若風流子、春從天上來、數詞。皆因懷舊而作。惓惓故國。言之可傷。惜全集不傳。殊足惜已。

蔡松年明秀集。與之齊名。竹坡叢話謂金九主百一十八年閒。獨二氏詞膾炙藝林。推爲吳蔡體。有魏道明註本六卷。四印齋得景金殘本。刻其前三卷。蓋佚其半矣。

秀樾橫塘十里香。水花晚色靜年芳。胭脂膚瘦薰沈水。翡翠盤高走夜光。　山黛遠。月波長。暮雲秋影蘸瀟湘。醉魂應逐凌波夢。分付西風此夕涼。

右蔡松年鷓鴣天詞。按王若虛滹南詩話曰。蔡氏樂善堂賞荷詞。胭脂詞二句。世多稱之。此聯誠佳。然蓮體實肥。不宜言瘦。予友彭子升易以膩字。此似差勝。

黃昇詞選、錄吳氏不錄蔡氏。周密詞選、錄蔡氏不錄吳氏。劉祁、王若虛、不滿於蔡氏。以非吳氏敵也。蕭眞卿亦謂二氏實皆宋儒。金人詞必斷自蔡珪始。蔡氏可謂有子矣。

鵲聲迎客到庭除。問誰歟。故人車。千里歸來塵色半征裾。珍重主人留客意。奴白飯。馬青芻。 東城入眼杏千株。雪模糊。俯平湖。與子花間隨分倒金壺。歸報東垣詩社友。曾念我。醉狂無。

右蔡珪爲王季温自北都歸過三河坐中作江城子詞。按竹坡叢話曰。正甫爲金源文派之宗。乃其詞僅見一江城子、附其父蕭閒公集後。何文人之詞闕如也。

金主亮既得國。鶴林玉露謂其見柳永望海潮詞、至三秋桂子。十里荷花句。遂南下以伐宋。其立馬吳山一詩。人盡知之矣。夷堅志曰。建康歸正官嘗有能誦其小詞者。

停杯不舉。停歌不發。等候銀蟾出海。不知何處片雲來做許大通天障礙。 虯髯撚斷。星眸睜裂。惟恨劍鋒不快。一揮揮斷紫雲腰。子細看嫦娥體態。

右金主亮待月鵲橋仙詞。按沈德符萬歷野獲編曰。讀此詞。其凶燄可見。史亦言其殘酷無人理。中州壬集賈公謙小傳述賈氏之言曰。世宗大定間能暴海陵蟄惡者得美仕。史官修實錄。誣其淫毒狠鷙。遺臭無窮。自今觀之。百可一信耶。噫、是猶論其詞者。率有相贈於待月一詞。不問其別作也。

昨日樵村漁浦。今日瓊川銀渚。山色捲簾看、老峯巒。錦帳美人貪睡。不覺天孫翦水。驚問是楊花。是蘆花。

右金主亮詠雪昭君怨詞。按嚴有翼藝苑雌黃曰。金主亮詠雪詞。則詭而有致矣。蓋其心折華風。以文爲倡。自宇文虛中被殺。連及高士談。（字子文宋忻州戶曹參軍・入金著有 爲翰林直學士 蒙城集元餘錄其詞）三首。降臣無復至者。且宋金之際。非一戰無以平兩國之爭。必先爲之驅除。而後大定明昌。文物埒於中國。故曰紂之不善。不若是之甚焉。雖然、拓跋南遷。極盛卽漸衰之兆。蔡州顚骨。宋亦得假手於人矣。天道循環。可不畏哉。其所用、若劉著則降臣也。

雪照山城玉指寒。一聲羌笛怨樓間。江南幾度梅花發。人在天涯鬢已斑。　星點點。月團團。倒流河漢入杯盤。翰林風月三千首。寄與吳姬忍淚看。

右劉著鷓鴣天詞。按本傳曰。著字鵬南、皖城人。宣政間進士。入金歷仕州縣。年六十餘、始召爲翰林修撰。終於忻州刺史。自號玉照老人。

第七章

李晏則舊臣也。

斷腸人去春將半。歸客倦花飛。小窗寒夢覺。誰與畫雙眉。

右李晏回文菩薩蠻詞。按詞律拾遺曰。調見中州樂府。本四十四字。此祇一疊。尚有王庭筠三首、孟宗獻一首、亦作回文體。非脫誤也。惟曰此祇一疊。不知何所據。

王寂、蔡珪、趙可等。則其所得士也。皆詞人也。

捧轉爐薰自換香。錦衾收拾卻遮藏。二年塵暗小鴛央。　落木蕭蕭風似雨。疏櫺殘皎月如霜。此時此夜最淒涼。

右趙可浣溪沙詞。按歸潛志曰。蔡承相伯堅嘗奉使高麗。高麗故事。上國使來。館中有侍妓。蔡相爲賦石州慢詞。有曰仙衣捲盡霓裳。方見宮腰纖弱。爲人譏議。趙內翰獻之亦有望海潮詞曰。人間自有飛瓊。恐亦非立言之體也。

元德明亦與蔡松年、高士談等游。獨纍舉不第。或者不於其身。必於其子孫歟。

世宗崇孝弟。重農桑。愼守令之選。嚴賦斂之責。與宋通和。稱叔姪之國。時號小堯舜。

固曰賢君也。亦能飼，

但能了淨萬法因緣何足關。日月無爲十二時中更勿疑。常須自在識取從來無罣礙，佛佛心心。佛若休心也是塵，

右金世宗減字木蘭花詞。按法苑春秋曰，世宗耽禪說。時元悟等禪師道行極高。故作此詞以賜之。

元悟玉禪師遂依體作詞以獻，斯仲殊祖可之流已。

無爲無作，認著無爲還是縛。照用同時，電捲星流已太遲。　非心非佛，喚作非心猶是佛。入境俱空。萬像森嚴一境中。

右釋悟元減字木蘭花詞。按法苑春秋曰，世宗嘗以手書非心非佛四字以示禪師，故詞中及之。

世宗既殂。章宗以嫡孫嗣立。時韓侂胄方用事於宋。大舉伐金。爲金所敗。復議和。乃正禮樂。修刑法。定官制。休養生息。治於小康。論者謂大定明昌爲文化極盛時代。金源蘊

秀。發洩無餘。蓋世宗創之於先。而章宗成之於後也。章宗亦能詞。

幾股湘江龍骨瘦。巧樣翻騰。疊作湘波皺。金縷小鈿花草鬥。翠條更結同心扣。　玉殿珠簾開永晝。一握清風。暫喜懷中透。忽聽傳宣須急奏。輕輕褪入香羅袖。

右金章宗詠聚扇蝶戀花詞。按詞苑曰。章宗喜文學。善書畫。聞宋徽宗以蘇合油烟為墨。命購得之。墨一兩價黃玩金一斤。嘗有詠聚扇及軟金杯二詞。見歸潛志。完顏璹如庵小集曰。帝聽朝之暇。即與李宸妃登梳壯臺。評品書畫。臨玩景物。得句輒自書之。妃有梳妝臺樂府不傳於世。亦閨襜閒氣所鍾也。若日邊之句。（帝嘗命對曰。兩人土上坐。妃應聲曰。一月日邊明。見本傳。）靈心慧舌。可見一斑。妃兒李喜兒亦有寵。郎叢師中所斥為小人在側者。以致蒙古浡興。禍至無日矣。元錄於金主亮、世宗、章宗、詞悉遺之。與趙錄不登唐昭宗後唐莊宗詞之例同。此固不必為尊者諱也。

世章二。詞人之最著者為黨懷英。黨氏少與辛棄疾師事蔡松年。為其所識拔。仕決以蓍。辛氏得離。遂歸。以稼軒詞著於宋。黨氏得坎。遂留。以竹溪詞著於金。

紅莎綠篛春風餅。趁梅驛來雲嶺。紫桂巖空瓊竇冷。無端却恨。等閒分破。縹緲雙鸞影。一甌月露心魂醒。更送清歌助清興。痛飲休辭今夕永。與君洗盡。滿襟煩暑。別作高寒境。

右黨懷英詠茶靑玉案詞。按詞品曰。蔡伯堅尉遲杯詞。喜銀屏小語。私分麝月。春心一點。麝月茶名。麝言香月言圓也。黨氏亦有茶詞。金人製茶之精如此。風味亦何減宋人。此詞可謂形容極致矣。

劉仲尹龍山集次之。

萬疊春山一寸心。章臺西去柳陰陰。藍橋特爲好花尋。　別後魚封煙漲闊。夢回鸞海雲深。情知頓著有如今。

右劉仲尹浣溪沙詞。按詞統曰。劉致君龍山詞。蓋參涪翁而得法者。草堂中與劉迎詞並入選。皆金源詞人也。

劉迎山林長語又次之。

第七章

離恨遠縈楊柳。夢魂長繞梨花。靑衫記得章臺月。歸路玉鞭斜。 翠鏡啼痕印袖。紅牆醉墨籠紗。相逢不盡平生事。春思入琵琶。

右劉迎烏夜啼詞。按詞律曰。此調始於南唐後主。以五字起句。爲四十七字體。宋人詞以五字起句者曰聖無憂。以六字起句者曰錦堂春。此猶承其舊也。

王庭筠黃華山人詞又其次之。

夜涼淸露濕梧桐。庭樹又西風。薰籠舊香猶在。曉帳暖笑容。 雲淡淡。月朧朧。小簾櫳。江湖殘夢。半在南樓。畫角聲中。

右王庭筠訴衷情詞。按李之純屏山故人外傳曰。子端世家子。風流醞藉。冠冕一時。又折節下士。如恐不及。故人人恨相見之晚也。居相下黃華山。因以自號云。

趙秉文滏水集出。而明昌詞人於此終局矣。

風雨替花愁。風雨罷。花也應休。勸君莫惜花前醉。今年花謝。明年花謝。白了人頭。

乘興兩三甌。揀溪山好處追游。但教有酒身無事。有花也好。無花也好。選甚春秋。

右趙秉文青杏兒詞。按元儒考略曰。趙閑臣嘗取黨承旨同時諸家詩詞刻以傳。曰明昌詞人雅製。世多稱之。

女眞能文者。獨完顏璹一人。有非完顏文卿所可並論者。

一百八般佛事。二十四考中書。山林朝市等區區。著甚來由自苦。　過寺談些般若。逢花倒箇葫蘆。少時伶俐老來愚。萬事安於所遇。

右完顏璹西江月詞。按金史論略曰。密國公爲世宗孫。越王永功子。自號樗軒居士。章宗禁諸王不得與外人交。乃窮日力於書。其小詞若臨江仙。青案案可歌也。

若陳參政當亦爲並時人。詞綜以列於宋人者誤也。

北歸人未老。喜依舊著南冠。正雪暗滹沱。雲迷芒碭。夢落邯鄲。鄉心日行萬里。幸此身生入玉門關。多少秦烟隴霧。西湖淨洗征衫。　燕山望不見吳山。回首一歸鞍。慨故宮離黍。故家喬木。那忍重看。鈞天紫城何處。問瑤池八駿幾時還。誰在天津橋畔。杜鵑聲裏闌干。

右陳參政木蘭花慢詞。按志雅堂雜鈔曰。陳石泉南還。北人陳參政作此詞送之。張中孚亦官參政。元錄錄之而不及陳氏。故其名不傳。

山河百二。自古關中好。壯歲喜功名。擁征鞍貂裘繡帽。時移世易。萍梗落江湖。聽楚語。厭蠻歌。往事知多少。　蒼顏白髮。故里欣重到。老馬省曾行。也頻嘶冷烟殘照。終南山色。不改舊時青。長安路。一回來。須信一回老。

右張中孚驀山溪詞。按本傳曰。字信甫。安定人。知寧環鎮戎三州。攝渭帥。入金爲鎮洮軍節度使。終南京留守。與弟忠彥季弟某合刻有三谷集。

反不若小劉昂一詞。後人猶得而考見其實焉。

蠆鋒搖。螳背振。舊盟寒。恃洞庭彭蠡狂瀾。天兵小試。萬蹄一飲楚江乾。捷書飛奏。九重殿春滿長安。　舜山川。周禮樂。唐日月。漢衣冠。洗五州妖氣關山。已平全蜀。風行何用一泥丸。有人傳喜。日邊路都護先還。

右劉昂上平南詞。按堯山堂外紀曰。寧宗開禧中。韓侂胄將伐金。金將紇石烈子仁駐兵豪梁。命小劉昂（同時劉左司亦名昂。故當時人別之曰小劉昂。二人詩皆見中州集。）作上平南詞。書於廨壁。齊東野語以爲子仁作者非。

折元禮從軍詞。則見諸元錄者。而不能審其爲何時所作。

地雄河岳。疆分韓晉。潼關高壓秦頭。山倚斷霞。江吞絕壁。野烟縈帶滄洲。虎旆擁貔貅。看陣雲截岸。霜氣橫秋。千雉嚴城。五更殘角月如鉤。　西風曉入貂裘。恨儒冠誤我。却羨兜鍪。六郡少年。三明（元錄作三明。用漢書州涼三明事也。詞綜作三關誤。）老將。賀蘭烽火新收。天外岳蓮樓。掛幾行雁字。指引歸舟。正好黃金換酒。羯鼓醉涼州。

右折元禮望海潮詞。按本傳曰。字安上。世爲麟撫經略使。父定遠、居忻。遂占籍焉。明昌五年兩科擢第。官延安治中。死於葭州之難。

鄧千江詞與折氏同工。其人則不可考矣。

雲雷天塹。金湯地險。名藩自古皋蘭。營錯繡屯。山形米聚。襟喉百二秦關。塵戰血猶殷。見陣雲冷落，時有雕盤。靜塞樓頭曉月。依舊玉弓彎。　看看定遠西還。有元戎閫令。上將齊擅。區脫晝空。兜鈴夕解。甘泉又報平安。吹笛虎牙閒。且宴陪珠履。歌按雲鬟。招取醉魂敎醒。長繞賀蘭山。

右鄧千江上蘭州守望海潮詞。按陶宗儀輟耕錄曰。金人大曲。如吳彥高春草碧、蔡伯堅石州慢、鄧千江望海潮。可與蘇子瞻百字令、辛幼安摸魚子、相頡頏。鄧氏中州樂府曰臨洮人。無傳。玩二詞。或金人有事於西夏時作也。

元氏於詞不錄韓玉。以非金人也。於詩錄之。明乎其非一人也。明昌以後。王特起首以能詞名。

東樓歡宴。記遺簪綺席。題詩紈扇。月枕雙欹。雪窗同夢。相伴小花深院。舊歡頓成陳跡。翻作一番新怨。素秋晚。聽陽關三疊。一尊相餞。 留戀。情繾綣。紅淚洗妝。雨濕梨花面。雁足關河。馬頭遲月。西去一程程遠。但願此心如舊。天也不違人願。再相見。把生涯分付。藥爐經卷。

右王特起別內喜遷鶯詞。按堯山堂外紀曰。此詞纏綿悽惋。令人不能爲懷。

高憲則王庭筠之甥也。亦能詞。何無忌酷似其舅也。

槐安夢。鼓笛弄。馳驟百年塵一鬨。陶淵明。張季鷹。一杯濁酒。焉知身後名。　有溪可漁林可織。須信在家貧也樂。熊門春漲江雲。幾時作個山間林下人。

右高憲梅花引詞。按詞綜曰王庭筠好賦梅花引。憲有舅氏風。亦好賦梅花引。後改名貧也樂。元錄錄四首。城下路、六國擾二首。爲賀鑄詞。詞綜亦錄之。何不考也。

王予可詞。與邱處機蟠溪詞。（雙照樓景刻詞有景金本蟠溪詞。）姬翼知常先生雲山集（亦見雙照樓景刻詞。翼字輔之。澤州高平人。其蝶戀花詞曰。憑柳愛鐵如山重。雖刺不疼鐵刺痛。與呂巖仿用呂詞同一口吻也。二家皆知名於金而沒世於元者。）不同。故曰異人也。

夜色靜明河。風好來千里。月殿謫仙人。皓齒清歌起。　前聲金擘中。後調銀河底。一片嶺頭雲。繞徧樓前水。

右王予可生查子詞。按詞品曰、予可於宣宗南遷後居鄜城。或傳其仙去者。詞之高妙飄逸。固謫仙之流亞也。

哀宗正大間。高永之上書。馮延登之抗節。皆詞以人重矣。

長原迤邐狐麋臥。野色微茫河界破。草承行屨綠雲深。花觸飛丸紅雨妥。　高亭初試煎茶火。醉玉淅譁春滿座。行杯莫厭轉籌頻。佳節等閒飛鳥過。

右馮延登宴河中瑞雲亭木蘭花詞。按本傳曰。子駿使元不屈。金亡。投井死。其節與洪忠宣文信國同。其木蘭花臨江仙詞。亦不減天涯池館。雨過霞明之句也。

金人詞見諸彙刻者。於王本得蔡松年明秀集一家。朱本得五家。

王寂拙軒詞　　段克己遯庵樂府

段成己菊軒樂府　　李俊民莊靖先生樂府

元好問遺山樂府

王寂與蔡珪爲天德三年同年進士。餘皆金末人入元爲遺民者也。

詩句一春渾漫賦。紛紛紅紫俱塵土。樓外垂楊千萬縷。風落絮。闌干倚徧空無語。　畢竟春歸何處所。樹頭樹底無尋處。惟有閒愁將不去。依舊住。伴人直到黃昏雨。

右段克己漁家傲詞。按古今詞話曰。二段幼有才名。趙尚書秉文識諸童時。目曰二妙。

入元者不仕。爲儒林標榜。

段成己入元。召爲平陽儒學提舉官、不赴。李俊民入元。世祖以安車徵。延訪無虛日。遺乞還山卒。曰金人者。從其志也、吳昌綬宋金元詞集見存卷目。以白樸天籟集爲金人。亦猶厲鶚以元鳳林書院本元草堂詩餘所錄者爲宋人而冠以劉秉忠許衡二家者。蓋別有意焉。（元草堂所錄自二家外。凡文天祥以下六十一人。天下同文一卷。錄詹玉以下七家。即據元草堂十取其一爾。）故雖至元大德間所作。亦必乎故國之詞。然而金之亡也。白氏甫八歲、兄敬父又出爲江西理問。朱彝尊跋以爲元人者是也。詹玉（一作正，元翰林學士。）以下。歷代詩餘以爲元人者亦是也。鼎革之際。所不忍言。所欠者一死。不能以責五尺之童。元好問以作史自居。金史之成與有力焉。危素亦以作史自居。而爲明帝所斥。將奈何。嗚呼、我今而知生際太平之爲福已。

帳留華婉轉。無計流連。行樂地。一淒然。笙歌寒食後。桃李惡風前。聯環玉。回文錦。兩纏綿。芳塵未遠。幽意誰傳。千古恨。再生緣。閒衾香易冷。孤枕夢難圓。西窗雨。南樓月。夜如年。

右元好問三奠子詞。按沈雄詞辨曰。三奠子。唐宋未有是曲。傳是奠酒奠穀奠璧也。奠璧子見崔令欽敎坊記。元遺山樂府有三奠子詞二首。王惲秋澗詞亦有之。

元氏謂宇文太學、丞相父子、黨承旨、王內翰、趙尙書諸家詞。大旨不出蘇黃之外。以其直於宋而傷淺。質於元而少情也。其獨許吳氏。見諸言外。詞源謂元氏詞深於用事精於練句。風流蘊藉。不減周秦。故論金人詞者。前則曰吳氏。後則曰元氏。其餘諸家。則錄以備考爾。葉夢得避暑錄話曰。西夏歸朝官言。有井水飲處。卽能歌柳永詞。是西夏必有能詞者。戎馬之蹂躪。殃及文章。圖籍不收。付刀筆吏之不若焉。然則元錄之功。不與趙錄同一不朽哉。

第八章　論元人詞至張翥而衰

有元開國。強於遼金。白雁渡江。南北一統。武功畢奏。文化以宣。所謂詞人者。其先爲遼金所遺。其後出於有宋。耶律楚材、耶律鑄等」則遼人也。楊果、李治等。則金人也。張弘範以下。則以宋人爲尤多。訖乎順帝出奔。求其蒙古人詞者。自拜住（英宗至治初爲右丞相。追封東平王。謚忠獻。）外曾不再見。餘則薩都拉（本答失蠻氏。世鎮雲代。遂爲雁門人。）、孟昉（本西域人寓北平。）皆以安所居而爲漢人矣。貫小雲石海涯、阿魯威、不忽麻、阿里耀卿、與敦周卿、洛簽普長、孛羅御史等。則能曲而不能詞。可見文采風華。莫如中國。遼金割據。不能得同化之歸。而元八十八年中。十等之分。備列第九。詞曲取士之法。取曲而不取詞。所以元曲之名。與宋詞而並稱。詞律次後庭花、乾荷葉、平湖樂、天淨沙、等於北曲。以詞綜所錄爲非。謂其聲響不侔焉。是也。繆刻元人詞。於王氏本得九家。

劉秉忠藏春樂府　　張弘範淮陽樂府

第八章

劉因樵庵詞　陸文圭牆東詩餘

詹玉天游詞　吳澄草廬詞

白樸天籟集　李孝光五峰詞

邵亨貞蟻術詞選

詞人姓氏錄惟陸文圭不載。按本集曰。江陰人。度宗咸淳初以春秋中鄉選。宋亡不出。嘗爲詞源作跋。與危復之見元草堂之不屈同。皆當作宋人也。於朱氏本得三十二家。

許衡魯齋詞　王義山稼村樂府

趙文青山詩餘　王奕玉斗山人詞

劉洗桂隱詩餘　劉壎水雲村詩餘

黎廷瑞芳洲詩餘　仇遠無絃琴譜

王旭蘭軒詞　王惲秋澗樂府

姚燧牧庵詞　邱處機磻溪詞

李道純清庵先生詞　陳深寧極齋樂府
曹伯啟漢泉樂府　周權此山先生樂府
劉將孫養吾齋詩餘　蒲道源順齋樂府
吳景奎藥房詞　李齊賢益齋長短句
洪希文去華山人詞　虞集道園樂府
許有壬圭塘樂府　耶律鑄雙溪醉隱詞
李庭寓庵詞　宋褧燕石近體樂府
袁士元書林詞　張雨貞居詞
張翥蛻巖詞　舒頔貞素齋詩餘
舒遜可庵詩餘　韓奕韓山人詞

詞人姓氏錄以王奕爲宋人。於劉壎、黎廷瑞、王旭、李道純、周權、吳景奎、李齊賢、耶律鑄、李庭、袁士元十家均不載。王奕玉斗山人詞。王旭蘭軒詞、吳景奎藥房詞、耶律鑄雙溪醉隱詞、李庭寓庵詞、袁士元書林詞。皆出於傳鈔本。尤不經見也。於江氏本得五家。

趙孟頫松雪齋詞　程文海雪樓樂府

薩都拉雁門詞　張埜古山樂府

倪瓚雲林詞

詞人姓氏錄程文海作程鉅夫。以避武宗諱、故以字行也。於吳氏本得八家。若程鉅夫雪樓樂府。趙孟頫松雪齋詞、王惲秋澗先生樂府、邱處機磻溪詞、周權此山先生樂府、劉因靜修先生樂府、虞集道園樂府。已見他刻不復數外。凡一家。

姬翼知常先生雲山集

姬翼、詞人姓氏錄亦不載。可見彙刻之功矣。（康熙己巳，錫山侯文燦刻有南唐二主詞，馮延巳陽春集，北宋張先子野詞，賀鑄東山詞，葛郯信齋詞，南宋吳儆竹洲詞，趙以夫虛齋樂府，元趙孟頫松雪齋詞，薩都拉天錫詞，張埜古山樂府。凡十家。各一卷。曰名家詞，見阮元進呈書目。金武祥粟香齋叢書亦收之。以所據本不善。有誤收者。有未全者。惟其功不可沒也。故附識於此。）

元草堂首錄劉秉忠詞。以其生為元人。初非來自異國也。藏春樂府一卷。不作僧家語。蕭散淡遠。一若無志於功名者。所以爲姚廣孝之先覺焉。

平山憔悴鎖寒雲。站路上最傷神。破帽篸沽歷盡。誰是陽關故人。　頹波世道。浮雲交態。一日一番新。無地覓松筠。看青草紅芳鬬春。

右劉秉忠太常引詞。按詞品曰。劉氏嘗自製乾荷葉曲以弔南宋。既助元亡宋矣。而其詞又淒惻如此。豈其中亦有不得已者耶。此詞本集不載。詞律以爲北曲也。

次錄許衡詞。以初未食祿也。必咎其出仕爲非。則過已。

河上徘徊。未分袂孤懷先怯。中年後此般憔悴。怎禁離別。淚苦滴成襟畔濕。愁多擁就心頭結。倚東風搔首漫無聊。情難說。　黃卷裏。消白日。青鏡裏。增華髮。念歲寒交友。故山煙月。虛道人生歸去好。誰知美事難雙得。計從今佳會幾何時。長相憶。

右許衡別大名親舊滿江紅詞。按沈雄續古今詞話曰。此被召時作也。又嘗自言曰。生平爲虛名所累。不能辭官。其心亦可哀矣。

歷代詩餘以所錄文天祥、鄧剡、劉辰翁、王夢應度宗咸淳間進士。官縣陸尉。恭宗德祐末，起兵勤王。以義烈著。四家爲宋人。若楊果、杜善夫、曹通甫、高信卿、謝醉庵、原註曰中原。則爲金人。司馬昂夫、原註曰大行毁吾兒。則爲色目人。不得曰宋遺民也。惟所錄諸家。其人多不可考耳。

沈屑徽薰睡鴨。金朱絃還解解芳心。盈盈桃李未春深。　天上鸞膠須著意。人間鳳曲有知音。莫教風雨綠成陰。

右謝醉庵浣溪沙詞。按原註曰。贈琴姝作。醉庵名不傳。

李治及楊果同自中原來。皆元好問之友也。元錄悉遺之。以其不得爲金人也。元草堂錄楊氏不錄李氏。或者王士禎所謂鈔不求備歟。

花信緊。二十四番愁。風雨五更頭。侵階苔蘚迴羅襪。逗衣梅潤試香篝。綠窗閒。人夢覺。鳥聲幽。　按銀箏學弄相思調。寫銀牋恨殺知音少。向何處說風流。一絲楊柳千絲恨。二分春色二分休。落花時。流水裏。雨悠悠。

右司馬昂夫最高樓詞。按原註曰。暮春作。昂夫字九皋。順帝時、色目人。孟昉官監察御史。能詞。以外則未聞。

自宋入元者當作元人。歷代詩餘以張林（宋池州守，降於元。）范晞文、（宋太學生，以劾賈似道竄瓊州。入元官長興丞。）趙與仁（宋燕王德昭十一世孫，入元官辰州教授。）爲宋人。詞綜亦從之。則爲周密詞選所誤矣。

冰箔紗窗小院清。晴塵不動地花平。昨宵風雨。涼到木樨屏。　香月照妝秋粉薄。水雲飛佩藕絲輕。好天良夜。閑理玉笙。

右趙與仁琴調相思引詞。按陸輔之詞旨曰。學舟詞、昨宵風雨。涼到木樨屏。警句也。

趙淇先趙孟頫而來。責孟頫而不責淇。則同罪而異罰也。

吟望直。春在闌干咫尺。山插玉壺花倒立。雪明天靄碧。　曉露絲絲瓊瀉。虛揭一簾雲濕。猶有殘梅黃半壁。香隨流水急。

右趙淇謁金門詞。接圖繪寶鑑曰。淇自號靜華翁。忠靖六葵次子。宋刑部侍郎。元兵至。兄溍棄家逃。弟淴不屈死。淇入元官湖南宣慰使、天水郡公、諡文惠。

張弘範刻石厓山曰張弘範滅宋處。或增一字曰。宋張弘範滅宋處。其罪更暴於天下。

獨上高樓。恨隨春草連天去。亂山無數隔斷巫陽路。　信託梅花。惆悵人何處。愁無語。

野鴉煙樹。一點斜陽暮。

有張弘範點絳脣詞、按續古今詞話曰。淮陽樂府多作誇大語。其臨江仙有曰。紫簫明月底。翠袖暮寒。風調不減晏小山、可知元之武臣亦有能詞者。

程鉅夫有雪樓樂府、姚雲文（宋咸淳間進士。入元官撫建兩路儒學提舉。）有江村遺稿、王義山（宋通判瑞安軍。入元掌江西學事。）有稼村樂府、趙文（宋南雄府教授。入元官清江儒學教授。）有青山詩餘、仇遠有無絃琴譜、蒲道源（宋興元郡學正。入元官國子博士。）有順齋樂府。其失節亦同。而罪可末減。

滄島雲連。綠瀛秋入。暮景卻沈洲嶼。無浪無風天地白。聽得潮生人語。擎空孤柱。翠倚高閣憑虛。中流蒼碧。迷煙霧。惟見廣寒門外。青無重數。不知是水是山。不知是樹。茫茫卻是何處。倩誰問凌波輕步。漫凝佇、乘鸞秦女。想庭曲霓裳正舞。莫須長笛吹愁去。怕喚起魚龍。三更噴作前山雨。

右仇遠招寶山觀月出八犯玉交枝（詞譜作八寶妝）詞。按詞苑曰。此詞縱橫之妙。直似東坡。

姚雲文及黃子行皆能自製曲。言詞者多宗之。

湖光冷浸玻璃，蕩一晌薰風，小舟如葉。藕花十丈。雲梳霧洗，翠嬌紅怯。壺觴閒笑處，正酒醒吹殘紅映頰。尚記得玉臂生涼。不放汗香輕浹。　離人小摘牆櫻，碎捻猩紅。細認將摺。舊游如夢，新愁似織，淚珠盈睫。秋娘風味在。怎對得銀釭生笑靨。消瘦沈約詩腰。夜來堪捻。

右黃子行西湖月詞。按詞律曰。此黃蓬甕自製商調曲也。姚古葛玲瓏玉、紫萸香慢、亦自製曲。而無宮調名。

趙孟頫則夫婦父子俱能詞。惜不與其兄趙孟堅彝齋詩餘之並爲宋人也。女夫王連有踏莎行詞。爲楊維楨所賞。連子蒙入明官泰安知州。歷代詩餘列於元人。亦誤已。

人生能幾渾如夢，夢裏奈愁何。別時猶記。昨盈秋水。淚濕春羅。　綠楊臺榭。紅梨院宇。重想舊經過。水遙山遠。魚沈雁杳。分外情多。

右趙雍八月圓詞。按續古今詞話曰。趙承旨與管夫人伉儷相得，倡和甚多。其子仲穆待制有水調歌頭詞。備言興亡骨肉之感。意其父子之仕。亦有不得已者。

詹、玉以豔詞得名。其放浪不羈。爲有識者所嗤笑。

斜河一道界相思。好秋都上眉。鸞牋象管寫心唬。搦愁題作詩。　添別恨。卜歸期。燈花紅幾時。看看月上小窗兒。夜香今夜遲。

右詹玉阮郎歸詞。按樂府紀聞曰。詹天游於楊駙馬席上屬意一姬名粉兒者。口占浣溪沙詞曰。不曾眞箇也消魂。楊卽以爲贈。其送童甕天兵後歸杭齊天樂詞。作於宋亡之後。而止以遊樂爲言。宋季士習。一至於此。

牘賓、黄冠也。亦以豔詞名。其贈宋六嫂百字令詞。贈歌童阿珍瑞鷓鴣詞。此法秀所訶也。元草堂棄之而之他。詞品則以爲不減宋人。又極許邱處機詠梨花百字令詞。邱氏於詞。亦如張輯之好立異名。以百字令爲無俗念。望江南爲望蓬萊。與姬翼詞同爲詩中之邵康節體。皆不足取也。爾此中有人。呼之欲出矣。

短短橫牆。矮矮疏窗。一方兒小小池塘。高低壘嶂。曲水邊旁。也有些風。有些月。有些香。日用家常。竹几籐牀。儘眼前水色山光。客來無酒。清話何妨。但細烘茶。淨洗琖。滾燒湯。

右釋中峰行香子詞。凡三首。按李日華六研齋筆記曰。天目僧中峯爲趙文敏方外交。嘗和馮海粟梅花七律一百首。走筆而成。其行香子詞。所謂一一明妙也。中峯詞知之者少，張雨爲仇遠詞弟子。則知之者多也。

盼得春來。春寒春困。陡頓無聊。半剔殘釭。片時春夢、過了元宵。　空山暮暮朝朝。到此際無魂可消。却倚東風。水如衣帶。草似裙腰。

右張雨柳梢靑詞。按詞苑曰。伯雨蚤遊方外。居茅山。與張翥同爲仇氏高弟。有次韻咏梅雪獅兒詞、頗冷雋。

王惲秋澗詞、劉因樵庵詞不入元草堂、元人詞當始於此。

自從謝病修花史。天意不容閒。今年新授。平章風月。檢校雲山。　門前報道。麴生來謁。子墨相看。先生正爾。天張翠蓋。山擁雲鬟。

右劉因人月圓詞。按詞綜曰。元初詩人以劉因盧摯爲首。二氏皆能詞。有名。梁曾與陳孚同使安南。陳氏憶母太常引詞。血性語也。梁氏詞亦有可解者。

第八章

問花花不語。爲誰落。爲誰開。算春色三分。半隨流水。半入塵埃。人生能幾歡笑。但相逢尊酒莫相推。千古幕天席地。一春翠繞珠圍。彩雲回首暗高臺。烟樹渺吟懷。判一醉留春。留春不住。醉裏春歸。西樓半簾斜日。怪銜春燕子卻飛來。一枕青樓好夢。又教風雨驚迴。

右梁曾木蘭花慢詞。按詞品曰。此西湖送春詞。格調俊雅。不讓宋人手筆。

吳澄、理學名臣也。其送春詞與盧氏詞如出一手。

名園花正好。嬌紅豔白。百態競春妝。笑痕添酒暈。豐臉凝脂。誰與試鉛霜。詩朋酒伴。趁此日流轉風光、儘夜遊不妨秉燭。未覺是疏狂。　茫茫、一年一度。爛漫離披、似長江去浪。但要教曉鶯語燕。不怨盧郎。問春春道何曾去。任蜂蝶飛過東牆。澀看取。年年潘令河陽。

右吳澄渡江雲詞。按詞苑曰。草廬和揭浩齋送春詞。流傳一時。

許謙亦能詞。宋元學案中人。論詞則元盛於宋也。

楊柳池塘春信早。簾捲東風。猶帶餘寒峭。暖透博山紅霧繞。洞簫扶起歌聲杳。　初試花冠金鳳小。鬢亂釵橫。長怯旁人笑。銀燭未殘檐末倒。雞聲漏水頻催曉。

右許謙蝶戀花詞。按元史儒學傳曰、謙字益之、受業於金履祥、入華山講學四十年。屢薦不起。卒賜謚文懿。

關漢卿　馬致遠　鄭德輝　白樸　爲元曲四大家。鮮于樞、姚燧、馮子振、白无咎、喬吉、張可久、陶宗儀等皆工於曲。故其詞亦近於曲。若白樸詞曰天籟集、曲曰摭遺。知詞曲之別矣。

霜水明秋。霞天送晚。畫出江南江北。滿目山圍故國。三閣餘香。六朝陳跡。有庭花遺譜。弄哀音令人嗟惜。想當時天子無愁。自古佳人難得。　惆悵龍沈宮井。石上啼痕猶點胭脂紅濕。去去天荒地老。流水無情。落花狼藉。恨青溪留在。渺重城烟波空碧。對西風誰與招魂。夢裏行雲消息。

右白樸青溪弔張麗華奪錦標詞。按四庫提要曰、仁甫幼際世亂。父子相失。嘗鞠於元好問家。受其指授。尤工於曲。其詞亦清雋婉逸。調適韻諧。與玉田相匹。

樂府紀聞引元人小說曰，拜住、仁宗延祐中少年平章也。嘗以咏秋千菩薩蠻咏鶯滿江紅、二詞，乞婚於學羅氏。世以為佳話。若廉希憲之能文，貫小雲石海涯之能曲，薩都拉之能詞。余闕之能詩。考其先皆蒙古人也。

去年人在鳳皇池。銀燭夜彈絲。沈水香消，梨雲夢暖。深院繡簾垂。　今年冷落江南夜。心事有誰知。楊柳風柔。海棠月淡。獨自倚闌時。

右薩都拉少年游詞。按詞苑曰，天賜此詞，筆情絕妙。其金陵懷古詞。尤多感慨。

續古今詞話亦引元人小說曰。馬雍古祖常樂府。纖豔勝人。惜未之見。（元史馬祖常傳曰。世為雍古部。比先在金有官鳳翔兵馬判官者以節死。因以馬為氏。詞綜亦誤為蒙古人。）則南人也。（元制由金入元者曰南人。由宋者曰漢人。）薩氏復以文與虞集、黃溍揭傒斯齊名。號元四大家。虞氏復以詩與楊載、范梈、揭傒斯齊名，亦號元四大家，虞氏又能詞，

畫堂紅袖倚清酣。華髮不勝簪。幾回曉直金鑾殿，東風軟花裏停驂。書詔許傳宮燭，輕羅初試朝衫。　御溝冰泮水挼藍。飛燕語呢喃。重重簾幕寒猶在，憑誰寄銀字泥緘，報

道先生歸也杏花春雨江南。

右虞集寄柯敬仲風入松詞。按續古今詞話曰。元文宗御奎章閣。伯生爲侍從。敬仲爲鑒書博士。既歸。乃作此寄之。人相傳唱。機坊織其詞爲帕。幾如法錦。

一家能詞者若許有壬其弟有孚、及其子楨。亦猶劉辰翁之有弟貴翁、有子將孫也。（均見元草堂、）靚虞氏（集第榮，）而更盛已。

四隄楊柳接松筠。香破水芝新。羅襪不生塵。笑晝裏凌波未眞。　紅衣縹緲。清風蕭瑟。半醉脫烏巾。不是葛天民。也做得江湖散人。

右許有壬太常引詞。按陳霆渚山堂詞話曰。有壬嘗得康氏園。出賜金買之。名曰圭塘別墅。偕楚人馬熙、及子弟觴咏其中。弟有孚裒諸作爲圭塘款乃集。

趙孟頫有題耕織圖十二月五古詩。歐陽玄有都城十二月漁家傲詞。月各一首。亦荊楚歲時記也。張翥蛻巖詞。元人之最著者。慢詞不弱於宋人。小詞則不及矣。

晚山青。一川雲樹冥冥。正參差烟凝紫翠。斜陽畫出南屏。館娃歸吳臺遊鹿。銅仙去漢

第八章

苑飛螢。懷古情多。憑高望極。且將尊酒慰飄冷。自湖上愛梅仙遠。鶴夢幾時醒。空留得六橋疏柳。孤嶼危亭。 待蘇堤歌聲散盡。更須攜妓西泠。藕花淡雨涼翡翠。菰蒲軟風弄蜻蜓。澄碧生秋。鬧紅駐景。采菱新唱最堪聽。一片水天無際。漁火兩三星。多情月爲人留照。未過前汀。

右張翥西湖泛舟多麗詞。按詞統曰。蛻巖詞有飛鴻戲海。舞鶴遊天之妙。

宋元人詞至張氏而極盛。周旋曲折。純任自然。出仇氏之門。故無一語可入北曲。其才力差薄者。則時爲之也。言詞者必曰詞敝於元。而不察其病之所在。張氏沒後。元室亦衰。能曲者愈多。而詞人愈少。王降而風。可以閱世變焉。若洪希文去華山人詞、李孝光五峯詞、袁易靜春堂詞、沈禧竹齋詞、袁士元書林詞。名皆出其下。

日日春陰。瑞香亭畔寒成陣。鳳韡頻誤踏青期。寂寞紅牆冷。翠被堆牀未整。睡初酣風篁喚醒。幾多心緒。鵲語難憑。燈花無準。 得酒澆愁。舊愁不去添新病。吳綾題滿斷腸詞。歌罷何人聽。寶篆香消。晝永裊餘煙。蕭蕭鬢影。出門長嘯。白鷺雙飛。清江千頃。

詞史

右袁易燭影搖紅詞。按詞人姓氏錄曰。字通甫。吳人。嘗爲徽州路石洞書院山長。張埜善爲詠物詞。吳鎮善爲題畫詞。亦非其敵也。

紅葉村西日影餘。黃蘆灘畔月痕初。輕撥棹。且歸歟。掛起漁竿不釣魚。

右吳鎮題畫漁歌子詞。按張彥遠名畫記曰。仲圭工畫。此詞之高妙。何減張志和。倪瓚亦工於畫。慕吳氏之爲人。取其詞意爲圖以自況焉。知天下將有事。乃盡散其家財。扁舟箬笠往來湖泖間。有潔癖。其詞亦似之。

樓上玉笙吹徹。白露冷飛瓊佩玦，黛淺含顰。香殘棲夢。子規號月。　揚州往事荒涼。有多少愁縈思結。燕語空津。鷗盟寒渚。畫欄飄雪。

右倪瓚贈妓小瓊英柳梢青詞。按詞苑曰。雲林詞以淡潔勝。此詞又何其婉轉多風如是。又詞律柳梢青收叶平入聲四十九字二體。拾遺補收叶平入聲四十九字二體。此五十字體、詞譜亦不收。應補。

同時顧德輝又名阿瑛。徵辟皆不就。好山水。嘗與客往來九峯泖浦間。自稱金粟道人、張士誠據吳。欲聘之。斷髮廬墓以自絕焉。

暖漲桃花江上水。畫舫珠簾。載酒東風裏。四面青山青似洗。白不斷山中起、 過眼韶華渾有幾。玉手佳人。笑把琵琶理。枉殺雲臺標外史。斷腸只合江州死。

右顧德輝蝶戀花詞。按續古今詞話曰。仲瑛至吳。陳浩然同飲於支硎山張氏樓。徐姬楚蘭歌以佐酒。座客鄭雲臺爲之心醉。故以詞戲之。一時爭傳焉。

陶宗儀亦好游。尤精於曲。三人者道不同。其趣一也。

如此好溪山。羨雲屏九疊。波影涵素。暖翠隔紅塵。空明裏著我扁舟容與。高歌鼓枻。鷗邊長是尋盟去。頭白江南看不了。何況幾番風雨。 畫圖依約天開。蕩清暉別有。越中眞趣。孤嘯拓蓬窗。幽情遠。都在酒瓢茶具。水荇搖晚。月明一笛潮生浦。欲問漁郎無恙否。回首武陵何許。

右陶宗儀南浦詞。按續古今詞話曰。南村崎嶇離亂之日。必以筆墨自隨。有所得。摘樹葉書之。書成、名輟耕錄。有南浦詞。其高致可想見也。

顧氏築玉山草堂。一時詞人袁華、于立、陸仁、張遜等。皆與倡和。不若許氏圭塘之得一馬遠而已。陶氏則與邵亨貞相善。輟耕錄獨採其沁園春二詞。蓋一詠美人眉。一詠美人目也。實則邵氏所長不在此。

江路。風雨。春又去。掩重門。樓上暮山翠。鎖愁痕。烟草弄黃昏。王孫。好懷誰與論。暗消魂。

右邵亨貞訴衷情詞。按阮元揅經室外集曰。邵氏蟻術詞選。久不見著錄。此編得之舊鈔本。凡一百四十三首。世多稱其沁園春詞。可與野處集並傳矣。

舒頔有貞素齋詞。其弟遜有可庵詞。亦金之段氏兄弟也。

故人情況近如何。應被酒消磨。醉來笑倚嫦娥臥。傷心處暗搵香羅。肱曲紅生玉筍。鬢偏翠卷金荷。　薰風枕簟屆清和。著我醉時歌。襄陽舊事今安在。風流客屈指無多。休說玉堂金馬。爭如雨笠烟簑。

右舒頔風入松詞。按詞人姓氏錄曰。頔字道原。遜字士謙。績溪人。兄弟皆有集。元末隱華陽山中。屢聘不出。

若驪山溫泉石刻之元人詞。惜不知何人所作。

三郎年少客。風流夢。繡嶺蠱瑤環。漸嬌汗發香。海棠睡暖。笑波生媚。荔子漿寒。覓此際曲江人不見。假月事無端。羯鼓三聲。打開蜀道。霓裳一疊。舞破潼關。 馬嵬西去路。愁來無會處。淚滿河山。空有羅囊遺恨。錦韈傳觀。歎玉笛聲沈。樓頭月下。金釵信杳。天上人間。幾度秋風渭水。落葉長安。

右無名氏風流子詞。按詞品曰。昔歲道臨潼。見石刻元人一詞。語語爲太眞紀恨。再過之。已磨爲別刻矣。

閨媛則惟管道昇。若詞統所錄王秋英瀟湘逢故人慢詞。是又一番芳華也。妓人則能曲者多。能詞者少。劉燕哥。陳鳳儀以外無聞已。

故人別我出陽關。無計鎖雕鞍。今古別離難。兀誰畫蛾眉遠山。一尊別酒。一聲唬宇。寂寞又春殘。明月小樓閒。第一夜想思淚彈。

右燕燕哥送別太常引詞。按續古今詞話曰。劉燕哥陳鳳儀皆樂妓也。陳有送別一絡宋詞曰。海棠也似別君難。一點點啼紅雨。亦見稱於時。

元人詞其流利者每似曲、又多合爲一編、易於相混。白樸以小桃紅入詞、而他無論已。然後知史浩以鄮峯眞隱大曲別爲一編之犂然各當也：此亦宋元升降之一端爾。

第八章

第九章　論明人詞之不振

明太祖起自布衣。十年而有天下。不可謂非一世之雄也。論者以漢明二祖。正統攸歸。除暴定亂。功不在湯武下。然而果於殺僇。尤酷於漢高。鐘室之囚。不加諸隨陸也。若胡藍二獄。羅織萬人。優禮陶安。亦幸其不壽耳。宋濂高啓。不獲令終。嬴政復生。坑及儒者。江湖月落。燕啄皇孫。十族何妨。讀書種子盡矣。仁宗斡蠱。元氣已傷。下訖啓禎。文風不振。程試之式。臺閣之禮。經義論策。言不由中。蓋自樂府盛而詩衰。詞盛而樂府衰。北曲盛而詞衰。南曲盛而北曲亦衰。董氏西廂。出於金末。元人雜劇。此其先聲。王四琵琶。始改為南曲。沈和合套。亦起於同時。故明人小詞。其工者僅似南曲。間為北曲。已不足觀。引近慢詞。率意而作。繪圖製譜。自誤誤人。自度各腔。去古愈遠。宋賢三昧。法律蕩然。第曰詞曲不分。其為禍猶未烈也。根本之地。彼烏知之哉。

黨刻詞無及明人詞者。朱氏本以梁寅石門詞、凌雲翰柘軒詞、謝應芳龜巢詞三家。

列於元人。梁氏初官集慶路訓導。入明、徵修禮書。書成、不受官而退。王昶明詞綜首錄之所以正歷代詩餘之失也。其詞以蕭條尤有叶。以江右人而作閩音。不足法也。

錦樹分明上苑花。晴光宜日又宜霞。碧烟横處有人家。 綠似鴨頭松下水。白於魚腹柳邊沙。一溪雲影雁飛斜。

右梁寅冬景浣溪沙詞。按朱錫鬯明詩綜曰。梁氏既不爲好爵所縻。而石門集中、感恩頌德之詞。不一而足。方之抱遺翁似有間矣。故序於通籍者之列。

凌氏登至正己丑（歷代詩餘作己卯，誤。）鄉薦、入明、授四川學官，謫南荒以卒。錢謙益列朝詩選以爲明人。丁丙西冷詞萃承之。不得援邵亨貞入明不出。列作元人之例也。

芳草纖纖。游絲冉冉。可愛地晴江碧。世事浮雲。人生大夢。歧路漫悲南北。瀟洒春朝。步蟾秋夜。卻憶戀時巾扇。問故園何日歸來。松菊已非疇昔。 誰似我十畝柔桑。千頭佳橘。飽看綠陰朱實。溉釜烹魚。飯蔬飲水。勝咀絳霞瓊液。鳥倦知還。水流不競。喬木且容休息。喜聞來事事從容。睡覺半窗晴日。

詞史

右凌雲翰和馮尊師蘇武慢詞。按瞿佑歸田詩話曰。凌彥翀嘗作梅詞霜天曉角。柳詞柳梢青各一百首。號梅柳爭春。今集中無之。

謝應芳隱居以老。而賀壽諸作、與當路者游。明詞綜列爲明人。亦春秋之意歟。

老眼猶明。著書未了餘生債、客來休怪。淡飯黃虀菜。　踏雪觀梅、清興依然在。南門外。夜來尋戴、扶醉馱驢背、

右謝應芳點絳脣詞。按青浦縣志曰應芳字子蘭、武進人、以元末兵亂流寓青浦、有龜巢集二十卷、詞一卷、

劉基爲至元癸酉進士、入明、以佐命功封誠意伯。其元季所作曰覆瓿集、入明所作曰犂眉公集。明人詩詞無出其右者。史有三長。其長不可及也。

淡烟平楚、又送王孫去。花有淚。鶯無語。芭蕉心一寸。楊柳絲千縷。今夜雨。定應化作相思樹。　憶昔歡游處、觸目成今古。良會遠、知何許。百杯桑落酒。三疊陽關句。情未已。月明潮上迷津渚。

右劉基千秋歲詞。按吳琯燕窗萓隱詞四庫提要曰。琯明人、輯有古今逸史書賈取青田詞嫁名於琯。又題作元人。滋可笑已。

高啓、楊基、張羽、徐賁、所謂明初四傑也。啓不屈於張士誠。入明以冤死。世尤惜之。

落了辛夷。風雨頓催。庭院瀟灑。春來長恁。樂章懶按。酒籌慵把。辭鶯謝燕。十年夢斷青樓。情隨柳絮猶縈惹。難覓舊知音。把琴心重寫、 妖冶。憶曾攜手。鬭草欄邊。買花簾下。看到飃颻低轉。秋千高打。如今甚處。縱有團扇輕衫。與誰更走章臺馬。回首暮山青。又離愁來也。

右高啓春感石州慢詞。按續古今詞話曰。扣舷詞以疏曠見長。石州慢一詞。又極纏綿之致。綠楊芳草。年少拋人。晏元獻何必作婦人語。

張徐二氏、不以詞名。楊氏詩次於高氏。而詞則差勝。小詩似詞。不免秦七之病爾。

鸞股先尋鬭草釵。鳳頭新繡踏青鞋。衣裳宮樣不須裁。 軟玉縷成鸚鵡架。泥金鐫出牡丹牌。明朝相約看花來。

右楊基花朝浣溪沙詞。按樂紀聞曰。楊孟載少時見楊廉夫。命賦鐵笛歌。即效其體。爲其所賞。當時有老楊小楊之目。所著名眉庵詞。饒有新致。

張以寧、王蒙、高明、瞿佑諸家。皆以元人入明。明詞綜亦謂明初人詞。猶沿道園蛻巖之舊。不乖於風雅者也。張氏以詩名。王氏以畫名。高氏以曲名。明作琵琶記，爲南曲之祖。其全集曰柔克齋集。詳見顧嗣立元詩選。堯山堂外記以爲高拭作。非也。瞿氏則以詞名。其詞曰樂府遺音。四庫提要斥其兼學南北宋。反致駁而不純。亦言之過已。

望西湖柳烟花霧。樓臺非遠非近。蘇堤十里籠春曉。山色空濛難認。風漸順。忽聽得鳴榔驚起沙鷗陣。瑤階露潤。把繡幕微搴。紗窗半啓。未審甚時分。　憑欄處。水影初浮日暈。游船未許開盡。賣花聲裏香塵起。羅帳玉人猶困。君莫問。君不見繁華易覺光陰迅。尋芳有信。怕綠葉成陰。紅英結子。留作異時恨。

右瞿佑泛湖摸魚子詞。按西湖志餘曰。瞿宗吉風情麗逸。著翦燈新話、及樂府歌詞。多假紅倚翠之語。爲時傳誦。既謫保安。作元宵望江南詞五首。聞者淚下。

洪武初元。詔徵隱佚。有司敦促就道。抗者有罪。既而未竟其用。多以微詬死。文字之獄。周壽昌思益堂日札歷舉之。梁寅、高明之不受官。必有所見。故凌雲翰、瞿佑之得全腰領以終者。亦幸也。噫、入主忌才。一至於此。思宗仁弱。不勃無人。誰出而與人骨肉哉。

三過吳江。又添得一亭清絕。占斷水光多處。巧依林樾。漠漠雲烟春晝雨。家家天地秋宵月。更冰壺玉鑑署宜風。寒宜雪。　曜庵右。山嵐缺。虹橋左。波濤截。正三高亭畔。舊規令別。何但漁翁垂釣好。誤將柳子新吟揭。信登臨佳興屬彭宣。能揮發。

右惠宗皇帝題垂虹亭滿江紅詞。按明史本紀曰。金川門啓。大內火。帝崩。致身從亡等錄、皆作帝易服遜荒。此與南都王之明同一疑案矣。

成祖以靖難之師。入承大統。教坊之發。瓜蔓之抄。辟諸霜雪未消。又加以雨雹矣。苞桑萌蘗。斲蝕頻伐。然而為謀者。則姚廣孝之罪也。和尚嗜殺。劉秉忠猶將下之耳。

斜日斜日。門外馬嘶聲疾。林棲鳥盡飛還。霞彩紅銜遠山。山遠山遠。莫怪行人歸晚。

右姚廣孝轉應曲詞。按錢謙益列朝詩選曰。廣孝初為僧。名道衍。嘗作北固山懷古詩。

同院宗瀚曰。此豈釋子語耶。汝蒔南朝矣。後以靖難功。加太子少師。

惠宗諸臣勇於死節者。莫如鐵鉉。鉉能小詞。亦賡平梅花之賦也。

晚出閒庭看海棠。風流學得內家妝。小釵橫戴一枝香。　剛玉梳斜雲鬢膩。鏤金衣透雪肌涼。暗思何事立斜陽。

右鐵鉉浣溪沙詞。按王鴻緒明史稿曰。鉉守濟南。文皇師不得進。乃舍去。及渡江。以計擒至。不屈被殺。二女能詩。發教坊。誓不辱。仁宗即位。赦出之。

解縉、胡儼等。雖無晏姚之嫌。然而晚節不終。不得與純臣之列矣。

樓上角聲鳴咽。天邊斗柄橫斜。酒醒風驚簾幕。漏殘月在梅花。

右胡儼三臺令詞。按王鴻緒明史稿曰。靖難師起。周是修與解縉胡儼等約同死。既而惟是修竟行其志云。

林鴻於其先、自免以歸。與鄭定、王褒、唐泰、高棅、王恭、陳亮、王稱、黃元、周元、稱閩中十才子。復以詩詞與張紅橋相往還。遂為夫婦。閒情集錄其遊金陵留別百字令詞曰。軟語丁寧。柔情婉轉。鎔盡肝腸鐵。又曰、此去何之。碧雲江樹。早晚峯千疊。圖將羈恨。歸來重與伊說。又紅橋答詞後片曰。還記浴罷描眉。夢回携手。踏碎空梁月。漫道胸前懷豆蔻。今日總成虛設。桃葉津頭。莫愁湖畔。遠樹烟雲疊。寒燈孤枕。相思誰與閒說。一則打算歸來。一則商量去後。閨房倡和。當於畫眉以觀。陸游棄妻唐琬釵頭鳳詞。適得其反也。楊復初、張肯、莫璠、皆不戚戚於貧賤者。璠尤以西湖十景蝶戀花詞名。自周密有木蘭花慢詞。楊纘爲之正律。崔顥題詩。可以閣筆耳。

當時承望求仙道。那知薄命如郊島。捫得殘生猶自好。多懊惱。塵緣俗慮何時掃。

子已成童無用抱。醉眠任便和衣倒。今歲碪聲秋未搗。涼信早。看來只恐中年老。

右楊復初答凌雲翰漁家傲詞。按詞品曰。楊氏築室南山。以村居自號。凌彥翀以詞爲壽。瞿宗吉亦有和詞。並序曰、范文正塞上秋來詞。歐陽以窮塞主戲之者。從仄起句、諸家悉同。今二公以平起易之。特著此以俟知音爾。（楊詞今無傳。選本亦不載。故錄之。）

若王直有抑庵詞。李禎有僑庵詞。則成祖永樂二年所得士也。此外不聞能詞者。人才之衰落。誰實為之哉。仁宗初監國。即以慈孝聞。其登極也。一反先世之所為。以培養元氣。獎老成。免糧稅。享國雖促。此天下之所以歸仁焉。

烟抹霜林秋欲穩。吹破燕支。猶覺西風嫩。翠袖怯寒愁一寸。誰傳庭院黃昏信。　明月修容生遠恨。旋摘餘嬌。簪滿佳人鬢。醉倚小欄花影近。不應先有春風分。

右仁宗皇帝賦九月海棠蝶戀花詞。按蘭皋集曰。有明兩祖列宗、好學不倦。染翰俱工。仁宗御製九月海棠一詞。尤娟秀絕倫。宣宗繼世。（蘭皋集收宣宗皇帝賜學士沈度醉太平詞。及周憲王有燉詠鷓鴣天詞。皆南曲也。故不錄。）三楊執政以守其成。所惜者、以科舉得人。而真才不出。雖然、明人墨義。超古軼今。王唐歸胡。立言不朽。非若臺閣體之以摹擬為工也。天下英雄。使之入彀。必曰明亡於八股。冤矣。（詳見周同谷霜猿集。）

竹君子。松大夫。梅花何獨無稱呼。回頭試問松和竹。也有調羹手段無。

右楊士奇題畫梅桂殿秋詞。按陳繼儒晚香堂清語曰。宣德中、三楊在內閣。從官以松竹梅求題。榮題松。溥題竹。後皆書賜進士第。士奇起於辟召。故以詞見意焉。

當時所得士。若徐有貞、趙迪、皆號能詞。有貞之人不足取。其千秋歲引詞。見之沈際飛詞譜。字句之舛謬。詞律備言之矣。明詞綜亦言永樂以後。自小詞外均無足觀。而又以入選。此亦與詞綜之以曲爲詞同一不軌於正也。

英宗初年。治而不亂者。太皇太后張氏力焉。張后崩。王振用事。額森弄兵。內釁未平。外禍又作。土木之敗。鑾駕不歸。景帝臨朝。于謙柄國。君臣一德。使日月幽而復明。所謂以高皇帝視之。皆我子孫也。一則親宗。一則背構。將論其長次耶。抑論其賢不肖耶。雖愚者亦知所擇矣。易儲之諫。奪門之功。兄弟鬩牆。亦以叔奪姪之報也夫。

商輅以英宗正統朝三元起家。綜古今詞話謂其小詞不隨時趨。自有殊致。尤許其初春一叢花詞東風有信無人見。露微意柳際花邊之句。郭麐靈芬館詞話。以秦廬詞爲不及聶僖餘清詞。不獨兩起句之失叶短韻也。（按秦觀一叢花詞前起句曰年時。後起句曰佳期。時期叶短韻。明人詞多不合律。故可傳者少。）於同時各家亦不及馬洪花影詞。洪以布衣終。且有名字歸如之歎矣。

花壓鬢雲低。風透羅衫薄。殘夢瞢騰下翠樓。不覺金釵落。　幾許別離愁。猶自思量著。

欲寄蕭郎一紙書。又怕歸鴻錯。

右馮洪和聶大年卜算子詞。按詞品曰。馬鶴窗與陵清溪同出劉菊莊之門。清溪得詩律。鶴窗得詞調。異體齊名。可謂盛矣。

景帝景泰初。聶大年以仁和學官徵入爲翰林。其卜算子詞、蓋在杭日作以自況焉。

粉淚濕鮫綃。只恐郎情薄。夢到巫山第幾峯。酒醒燈花落。　數日尙春寒。未把羅衣著。眉黛含顰爲阿誰。但悔從前錯。

右聶大年卜算子詞。按堯山堂外紀曰。聶壽卿東軒集。有玉樓人醉東風曉。高卷紅簾看杏花之句。眞詞人之筆也。

其時得將如王越。得相如李東陽。亦能小詞。猶不若郭登（武定侯英孫。右都督鎮守大同總兵官。有聯珠集。）之於詩。湯允勣之於詞。出於武人中。又雅歌投壺之續也。

燕壘雛空日正長。一川殘雨映斜陽。鸕鷀曬翅滿魚梁。　榴葉擁花當北戶。竹根抽筍出東牆。小庭孤立嬾衣裳。

右湯允勣浣溪沙詞。按歷代詞人姓氏錄曰。字公讓、東甌王和曾孫。初爲諸生。旋棄去。巡撫周忱薦其才。授錦衣衛百戶。歷官至延綏參將。有東谷集。

憲孝之世。天下無故。在位者相率爲詞。吳寬匏庵詞。趙寬半江詞。以詞爲衣鉢。世豔稱之。餘則楊循吉南峯詞、蔣冕湘臯詞、顧潛靜觀堂詞、顧璘東橋詞、皆其最著者。異夫弘治七子。若李夢陽、王九思、邊貢、王廷相等。胡於詞獨不言復古也。禮失而求諸野。詞亦然。史鑑西村詞。論者以方馬洪爲二布衣詞。朱錫鬯詆洪詞爲俗。鑑亦未能免俗耳。

曉鐘纔到春偏去。一番日永傷遲暮。誰遣斷腸聲。黃鸝知客情。　山光眉黛濕。仍帶傷春泣。綠酒瀉杯心。卷簾空抱琴。

右鎖懋堅菩薩蠻詞。按詞品曰。鎖懋堅、西域人。憲宗成化間。游吾城。朱文理於座中、索賦其家假山。卽席爲作沈醉東風曲。爲一時所稱。

武世二朝。兄終弟及。南征之諫。典禮之爭。未爲大失也。河套之議起。而大獄以成。東市朝衣。盈虛倚伏。冰山錄出。兩敗俱傷。秕政之多。莫甚於此者已。楊愼初登第。以武宗微行。抗疏切諫。復以議禮觸世宗怒。廷杖幾死。謫雲南、殁於戍所。直聲震天下。所著書數百卷。多有掊擊之者。胡應麟筆叢駁之尤力。然而固一代之才人也。

銀燭銀燭。錦帳羅帷影獨。離人無語消魂。細雨斜風掩門。門掩門掩。數盡寒城漏點。

右楊慎轉應曲詞。按王世貞藝苑巵言曰。用修所輯百琲眞珠、詞林萬選。可謂詞家功臣。其詞好入六朝麗字。似近而遠。然其妙絕處亦不可及。

修妻黃氏亦能詩詞。才命相妨。斯其缺陷爾。

巫女朝朝艷。楊妃夜夜嬌。行雲無力困纖腰。媚眼暈鑑潮。　阿母梳雲髻。檀郎整翠翹。起來羅襪步蘭召。一見又魂銷。

右黃氏巫山一段雲詞。按晚香堂清語曰。黃夫人寄外詩。有曰歸日歸愁歲暮。其爾其爾怨朝陽之句。傳誦人口。小詞亦雅麗。或比之趙松雪夫婦云、

嚴嵩通籍後。讀書十年始出。夏言其鄉後進也。以議禮驟貴。喜爲詞。嵩附之、以百字令、木蘭花慢、用古人韻作詞相贈答。一時朝士爭效其體。流布都下。言作小詞。必託名於

無名氏。亦如孔方平之假爲魯逸仲也。見碧雞漫志。及、敗遂無齒及者。詞亦勢利之物哉、

庭院沈沈白日斜。綠陰滿地又飛花。瞢騰春夢繞天涯。 簾幕受風低乳燕。池塘過雨急鳴蛙。酒醒明月照窗紗。

右夏言浣溪沙詞。按朱國楨湧幢小品曰。石塘會餞、爲夏氏內戚。嘗以漁家傲詞互相賡唱。遂起河套之議。故黃泰泉有千金不買陳平計之句。蓋譏之也。

張誕南湖詞、吳子孝明珠詞、皆收於四庫總目作詩餘圖譜者。子孝詞則人尠知之。

韶光都付亂離中。登眺覺心慵。青山城外望斷、愁絕黛痕濃。 閒把酒、倚樓東。小桃紅。館娃烟草香徑風。蘭長記遊蹤。

右吳子孝訴衷情詞。爲嘉靖癸丑甲寅閒東南倭亂而作。按四庫提要曰。吳純叔自號玉霄仙。其詞頗具淒婉之致、而造詣未深、不能入宋人閫奧也。

嘉靖後七子，王世貞獨以詞名。其弟世懋、亦可競爽也。

枝上子規猶鬧。門外碧桃誰掃。病起不禁秋、倚盡小樓殘照。寒峭寒峭。一夜白蘋天老。

右王世懋如夢令詞。按堯山堂外紀曰。弇州詞沾沾自喜。亦出人一頭地。李于鱗嘗謂惟某敢與狎主齊盟。而小詞弗逮也。奉常才氣少於乃兄。亦軾之有轍也。遠而求之。蘇世讓倡和集之屬明。亦若李齊賢益齋長短句之屬元也。進於中國。則中國之而已矣。即論其詞。又非同時諸家之敵焉。

無端花絮曉隨風。送盡春歸我又東。雨後嵐光翠欲濃。寄征鴻。家在千山萬柳中。

右蘇世讓和薛副使韻憶王孫詞。按續古今詞話曰。嘉靖中、華學士察、薛給諫廷寵同使高麗。與國人蘇世讓、成世昌等有倡和集。亦可見文教之遠矣。

穆宗初政。美不絕書。內供寖多。災異迭見。神宗承之。怠荒於色。不見羣臣者二十五年。東林之搆。邊餉之虛。悉兆於此。光宗不祿。熹宗童昏、客魏竊權。不亡胡待。思陵何辜而丁其厄也。三王亡命。從者如歸。死義之風。亦死社稷者之所激哉。

有明重科第。於詩文亦然。謝榛李攀龍不終。亦貧賤為之祟也。四庫錄明人詞。於前三家外、合施紹莘花影詞共四家。紹莘出處與陳繼儒同。是傳不傳不係乎第不第也。

半是花聲半雨聲。夜分淅瀝打窗櫺。薄衾單枕一人聽。　密約不明渾夢境。佳期多半了他生。淒涼情况是孤燈。紹莘際萬時人。提要謂其詞皆崇禎亡國時作。誤。

右施紹莘浣溪沙詞。按靑浦詩傳曰。施子野負雋才。築精舍於西佘。時陳眉公居東佘。來往嬉遊。二家詞不同。晚香堂詞不作艷語。子野則專學張三影者也。

明詞綜謂明人詞以花間草堂爲本。而唐宋名家詞皆不顯於世。若張杞可謂有志者。

芳草無人半入泥。妒風狂雨綠窗西。匆匆驚夢一鶯啼。　蜨粉時黏飛絮浦。玉驄慣踏落花溪。閒來對影數春期。

右張杞浣溪沙詞。按詞統曰。西蜀南唐而下。轉而開兩宋之派。花間致語。幾於盡矣。萬曆間、黃陂張廷公、起而全和之。使人不流於庸濫之句。謂非其大力歟。天啓間、程明善之嘯餘譜。崇禎間、沈際飛之詞譜。皆繼張綖而作者。狃於習見。以明人詞爲詞。知今而不知古也。沈謙作詞韻。亦不爲無功。否則更不堪設想矣。

香羅會寄。小鳳蟠雲膩。誰識春來腰更細。贏得許多垂地。 玉鉤移孔難尋。有時撚著沈吟。縱跡可知無定。兩頭都結同心。

有沈謙咏帶清平樂詞。按沈雄柳塘詞話曰。沈去矜列名於西泠十子。塡詞稱最。其東江詞有板橋南去不逢人。濛濛一片楊花雪之句。誰謂其僅僅言情者乎。

明人工於曲、四十齣之傳奇。於元曲外又開一生面。沈自徵漁陽三弄。能此者多。不足異也。其一家能詞。張倩倩、其妻也。李玉照、其繼妻也。沈宜修、沈靜專、其女兄弟也。沈憲英、其女也。葉小紈、葉紈紈、葉小鸞、其女甥也。小鸞尤著名。斯不易得爾。

幾日東風倚畫樓。碧天淸露半空浮。韶光多在杏梢頭。 垂柳有情留夕照。飛花無計却春愁。但憑天氣困人休。

有葉小鸞浣溪沙詞。按鈕琇觚賸曰。葉紹袁工六朝文。與其婦沈宜修、偕隱汾湖，幼女小鸞、十歲能韻語。甫笄而歿。所存詩詞。皆似不食人間烟火者。

明末詞人、必以陳子龍爲之冠。曲終奏雅。其在斯人與。

雨外黃昏花外曉。催得流年。有恨何時了。燕子乍來春又老。亂紅相對愁眉掃。 午夢闌珊歸夢杳。醒後思量。踏徧閑庭草。幾度東風人意惱。深深院落芳心小。

右陳子龍蝶戀花詞。按王士禎倚聲集曰。詞至雲門湘眞諸集。言內意外。已無遺議。柴虎臣所謂華亭腸斷。宋玉魂銷。所微短者、長篇不足耳。

夏完淳童年死節。大義凜然。玉樊一編。亦正氣集也。

秋色到空閨。夜掃梧桐葉。誰料同心結不成。翻就相思結。 十二玉欄干。風外燈明滅。立盡黃昏淚幾行。一片鴉啼月。

右夏完淳卜算子詞。按汪端明三十家詩選曰。存古五歲通五經。九歲善詩文詞。十五從軍。十七授命。所著玉樊堂集。王阮亭歎爲再來人。父子死國。尤難得也。

明之女妓能詞。猶元之女妓能曲也。明詞綜錄二十六人。不下於黃名闕之青樓集矣。論者曰、其失律、一病也。襲古、二病也。似曲、三病也。噫、士大夫亦不免。何責乎兒女子哉。

池上殘荷盡、籬下黃英嫩。重陽還有幾多時、近近近。曾記當年。那人索句、品花呼茗。望望斷蕭郎信。彌去勾宮粉。蝦鬚簾外晚風生。陣陣雙袖初寒。一燈欲滅。博山香燼。

石尹春醉春風詞。按余懷板橋雜記曰。南曲中人。往往工談吐。嫻風雅。嘖嘖人口。久而不衰。鄭妥、王月、頓文、尹春、沙嫩、諸人。能作小詞。亦楚楚有致。

佟世南錄明人詞為東白堂詞選。吳衡照錄惠宗皇帝以迄呂癲生為明詞綜補言明人詞者必首以楊愼王世貞。此詞律所斥者。而他可知矣。略而不詳。此物此志也。

第九章

第十章　論清人詞至嘉道而復盛

清人之詞之多。悉數之不能終也。王昶清詞綜訖於嘉慶初。王紹成清詞綜二編訖於道光中。黃燮清清詞綜續編訖於同治末。丁紹儀清詞綜補編訖於清亡。所錄合三千人。可以觀其全矣。見之彙刻者、康熙間、孫默清名家詩餘其最早者焉。凡十八家。

吳偉業梅村詞　龔鼎孳香嚴詞
陳世祥含影詞　梁清標棠村詞
宋琬二鄉亭詞　王士祿炊聞詞
曹爾堪南溪詞　王士禎衍波詞
陸求可月湄詞　黃永溪南詞
鄒祗謨麗農詞　董俞玉鳧詞
彭孫遹延露詞　尤侗百末詞

陳維崧烏絲詞　董以寧蓉渡詞

程康莊衍愚詞　孫金礪紅橋廣陵倡和詞

四庫錄之曰十五家詞。無龔鼎孳、程康莊、孫金礪三家。蓋未全之本也。聶先曾王孫合刻之百名家詞稍後出。吳偉業以下十家已見孫刻不復數外。凡九十家。

李元鼎文江詞　曹溶寓言集

曹垂璨竹香亭詩餘　魏學渠青城詞

唐夢賚志壑堂詞　何采南磵詞

王庭秋閒詞　張淵懿月聽軒詩餘

張錫懌嘯閣餘聲　丁澎扶荔詞

馮雲驤寒山詩餘　毛際可映竹軒詞

李天馥容齋詩餘　林雲銘吳山鷇音

趙士吉萬青詞　何五雲紅橋詞

詞史

曹貞吉珂雪詞
吳興祚留村詞
鄭俠如休園詩餘
余懷秋雪詞
王晫峽流詞
曹寅荔軒詞
華胥發餘譜
佟世南東白詞
顧景星白茅堂詞
顧貞觀彈指詞
陳玉璂耕烟詞
邵錫榮探酉詞

江皋染香詞
宋犖楓香詞
丁煒紫雲詞
呂師濂守齋詞
吳綺藝香詞
高士奇蔬香詞
呂洪烈蘂庵詞
周綸柯齋詩餘
吳秉鈞課鵡詞
何鼎香草詞
汪懋麟錦瑟詞
汪鶴孫燕閣詩餘

第十章

成德飲水詞
王頊齡螺舟綺語
朱彝尊江湖載酒集
徐釚菊莊詞
嚴繩孫秋水詞
汪森碧巢詞
吳秉仁攜閒詞
吳棠禎鳳車詞
萬樹香膽詞
江士式夢花窗詞
曹亮武南耕詞
楊通佺竹西詞

高層雲改蟲齋詞
王九齡松溪詩餘
秦松齡微雲詞
毛奇齡當樓詞
孫枝蔚溉堂詞
吳之登粵游詞
徐喈鳳玉鳧詞
陸次雲玉山詞
趙維烈蘭舫詞
沈雄柳塘詞
蔣景祁罨畫溪詞
陳見龍藕花詞

詞史

龔翔麟紅藕莊詞
馮瑞棣華堂詞
徐瑤雙溪泛月詞
孫致彌梅沜詞
姜垚柯亭詞
鄭熙績蕊棲詞
龔勝玉仿橘詞
沈永令暖霞閣詞
徐允哲鑾泉詞
徐惺横江詞
顧岱澹雪詞
徐來一曲灘詞

沈爾燝月團詞
王允持陶村詞
徐璣湖山詞
狄億綺霞詞
江尚質澄暉詞
葉尋源玉壺詞
陳大成影樹樓詞
吳思玉鹽詞
周志濂容居堂詞
郭士燝句雲堂詞
王輅萬卷山房詞
路傳經曠觀樓詞

余蘭碩團扇詞　陳魯得栩園詞

清初八詞、此二書可以略見矣。四庫所錄者。蓋其最初刻三十家之本。非全書也。王昶之琴畫樓詞鈔繼之。凡二十五家。

張梁澹吟樓詞　厲鶚樊榭山房詞

陸培白蕉詞　張四科響山詞

陳章竹香詞　朱方藹小長蘆漁唱

王又曾丁辛老屋詞　吳烺杉亭詞

汪士通延青閣詞　吳泰來曇香閣琴趣

江昱梅鶴詞　儲祕書花嶼詞

趙文哲娵雅堂詞　張熙純曇華閣詞

陸文蔚采尊詞　過春山湘雲遺稿

朱昂綠陰槐夏閣詞　江立夜船吹笛詞

朱澤生鷗邊漁唱　吳元潤香溪瑤翠詞
王初桐杯湖欸乃　宋維藩瀠游詞
吳錫麒有正味齋詞　吳蔚光小湖田樂府
楊芳燦吟翠軒初稿
繆荃孫雲自在龕彙刻名家詞又繼之。凡十三家。
宋翔鳳香草詞洞簫詞碧雲盦詞　周之琦金梁夢月詞懷夢詞
張琦立山詞　金式玉竹鄰詞
董士錫齊物論齋詞　周青柳下詞
方履錢萬善花室詞　王敬之三十六陂漁唱
于胡承齡冰蠶詞　楊傳第汀鷺詩餘
樊景升湖海草堂詞　蔣春霖水雲樓詞
陸志灝蘭幻詞鶴夢詞

此二書出。可見嘉慶以來迄於同治朝人詞之變而益上矣。光宣二朝。以時代之近。故無議及者。徐乃昌小檀欒室彙刻之閨秀百家詞。亦大觀也。其沈宜修鸝吹詞。葉紈紈芳雪軒詞、葉小鸞疏香閣詞、商景蘭錦囊詩餘、四家。當屬於明不數外。凡九十六家。

朱中楣鏡閣新聲　吳綃嘯雪菴詞
徐燦拙政園詩餘　賀雙卿雪壓軒詞
楊芸琴清閣詞　葛秀英澹香樓詞
張友書倚雲閣詞　孫瑩培翠薇仙館詞
鍾韞梅花園詩餘　吳小姑唾絨詞
沈榛松籟閣詩餘　劉琬懷補欄詞
袁綬瑤華閣詞　繆珠蓀霞珍詞
孫紉蘭鮮潔亭詞　張玉珍晚香居詞
顧貞立棲香閣詞　沈鵲應崦樓詞

鍾筠梨雲榭詞
錢孟鈿浣青詩餘
葛宜玉窗詩餘
徐元端繡閒庵詞
江珠青藜閣詞
譚印梅九疑仙館詞
錢鳳綸古香樓詞
沈纕浣紗詞
王倩洞簫樓詞
趙我佩碧桃館詞
左錫嘉冷紅仙館詩餘
黃婉璚茶香閣詞

許淑慧瘦吟詞
張令儀蠹窗詩餘
蘇穆貯素樓詞
江瑛綠月樓詞
薛瓊絳雪詞
鮑之芬三秀齋詞
王貞儀德風亭詞
周詒蘩靜一齋詩餘
顧翎茝香詞
左錫璇碧梧紅蕉館詞
陳珍瑤賦燕樓詞
孫雲鳳湘筠館詞

孫雲鶴聽雨樓詞

周翼純冷香齋詩餘

孫蓀意衍波詞

屈秉筠韞玉樓詞

席佩蘭長真閣詩餘

歸懋儀聽雪詞

梁德繩古春軒詞

楊繼端古雪詩餘

張綸英緯青詞

莊盤珠秋水軒詞

鄭蘭孫蓮因室詞

吳藻花簾詞 香南雪北詞

沈善寶雪鴻樓詞

李愼溶花影吹笙室詞

曹愼儀玉雨詞

李佩金生香館詞

陸珊閒妙香室詞

唐韞貞秋瘦閣詞

錢湘綠夢軒詞

張緒英澹鞠軒詞

許德蘋和漱玉詞 瀾南詞

錢斐仲雨花庵詩餘

宗婉夢湘樓詞

呂采芝秋笳詞

詞史

朱璵金粟詞
趙芬濾月軒詩餘
關瑛夢影樓詞
錢念生繡餘詞
陸倩倩影樓詞
殷秉璣玉簫詞
阮恩灤慈暉館詞
凌祉媛翠螺閣詞
汪淑娟曇花詞
陳嘉寫麋樓詞
曹景芝壽研山房詞
鄭瑜蕉窗詞
熊璉澹仙詞
蕭恆貞月樓琴語
方彥珍有誠堂詩餘
趙友蘭澹音閣詞
翁端恩簪花閣詩餘
高佩華芷衫詩餘
陸蓉佩光霽樓詞
陶淑菊維詞
許誦珠雯窗瘦影詞
李蘭韻楚畹閣詞
兪慶曾繡墨軒詞
吳尚憙寫韻樓詞

屈蕙纕含青閣詞　吳茝佩秋閣詞
俞繡孫慧福樓詞　儲慧哦月樓詩餘
濮文綺彈綠詞　李道清飲露詞

其不成卷者。又別爲閨秀詞鈔十六卷。補遺一卷。有見必審。不以良楛雜陳爲病焉。此五者皆必傳之作也。其爲彙刻所未收。而無甚關係者。不一一數。避挂漏也。清初人詞、多以明人爲法。曹溶所以有詞學失傳。越三百年之歎也。溶嘗搜輯遺集。求之南宋。崇爾雅。斥淫哇。浙西塡詞家。爲之一變。朱彝尊等復昌其說。以左右之。龔翔麟刻浙西六家詞。一時翕然無異辭。號曰浙派、則曹氏實啓之也。

朱彝尊江湖載酒集 見重　李良年秋錦山房詞
沈皞日柘西精舍詞　李符耒邊詞
沈岸登黑蝶齋詞　龔翔麟紅藕莊詞 見重

朱氏詞綜三十六卷。尤有功於詞。風氣之轉移。頗有力焉。

詞　史

青蓋三杯酒。黃旗一片帆。空餘神識斷碑鑱。借問橫江鐵鎖是誰監。　花雨高臺冷。胭脂辱井緘。夕陽留與蔣山銜。不見楓香閣外舊松杉。

右朱彝尊登石城南歌子詞。按厲鶚東城雜記曰。龔太常佳育開藩江左。署有瞻園。時禾中朱檢討彝尊、李徵士良年、上舍符、沈明府皞日、上舍岸登、皆在賓榻。以詞與公子侍御翔麟相唱和。刻浙西六家詞盛行於時。好事者目爲浙派云。陽羨陳維崧迦陵詞、與之齊名。時稱朱陳、亦猶朱王士禎之於詩也。

架上紅鸚武。籬邊玉辟邪、兜娘懶上卓金車。鬌鬌一窩濃綠未成鴉。　嬈我春吹笛。邀人夜鬭茶。如今庭院隔天涯。記得沿街一樹粉梨花。記得粉梨花底幾扇綠窗紗。

右陳維崧喝火令詞。按戴璐藤陰雜記曰。其年工文詞。久不遇。有日者許以五十後必入翰林。梅磊贈詩有爲許功名似馬周之句。及舉鴻博授檢討。年五十六矣。

康熙己未、同舉鴻博者五十人。多能詞。彭孫遹延露詞名尤盛。不獨其爲舉首也。

薄醉不成眠。轉覺春寒重。枕席有誰同。夜夜和愁共。　夢好恰如真。事往翻如夢。起立悄無言。殘月生西弄。

右彭孫遹生查子詞。按董含東臯雜鈔曰。羨門少宰詞以綺語勝。晚年悔其少作。自燬其版。兄孫貽、字仲謀、亦能詞。著有嶺上紀行、客舍偶聞、卽所謂家羿仁兄也。

詞學旣明。而詞律又不可不講也。其時言律者。若吳綺選聲集、賴以邠塡詞圖譜。其失與張綖同、萬樹病之。乃取歷代人詞、訖於元末。攷其字句。別其異同。作詞律二十卷。嚴繩孫論詞、謂於文則詞綜。於格則詞律。此二書出。益恍然於明人之不足言詞矣。

彩分鸞。絲絕藕。且盡今宵。且盡今宵酒。門外驪駒歌一奏。惱殺長亭。惱殺長亭柳。

倚秦箏。扶楚袖。有個人兒。有個人兒瘦。相約相思須應口。春暮歸來。春暮歸來否。

右萬樹蘇幕遮詞、按施山薑露庵雜記曰。紅友堆絮詞。創爲此體。效之者卽曰堆絮體。其詞律爲詞家功臣。嘗見校本。摘其誤至千餘條。亦可見著書之不易也。

康熙四十六年、歷代詩餘一百卷成。凡調一千五百四十。詞九千餘首。則踵詞綜而作者焉。五十四年、詞譜四十卷成。凡調八百二十六。體二千三百有六。則踵詞律而作者焉。其不經見者、皆從永樂大典錄出。詩餘下及明曲。詞譜下及元曲。又以大曲一卷綴於末。凡此者、皆當入曲譜。不若詞律之嚴矣。史浩鄮峯眞隱詞曲大曲各分卷。白樸亦然。夏言桂洲近體樂府六卷、鷗園新曲一卷。明人猶知之。不得援全唐詩下及五代人詞。本於唐人以詞入詩集之例也。明人南曲、其源出於北曲。金元人北曲、其源不出於大曲。見藝苑卮言。言大曲者、莫詳於鄮峯眞隱大曲二卷。於諸曲之下各載歌演之狀。上曲之結句、即爲下曲之起句。以平仄通叶。詞律以姚燧醉高歌爲北曲。是也。蘇軾之哨徧、哨徧名。徧曲名。亦曲也。蓋其混合也久矣。詞律所闕者。備比字句。不攷其宮調名。若溫庭筠金奩集、路先子野詞、柳永樂章集、周邦彥片玉詞、姜夔自製曲、各註宮譜於詞名下。凌廷堪詞潔、謂宋詞非四聲所可盡。方成培香研居詞麈、專論律呂。鄭文焯詞學徵微、極言四上兢氣之妙。惜乎萬氏未見及此。厲鶚樊榭山房詞。即守萬氏之說者。

數到湘琴未滿絃。春殘過了摘櫻天。芳時卯飲最思眠。　八字眉痕剛半畫。二分月影恰重圓。第三橋外見飛仙。

右厲鶚浣溪沙詞。按王昶蒲褐山房詩話曰。徵君熟於宋元故事。所撰宋詩紀事、遼史拾遺。極爲詳洽。皆錄入四庫。其詞直接碧山玉田。爲竹垞後一大家云。

詞之有浙派。猶文之有桐城派也。浙派盛於厲鶚。猶桐城派盛於姚鼐也。姚氏嘗學爲詞。劉開曰、我不畏之矣。多所好則心分也。姚氏遂盡棄之而以文名。乾隆間、其別於桐城派而爲陽湖派者。則惲敬倡之也。同時於詞其別於浙派而爲常州派者。則張惠言倡之。董士錫和之也。一時亦翕然無異辭。張氏詞選以錄者凡十二家。

黃景仁竹眠詞　左輔念宛齋詞

惲敬蕭塘詞　錢季重黃山詞

張惠言茗柯詞　張琦立山詞重見

李兆洛蝸翼詞　丁履恆宛芳樓詞

陸繼輅清鄰詞　金應珹蘭簃詞

金式玉竹鄰詞重見　鄭善長字橋詞

張氏論詞。以立意爲本。協律爲末。周濟師之。以意內言外爲說。於四家詞選見之矣。

一春長放秋千靜。風雨和愁都未醒。裙邊餘翠掩重簾。釵上落紅傷晚鏡。 朝雲捲盡

雕闌暝，明月還來照孤凭。東風飛過悄無蹤。卻被楊花微送影。

左張惠言木蘭花詞。按譚獻復堂日記曰，茗柯詞眞得風人之義。以此與出之。非一覽

可盡。嘗爲之詁釋以俟解者。久而未竣。其以齊學說經。時亦號常州派云。

張氏之說爲浙派所非。則偏之爲害也。嘉慶中、周之琦起而救其偏。作十六家詞選。一家唐溫

。五代南唐後主韋李孫四家。北宋小晏秦賀周四家。南宋姜史吳王蔣張六家。元張一家。 以究其本末。其心白日齋詞七卷。金梁夢月詞鴻雪詞

詞各二卷。退庵詞一卷。 一字不苟。覺厲氏於律之疎也。一往而深。覺張氏於意之淺也。周氏大梁人。

可以接中原之統矣。而無門戶之見者。亦曰文無古今、惟其是而已。

鶯花近甸。鴻雪去程。依稀夢境堪覓。記否那回攜手。汀波戀餘碧。垂虹影。還自直。有幾

許倩魂消得。畫眉冷、走馬人來。鷗鷺曾識。 囘念別離時。陌上香泥。羅帶爲誰拭。怕說

繡韉行處。鞭絲墮秋色。前蹤認。如過翼。儘喚起暮愁千尺。斷魂外、細雨懨懨。重問村驛。

右周之琦應天長詞。按張祥河偶憶編曰。稚圭中丞十六家詞選。各系一詩。記其於孫孟文曰。一庭疏雨善言愁。備筆荊臺耐薄游。最苦相思留不得。春衫如雪去揚州。神韻極似遺山漁洋論詩絕句。余爲作序。刻桂勝集中。

陶梁作續詞綜十卷。繼之以補朱氏所未備。嘉慶以來。詞學復盛。職此故也。

翅冷西風。弄年年草色。低迷荒圃。花底一生。飄零舊香何許。殘蕪換卻繁華。渾夢裏尋春無路。愁緒。只閒描瘦影。空階來去。　佳約又前度。縱輕羅小撲。暗憐遲暮。那覓鹽游。一點冷紅欹住、新圖試搨滕王。早半脫粉痕金縷。芳侶問南園再相逢否。

右陶梁詠秋蝶惜秋華詞。按王汝玉梵麓山房筆記曰。述庵司寇作詞綜補入二卷。我邑兜香羅訪又作續詞綜十卷。皆秘本也。其紅豆樹館詞。直入宋人之室。

陶氏後、詞學莫盛於吳。時以朱綬知止堂詞、沈傳桂清夢盦詞、沈彥會閑素詞、戈載翠薇雅詞、吳嘉洤儀宋堂詞、王嘉祿嗣雅堂詞、陳彬華瑤碧詞、爲吳中詞七子。戈氏精音律。於白石旁譜多所發明。以正萬氏之失。其詞林正韻。亦足以正仲恆吳烺之失也。

鐙落新涼。鷗盟舊夢。泣紅搖碧。載酒尋芳。清香沁瑤席。西風未老。還自媚歌裙游屐。凝立。斜照晚烟對一蓑漁笛。　驚鴻瞥影。環佩姍姍。淩波素羅濕。吹簫柳外。舊曲采蓮識。可惜粉痕香露。不是故鄉秋色。問九峯螺黛。知否碧城消息。

右戈載皇甫墩觀荷惜紅衣詞。按詞學徵微曰。順卿詞以律名、故字字協律。

七子以外。能詞者極多。王壽庭吟碧山館詞。尤傑出焉。

笙鶴遙天。盼一朵飛下彩雲。聲咽暮潮千載。長伴璁魂。雁外青山連夏口。猿邊紅樹接夔門。料往來家國恨難忘。眉暗顰。　神絃奏。芳藻陳。降霓旆。駐飆輪。聽蜀鵑啼處。淚落清尊。大小喬非奇女子。英雄堉是左將軍。擁佩環猶想漢時妝。飄綉裙。

右王壽庭夐姬廟滿江紅詞。按葉廷琯感逝集曰。養初詩詞尤長於咏古。才力之雄。無與抗者。庚申、以布衣殉節。詞先付刊。尚有印本。詩稿則無從問矣。

黃燮清倚晴樓詞。應之於浙。不獨清詞綜續編之可傳也。

放船好。正水泛新萍。煙薰細草。認那時樓閣。垂楊又青了。愔愔小院春如醉。花氣釀清曉。甚東風簸艷吹香。作成愁抱。　重省舊池沼。記前度吟秋。倦游都老。滿地殘紅。苔徑更誰掃。湖山尚有閒鷗鷺。無事還尋到。最銷魂、一曲黃鶯樹杪。

右黃燮清重過長豐山館探芳訊詞。按燮以湉冷廬雜識曰。韻珊夙負才名。詞曲尤妙絕。某閨秀慕之。編窺其貌凝而止。一如俞二姑之於玉茗也。

査繼佐古今詞譜、舒夢蘭白香詞譜、葉申薌天籟軒詞譜、許穆堂自怡軒詞譜、謝元淮碎金譜、疏於律者頗便之。咸豐初、陳元鼎作詞律補。六十字外、未成而卒。遠在徐氏杜氏之先矣。

素書曾託。自雙魚去後。綠波綿邈。倩燕鶯喚醒春魂。奈夢繞絲輕。淚淹花薄。鏡夕斂晨。總未抵而今離索。漸懨懨病裏。瘦減淡妝。孀裏蘊藥。　芳會漫尋下若。悵星期暗數。偏遇張角。念宋郎少小工愁。便艷冶光陰。等閒拋卻。舊跡西園。已莫問翠毬紅萼。況淒涼數聲杜宇。暮寒院落。

右陳元鼎依片玉韻解連環詞。按江順詒詞學集成曰。實庵太史丁未通籍後。不入朝

詞史

貴門。一於詞。輯詞婉、詞律補。避寇南下。幷詞稿失之。嘗刻鴛央宜福館詞二卷。及殁。女孫德聰續刻一卷。太史與黃韻珊友善。浙派至二家詞。歎觀止已。

蔣春霖以常州人而從浙派。水雲樓詞二卷。其言情之作。皆感事之篇也。唐宋名家。合為一手。詞至蔣氏。集大成矣。從子玉棱有冰紅詞。亦善承家學者。

記星街揜柳。雨徑穿莎。悄叩閒門。酒態添花活。任翩翩燕子。偸啄紅巾。篆銷萬重心字。窗影護愁雲。甚飛絮年光。綠陰滿地。斷送春人。　癡魂正無賴。又琵琶絃上。迸起烟塵。鴻影驚回雪。悵天寒竹翠。色暗羅裙。黛蛾更羞重鬬。避面月黃昏。教說與東風。垂楊淡碧吹夢痕。

右蔣春霖憶舊游詞。按金武祥粟香隨筆曰。譚復堂謂咸同之際。天挺此才。少陵詩史也。水雲詞史也。其與何廉昉悔餘詞。各無一字相及。亦歸奇之於顧怪矣。

書錄解題曰。長沙書坊刻南唐二主以下。號百家詞。光緒中、王鵬運刻宋金元人詞。一時彷之者甚衆。零星孤本。萃於一編。尤非列入叢書者所及焉。宜乎半唐詞之工也。

倚竹愁生珠未賣。算天寒同耐。當時悔嫁王昌。空怨吟誰會。 寄意傳羅帶。望飛鴻天外。等閒便喚得春醒。應淚痕長在

右王鵬運憶閨令詞。按沈曾植彊村校詞圖序曰。鶩翁給諫、以直言名天下、顧其暇好爲詞。詞多且工。復校刻其所得善本於京師。以詔後進焉。拳匪之亂。聯軍入都。王氏以不及扈蹕。乃與朱祖謀、劉福姚等約爲詞。其庚子作者曰庚子秋詞。辛丑作者曰春蟄吟。此宣南詞社之終局也。又十年而清帝退位矣。

交徑新陰小。試吟袖隴寒猶峭。人意好。爲當樓殘照。 奈芳事輕隨春去早。滿路香塵酥雨少。隨處到。恨羅襪不如芳草。

右朱祖謀天門謠詞。按況周儀蕙風簃隨筆曰。庚子亂作。鶩翁漚尹忍盦各紀以詞。庚子秋詞、春蟄吟、皆實事也。漚尹尤深於律。同人憚焉。謂之律博士。

有清二百六十八年來。浙派主南宋。常州派主北宋。光緒中、獨照主唐五代。作唐五代詞選二卷。又溯而上之矣。再進則毛奇齡西河詞話之主六朝樂府焉。再進則程明善

嘯餘譜之主風詩焉、甚矣其好勝也。若夫彙刻詞、於宋徵輿之幽蘭草不書。不以方隅爲域也。王鵠之同聲集不書、不以官爵爲寵也。吳中詞七子則書。以其融二派於一。以臻於極盛也。撮其大者於篇、非略也。

章十第

第十一章　結論

詞者詩之餘。句萌於隋。發育於唐。敷舒於五代。茂盛於北宋。煊燦於南宋。剪伐於金。散漫於元。搖落於明。灌溉於清初。收穫於乾嘉之際。千三百餘年以來。其盛衰之故類能言之。其詳則博考而得之。清詞之盛也。率歸美於朱陳二氏。朱失之妖豔。陳失之佚蕩。奉教於曹氏。而大道未聞。陳氏送雲郎新婚金縷曲詞。一如滕霄贈歌童阿珍瑞鷓鴣詞。令人不忍卒讀。反不若彭孫遹卜算子詞。其後片曰、身作合歡牀。臂作游仙枕。打起黃鶯不教啼。一晌留郎宿。誰嫌其媟褻。猶得閨房燕好之正也。而又沿襲明詞。出入於字句。萬氏詞律。適應其時。其以去聲對三聲。與玉田以平聲字可爲上入者相合。又非曰萬說可以盡詞也。詞必以合律始。萬說其椎輪也。由是而進之於詞源之圖說。又進之於白石之旁譜。再進之於金奩各集之宮調名。若夢窗自製曲、其旁譜無可考者則闕之。夫而知所以曰正犯。曰側犯。曰偏犯。曰旁犯。曰歸宮之周而復始也。所以曰減字曰添字。曰近拍。曰攧拍。曰破子。曰攤破。曰轉調。曰疊韻。曰摘徧。曰中腔。曰羯指聲之下一孔也。所以曰法曲大曲慢曲以手拍繳令以板拍也。又所以曰慢曲用八均拍。破近用六均拍。纏令之拍頗碎也。詞源又曰、舊有刊本六十家詞。可歌者指不多屈。美成且間有未諧。所當於少游、白石、梅溪、竹屋、夢窗、數家。各取其所長而學之。是入歌尤難於合律。而合律不足以盡詞矣。萬氏通曲律。所作有念八翻、空青石、風流棒、錦塵帆、十串珠、黃金甕、資齊鑑、珊瑚球、舞霓裳、金神鳳、藐姑仙、焚書鬧、青錢賺、罵東風、三茅宴、玉山庵、諸傳奇。而不援曲以入詞。則其愼也。其鄉人多能詞。侯晰梁溪詞選。錄秦松齡微雲詞、顧貞觀彈指詞、嚴繩孫秋水軒詞、杜詔浣花詞、鄒瑢香眉亮詞、華侗春水詞、顧岱澹雪詞、朱襄織字軒詞、華文柄菰川詞、湯燦棲筠詞、張振香葉詞、僧宏綱泥絮詞、鄒祥蘭問石詞、顧彩鶴邊詞、蔡燦容與詞、侯晰惜軒詞、侯文燿鶴閒詞、涇皋顧氏棲香閣詞。凡十八家、繆荃孫蘭陵詞徵。所錄尤多。而不曰常州派者。無爭心也。餘則吳重憙石蓮庵山左人詞。錄王士祿炊聞詞、王士禎衍波詞、宋琬二鄉亭詞、楊通佺竹西詞、唐夢賚志壑堂詞、曹貞吉珂雪詞、趙執信飴山詩餘、田同之晚香詞、凡八家。而以樂章、姑溪、琴趣、審齋、媚窗、拙庵、稼軒、草窗、漱玉、九家合之。一如王象晉以淮海及張綖南湖詞爲秦張合璧也。不倫極矣。集中鄭閔詞鈔、丁丙西泠詞萃。不錄清人詞。職此故也。嘉慶初、常州派出。其說者在吳則宋翔鳳洞簫詞。在浙則龔自珍無著詞。以訖乎在桂則王鵬運半塘詞。溝而通之者。則孫麟趾七家詞選。錄厲鶚樊榭山房詞、林蕃鍾蘭藥詞、吳錫麒有正味齋詞、吳翊鳳曼香詞、郭麐靈芬館詞、汪全德崇睦山房詞、周之琦心白日齋詞、凡七家。汪世泰七家詞鈔。錄劉嗣綰箏船詞、袁通捧月樓詞、顧翰緣秋草堂詞、汪度玉山堂詞、汪全德崇睦山房詞、楊夔生過雲精舍詞、汪世泰碧梧山館詞、凡七家。所以祛張琦續詞選、張曜孫同聲集之偏焉。潘德輿養一齋詩話、極言張氏於詞。門戶太深。去取未審、譚獻復堂詞。又言心白日齋詞選。亦詞中疏鑿手。而不及皋文保緒之高。此則各私所見者爾。馮煦以晏歐專學唐五代爲西江派。而以吳中七子爲倣竹山之代字訣者。成肇麐和之曰。詞之始非有一成之律以爲範也。抑揚抗承之音。短修之節。運轉於不自已。以蘄適歌者之吻而已。不知天地之道。自無而之有。人籟者繼天籟而作也。愭抱謂文章由聲音而悟入，故詞亦由聲律而悟人，別雅鄭，究古今，與政相通，可以補樂經之闕矣。

跋

刊印詞史之議，始於民國十六年冬間；其時余任職浙江省立圖書館，單師不庵以此相屬，而未果行也。其明年，余以先君子之喪，不遑寧處；冬間，單師病歿滬上，又不果行。今歲得查兄猛濟之助，校定全稿，乃以付梓，遷延忽已三年矣！嗚乎！劉單二師，淹通該博，爲一代宗；及其歿也，貧無以庇其嗣，並生平節衣縮食所得之典籍，且有散佚之虞；天之於賢者固如是其酷邪。

詞史都一卷，劉師講學北京大學時之手稿，先後刊印數次，隨刊隨有竄定，此其晚年定本也。詞之源出於樂；隋唐間，清商舊樂寖衰，胡夷之曲雜進，所謂新聲也。（舊唐書音樂志：『自周隋已來，管弦雜曲將數百曲，多用西涼曲，鼓舞曲多用龜茲樂，其曲度皆時俗所知也。』又云：『自開元已來，歌者雜用胡夷里巷之曲。』）詞者伴此新聲而起之歌詞，萌蘗於隋唐，發皇於五代兩宋，爲近古詩歌巨流焉。（成肇麐七家詞選序：「十五國風息而樂府興，樂府微而歌詞作；其始也皆非有一成之律以爲範也，抑揚抗隊之音，短修之節，運轉於不自已，以蘄適歌者之吻；而終乃上躋於雅頌，下衍爲文章之流別。詩餘名詞，蓋非其溯也。唐人之詩未能胥被弦管，而詞無不可歌者。」）劉師治詞，以歌詞上接樂府，條達源流甚明；謂「唐五代人作詞，多按樂府舊曲以立名。」佐證班班可致。今之言詞者多矣，此其圭臬歟！撫手澤之長存，痛導師之不作，不知涕泗之所自矣！時中華民國十九年初冬，弟子曹聚仁跋。